Müllmann auf Schafott

Abdel Hafed Benotman

Müllmann auf Schafott

Roman

Aus dem Französischen
von Lena Müller

Matthes & Seitz Berlin

Hinweis
Alle Ähnlichkeiten mit lebenden oder verstorbenen Personen, Handlungen und Begebenheiten sind zufällig und nicht beabsichtigt.

Schlecht geschrieben weil schlecht gelebt?

Meinen Schwestern
Joëlle, Véronique, Idoïa, Nathalie, Florence, Audrey

DIE FAMILIE BOUNOURA

BENAMAR BOUNOURA
Vater

NABILA BOUNOURA
Mutter

NOURREDINE (oder NORDINE) BOUNOURA
genannt NONO
ältester Sohn

KARIMA BOUNOURA
genannt KIM
die Zweitälteste

NADIA BOUNOURA
genannt NADOU
jüngere Tochter

FARAHT BOUNOURA
genannt FAFA
der Jüngste

Der Vater verhüllt die Mutter im Herzen
des Kindes ein verbranntes Insekt
das weiterfliegt
mit versengten Flügeln.

Sein Können – *schreiben und lesen* – half ihm auch nicht weiter. Obwohl er eine ganze Menge Bleistifte weggespachtelt und die Tinte gleich milliliterweise gesoffen hatte. Er hatte sich die Wörter im Mund herum gedreht, bis er davon Aphthen hatte. Ganz zu schweigen vom steifen Hals, dem krummen Rücken, den schwieligen Ellbogen – und trotz allem, keine Chance. Er hatte es durchgeackert, dieses Alphabet, jeden einzelnen Buchstaben, Vokale und Konsonanten. Dann hatte er bei diesem doppelten Denkmikado – Grammatik-Rechtschreibung – in seinem kleinen Kopf, ohne zu wackeln, Verben und Zeitformen gezogen. Satz für Satz hatte er es sich geangelt, das Schreib- und Leseverständnis. Resultat? Gleich null.

Fafa suchte seinen Vornamen im Kalender der Post. *Nada.* Und im Kalender der Feuerwehr? *Walou.* Dasselbe bei der Pariser Müllabfuhr. Nix.

Sein vor Panik abgekauter, nagelloser Zeigefinger durchforstete die Namen der Heiligen von oben bis unten, keine Spur von Faraht. Klar gab's Fatima, diese Schlange, die ihn zunächst in die Irre geführt und zu einem verständlichen *Warum sie und nicht ich?* verleitet hatte, aber keinen Fafa. Weil er ihn partout nicht finden konnte, wusste er von diesem Moment an, intuitiv, instinktiv, dass er niemals ein Heiliger sein würde … Dabei würde er seine Glocke nicht gerade selten läuten hören.

Einen Hoffnungsschimmer sah er noch – das Telefonbuch! Er schlug den Wälzer auf und verlor sich zwischen den Seiten. Das Ding taugte nur, um beide Arschbacken draufzupflanzen, wenn man sich beim Friseur den Schädel scheren ließ. Fafa wusste nicht, wie man *da drinnen* etwas suchte, schlug sich aber tapfer und begab sich, Ellbogen auf den Esstisch gestützt, Kopf in den Händen, auf die Suche nach dem großen B seines Nachnamens, er, der kleinste Bounoura. Fafa der Winzling.

Schlechtes Karma, kein Bounoura im Telefonbuch, kein Faraht in den Kalendern. Für einen Moment zweifelte Fafa an seiner Existenz, dann sagte er sich, dass es vielleicht irgendwo einen Heiligen Fafa mit Turban gab, schließlich hatten seine Eltern ihm erst kürzlich erklärt, dass er kein Franzose gallischer Abstammung, sondern ex-kolonisierter und außerdem muslimischer Algerier war und dass sein Fest noch kommen würde, alles zu seiner Zeit. Bis dahin fühlte sich Fafa wie ein Nichts, das ein Wenig werden würde.

Zu seiner Beruhigung versprach man ihm, dass man ihn, den braven, kleinen Moslem, in das große Buch Gottes eintragen würde, ein Buch, das mehr taugte als alle Telefonbücher und Kalender dieser Erde.

Und dann war er da, der große Tag, der Fafa über die noch frische Enttäuschung seiner Lektüre, dieser labyrinthischen Suche nach sich selbst, nach einer hieroglyphischen Anerkennung in Schriftform hinwegtrösten sollte. An einem Freitag führte Gott Fafa in sein Geheimnis ein, und endlich hörte er es läuten.

Als sein Bruder Nono und seine Schwestern Kim und

Nadou ihn zum Abschied küssten, fragte Fafa sich, weshalb man ihn in diese weiße Mini-Djellaba gesteckt hatte, unter der sein nackter Po Gänsehaut bekam. Sein Bruder und seine Schwestern gingen ohne ihn zu Monique Caldérini, Nachbarin und Freundin von Nabila Bounoura.

Fafa mochte Monique und wollte sich trotz dieser blöden, rutschigen Lederschlappen an seine Geschwistern hängen, aber Nabila bremste ihn mit Tausend Küsschen und Versprechungen aus. Fafas kleines Herz ließ sich von diesen Schmeicheleien beruhigen, und in seiner Zuckerschnute lief schon das Wasser zusammen. Voll Vertrauen erwartete er den großen Augenblick, wie seine Schulfreunde immer auf den Weihnachtsmann gewartet hatten … Fafa wartete auf seinen eigenen Weihnachtsmann, nur für ihn allein, den von tausendundeinem Mond.

Als er hörte, wie die Wohnungstür aufgeschlossen wurde, gluckste er vor Freude und wäre beinahe auf dem gebohnerten Parkett ausgerutscht. Fafa kollidierte mit den Knien von Benamar Bounoura, seinem riesenhaften Lieblingsvater. Benamar hob ihn hoch und drückte ihn. Fafa legte seine Arme um den väterlichen Hals, wagte einen Blick über die breite Schulter und schaute direkt in die schwarzen, in tiefen Höhlen liegenden Augen eines komischen Zwergs, der ihm sein breitestes Zahngoldlächeln schenkte. Angesichts dieser Fratze am Tag seiner Verabredung mit Gott ahnte Fafa Schlimmes, das Schlimmste.

Benamar drückte seinen Sohn noch ein wenig fester und trug ihn, gefolgt vom Zwerg, ins Esszimmer. Der Mann begrüßte die gerührte Nabila und stellte seine Ledertasche auf den Tisch. Aus den luftigen Höhen der

Arme seines Vaters fragte Fafa sich, ob es für ihn nicht langsam an der Zeit sei, entweder zu springen und so schnell wie möglich zu Monique zu flitzen, oder aber auf der Vaterstatue bis nach oben zu klettern, um sich auf Benamars Kopf zu hocken und sich nicht mehr von der Stelle zu bewegen.

Der Mann trug einen Bart und einen Kupferdraht im Ohrläppchen. Seine schwarz umrandeten Augen verliehen ihm ein ziemlich ungesundes Aussehen.

Fafa dachte an den Frosch, der sich in einen schönen Prinzen oder sogar in einen guten Dschinn verwandelte, je nachdem, wie tief die Magie in die Flasche geschaut hatte. Dieser Gedanke tröstete ihn, und er spielte mit dem Gedanken, ob die ein wenig übel riechende, unheilvolle Präsenz dieses Mannes nicht einfach eine Prüfung war, die es durchzustehen galt. Als Nabila auf die Tasche zeigte, nickte der Mann mit seinem hässlichen Kopf und sagte: »Ja, ja«, was auf arabisch wie *»Ouha ouha«* klingt.

Fafa konzentrierte sich also auf die Tasche, während der Mann Gabardine und Jacke ablegte. Waren da die Geschenke drin? Er konnte nichts sehen. Also zeigte er auf die Tasche, setzte sein schönstes zahnloses Schelmenlächeln auf, legte sein Gesichtchen in Falten und quietschte: »Geschenk?!«

Der Mann lachte bebend. Benamar strich seinem Sohn übers Haar. Nabila schüttelte glücklich den Kopf. Plötzlich war der Mann neben Benamar und fuhr, ohne dass man es hatte kommen sehen, mit seinen dürren Fingern unter die Djellaba und kniff dem völlig überrumpelten, schamroten Fafa in den Schniedel.

Benamar feixte, und Nabila begleitete den Mann auf seine Bitte in die Küche. Fafa, *made in* totale Panik, starrte dem Mann hinterher, der sich die abgewetzten Hemdsärmel hochkrempelte.

Fafa versuchte zu entkommen, aber Benamar hielt ihn fest, ließ ihn um seine eigene Achse rotieren und klemmte ihn sich unter den Arm. Dieser Arbeiterarm, der eine Eisenstange verbiegen konnte. Diese wenig zärtliche Gorillahand, die ihn am Kragen packte, umdrehte und rücklings auf seinem knorrigen Unterarm fixierte.

Nabila kam mit sauberen Handtüchern zurück, gefolgt von dem Typen, der etwas in seinen Bart brummelte und sich an der Tasche zu schaffen machte. Mit seinem überstreckten Hals erspähte Fafa, was da ans Licht kam. Bis die kupfernen Verschlüsse zuschnappten, hätte man es für ein Spiel halten können. Für eine Farce, als die gegerbte, brüchige Tasche ihre rissigen Lederlippen aufsperrte. Aber damit war es vorbei, als Nabila ihren Ehemann umrundete und Fafas Füße packte. Am Oberkörper vom Vater und an den Beinen von der Mutter gehalten, renkte Fafa sich fast den Hals aus, um den Mann nicht aus den Augen zu lassen, der ein großes Buch aufschlug und mit lauter Stimme vorlas, dass Gott groß sei.

Der Leseunterricht zog sich in die Länge wie dieser endlose Tag, der Fafa schon wie die Ewigkeit schien.

Das Kind schrie, als sein Bauch aufgedeckt wurde, und schrie wieder, als es sah, wie sich aus der Tasche, diesem eigentümlichen Insekt, die Greifzangen einer Schere hervorschoben.

Fafa tanzte die Samba, die Rumba, den Kasatschok,

aber es half nichts. Die Eltern hielten ihn so fest, dass der Mann sich problemlos Fafas Schniedel an der Vorhaut schnappen und daran ziehen konnte, damit die Eichel sich aus dem Staub machte, um dann die Haut zwischen das Eisen der Schere in seiner anderen Hand zu klemmen. Er schaute zu Benamar, der nickte. Warf Nabila einen Blick zu, die unter Tränen lächelte, und begann, nachdem er tief Atem geholt hatte, laut zu beten, ohne den Blick von den weit aufgerissenen Augen des quietschenden Fafas zu wenden, dessen Stimme im gemeinsam getönten *Allahu Akbar* unterging.

Synchron zum Schnitt der Schere und Fafas aufgesperrtem Mund, der nach Atem schnappte, um noch lauter zu brüllen, spürte der Mann das Wegggleiten der seidigen Haut des Genitals und Fafa das Brennen der offenen Wunde. Mit einem anzüglichen Lachen legte der göttliche Metzger die winzigen Überreste, die riesige Trophäe, auf eine ausrangierte Untertasse.

Mit genau sieben Jahren wurde Fafa im 6. Arrondissement bei vollem Bewusstsein nach allen Regeln der Barbarei beschnitten.

Fafa fiel nicht in Ohnmacht, er zappelte und begann, wild um sich zu schlagen und zu treten, während das Blut zwischen den Fingern des Manns hervorquoll, als er versuchte, das winzige Ding in ein weißes Handtuch zu wickeln. Nicht, um Linderung zu verschaffen, sondern um besser sehen zu können.

Mit seiner kehligen Stimme befahl der Mann, das Kind auf den Tisch zu legen, und es geschah … Aber es sollte noch schlimmer kommen.

Nabila, stets auf Posten, schob Fafas Beine auseinander, während Benamar seine Arme festhielt und seine Bärenbrust an die Wange seines Rotz und Wasser heulenden Sohns presste.

Aus den Augenwinkeln, in dem Spalt zwischen seinem Vater und ihm, sah Fafa die große Nadel und den Faden. Immer noch ohne Betäubung machte sich der Mann daran, ihm den Saum zu vernähen.

Fafa schrie sich die Lunge aus dem Leib und überhörte das stolze Lachen des Herrn Papas und den Zuspruch der Mama. Mit einem Auge bei dem geköpften Vögelchen und mit dem anderen im offenen Koran, antwortete der göttliche Metzger auf jeden Schrei des Jungen, dass Gott groß und größer sei.

Dass Gott groß war, daran hatte Fafa keinen Zweifel. Vor allem ein großer Verräter. Als man Fafa in das Doppelbett legte, das er mit Nono teilte, als man ihn mit einem dünnen Laken zudeckte, damit nichts auf die Wunde drückte, als das Monster samt der Foltertasche aus seinem Blickfeld verschwunden war, beglückwünschten Nabila und Benamar ihn von beiden Seiten des Bettes zu seinem Mut eines geschächteten Schweins und verkündeten, dass die Gäste im Esszimmer es kaum erwarten konnten, ihn zu sehen. In seinem Unglück hatte Fafa den Besuch weder kommen hören noch erwartet. In einer langen Reihe sah er nun merkwürdige heilige Könige und Pilger vorbeiziehen – die *vom kahlen Berge* –, die er noch nie in seinem Leben gesehen hatte, mit Ausnahme der verrückten Nachbarin, Nabilas Banknachbarin bei der Überwachung des Hofgangs der Kinder, die sein Trommelfell mit einem schrillen *youououyouou* zerriss.

Der erste Zehnfrancschein flattert zwischen seinen Beinen aufs Laken, gefolgt vom nächsten und übernächsten, ein Regen aus Scheinen, als hätte jemand an diesem Herbsttag den Geldbaum über ihm geschüttelt.

Jede Menge Hugos und Corneilles, Zehnfrancschein und Fünfzig-Franc-Scheine. Fafa weinte vor freudiger Erschöpfung. Endlich ließen sich die sehnlichst erwarteten Geschenke blicken. Auf dem Nachttisch wurden Bonbons und Gebäck abgeladen. Alles türmte sich auf seinem misshandelten, entstellten Pimmel. Man küsste ihn, die Verrückte wollte sich zu ihm aufs Bett setzen und verursachte dabei eine Kuhle, durch die sich das Laken spannte und Fafas Piephahn platt drückte, woraufhin Fafa ihr einen so hasserfüllten Blick zuwarf, dass sie sofort wieder aufsprang und dabei dem armen Schniedel den nächsten Stoß versetzte.

»Gott ist groß«, entschuldigte sie sich.

Einer nach dem anderen beglückwünschte Nabila und Benamar, bevor sich alle zu den Schauplätzen weiterer Schandtaten aufmachten. Fafa blieb allein mit seinen Eltern zurück und musste nach der Folter auch noch Ungerechtigkeit über sich ergehen lassen. Benamar begann, die Geldscheine zwischen Fafas Beinen einzusammeln, zählte sie mit angefeuchteten Fingern, prüfte die großen Fünf-Franc-Münzen mit den Zähnen, formte ein Bündel, das er in seiner Hosentasche verschwinden ließ, und einen Haufen, den er Nabila gab. Fafa sah von dem Geld nie wieder auch nur die Schwanzspitze. Man hatte ihm sein himmlisches Schmerzensgeld geraubt. Dieser verdammte Verräter namens Allah!

Das verhätschelte Kind blieb alleine in seinem Zimmer zurück, reglos in der Mitte des großen Betts. Die Augen auf die geschlossene Tür gerichtet. Mit einem traurigen Lächeln schielte es auf die Süßigkeiten, die außerhalb seiner Reichweite waren. Auf dem Flur brach Lärm los, die Tür wurde einen Spalt aufgeschoben, und Nadous Kopf erschien unten im Rahmen, darüber der von Kim, und schließlich ganz oben der von Nono. Die drei spähten ins Zimmer, und als sie den Nachttisch sahen, stürzten sie sich darauf. Mit schmerzverzerrtem Gesicht versuchte Fafa aufzustehen, fiel zurück in seine Kissen und stammelte bloß ein schwaches, erbärmliches: »Das gehört mir …«

Nordine, Karima und Nadia verschlangen das Gebäck und die Bonbons und warfen ihm die verschlagenen Blicke kleiner Schakale zu, die an den Zitzen der Mutter Reise nach Jerusalem spielen.

Fafa begann, Gott zu hassen, und im selben Augenblick, als er mit seinem eigen Fleisch das Wissen um das pseudogroße Geheimnis Gottes bezahlte – die Grausamkeit –, schwor er furchtbare Rache für diese Falle, die sie ihm gestellt hatten, für dieses Attentat, diesen Verrat, diesen Vertrauensmissbrauch. Gott, der sich bei Fafa einen Vorschuss genehmigt hatte, stand jetzt in seiner Schuld.

Um nicht vor Enttäuschung umzukommen, verbuchte Fafa es als mageren Trost, aber mögliche Investition, dass ein Teil seiner Person, ein Stück seines Wesens, und zwar nicht das geringste, von nun an im Paradies aufbewahrt wurde und dass bei seinem Tod Engel kommen und unter Verwendung der Beweismittel belegen konnten, dass die Vorhaut eines gewissen Faraht Bounoura, alias Fafa, amputiert an einem Freitag im Herbst 1967, mit dem Rest seiner Pipipistole zusammenpasste.

Seine Träumereien wurden von einem Akt des Kannibalismus zunichtegemacht, als Nabila ihm am nächsten Tag erzählte, dass sein Fleischhütchen dem am Vortag verspeisten Hammelcouscous untergemischt worden sei und man nicht wisse, wer es anlässlich des freudigen Ereignisses verspeist hatte. Fafa, dem man einen Teller ans Bett gebracht hatte, wusste nicht, ob er kotzen oder sterben sollte. Nach dem gestrigen Gemetzel wurde ihm nun mit einem breiten Lächeln die nächste Scheußlichkeit aufgetischt. *Esst, das ist mein Leib. Trinkt, das ist mein Blut*, hatte in seinen Ohren plötzlich einen ganz anderen Klang.

Wer? Welcher seiner lieben Verwandten? Wer hatte ein Stück seines Schniedels verschlungen? Nono, der große Bruder, dessen Name Nordine oder Nourredine Sonnenlicht bedeutete, der aber alles andere war als eine Leuchte? Karima, die durch einen Schreibfehler für immer aus dem Kalender verbannt worden war? Nadia, die als außergewöhnlicher Vielfraß bekannt war und gerne von sich behauptete, sie werde alles essen, was vor ihr gestorben war und sterben würde? Sein Vater? Seine Mutter? Das Paar, dem er in die Falle gegangen war? Er selbst etwa? Was nur grausam und gerecht gewesen wäre. Fafa zermarterte sich den Kopf und war bei Tisch wie hypnotisiert von den kauenden Mündern, den schluckenden Kehlen, den hüpfenden Adamsäpfeln, den dicken Backen, die laute Rülpser fahren ließen. Er betrachtete sie, bis Benamar die Nerven verlor und mit einem Klaps auf den Hinterkopf Fafas Nase in den unangerührten Teller stieß. Infolge des gastronomischen Verbrechens eröffnete Fafa seine vegetarische Phase mit einer Art Hungerstreik. Man würde ihn, Bounoura Nummer sechs, nicht dazu bringen, den Schwanz eines unbekannten Kindes zu verspeisen, das vielleicht gerade aus Leibeskräften gegen seine liebenden Henker anbrüllte.

Verkleidet als Märtyrer, verbrachte Fafa die zwei schlimmsten Wochen seines jungen Lebens. Unter seiner Djellaba ertrug er nicht die geringste Berührung und lief mit gespreizten Beinen durch die Gegend, um zu vermeiden, dass die verschiedenen Gewebe, Haut und Textil, schmerzhaft aneinanderrieben.

Alles tat ihm weh, weh, WEH! Aua.

Das Tröpfeln des Urins, das Verarzten seines armen Schniedels. Zwei Wochen, in denen an seinem Schniepel herumgedoktort wurde, dessen Verbände es darauf angelegt hatten, Faser für Faser mit der Kruste der Wunde zu verwachsen. Fafa pisste aus allen Löchern, den Poren, den Augen, ganz zu schweigen vom Leck in seinen Armaturen, aus denen es rot und gelb tropfte.

Auch wenn seine Eltern nicht müde wurden, ihm die hygienischen Vorzüge aufzuzählen, ließ Fafa sich nicht umstimmen:

»Vorher konnte ich mich wenigstens jeden Tag waschen …«

Und logischerweise musste Gott, als er diesen Schutz dort angebracht hatte, klar gewesen sein, dass Fafa sich oft heiße Flüssigkeiten in den Schoß gießen würde. Er war schließlich allwissend, oder etwa nicht? Benamar, dem zwei Wochen ausreichend erschienen, um über diesen Verlust hinwegzukommen, beendete das Thema endgültig mit einem »Jetzt bist du ein Mann«.

Somit war alles gesagt, und weitere Nachfragen waren gefährlich. In einem unbeobachteten Moment ließ Nono seinen kleinen Bruder wissen, dass er das Gelbe durchgemacht hatte, aber weil er in Algerien zur Welt gekommen war, konnte er sich nicht daran erinnern, schließlich hatten ihn als Säugling seine Geschlechtsorgane wenig interessiert.

Weil Fafa jetzt ein Mann war, würde er sich auch so verhalten, als echter Manneken-Pis: *Ich pinkel im Stehen!*

Aus demselben Genital gekrochen.
An derselben Brust genährt.
Wer sollte den einen lieben, wenn nicht der andere?
Sprecht nicht länger von Inzest, ihr armen
Waisen, verbunden durch die Mikroben der Liebe.

Um seine Lektionen in Männlichkeit zu absolvieren, begann Fafa, der kleine Aushilfsmacho, mit der Überwachung seiner Schwestern Kim und Nadou. Wie jeder gute Schäferhund schnappte er am Schultor zunächst nach Nadous Waden, die von ihren spitzen Absätzen Gebrauch machte, als er ihr den Befehl erteilte, sich *fissa* nach Hause zu bewegen, ohne noch groß rumzuquatschen. Fafa steckte den Tritt ein und versuchte dann, naiv wie er war, Kim aufzumischen, die ihn schon erwartete, mit einem perfekten Leberhaken, gefolgt von einem Uppercut auf die Schläfe. Fafa verstand, dass Einigkeit stark macht und dass seine Schwestern nicht Herr Seguins Ziegen, sondern eben die Töchter Bounoura waren. Er beschloss, seinem Vater ein, zwei Vornamen zu stecken, der ihn mit einem abfälligen Blick wieder ins Feld schickte. Da Benamar nie vor 19 Uhr nach Hause kam, hatten Kim und Nadou genug Zeit, Fafa im Hausflur abzufangen und dermaßen in die Mangel zu nehmen, dass sie in weniger als zwei Runden einen überzeugten Feministen aus ihm gemacht hatten. Fafa war damals ein wandelnder Knochen mit Haaren obendrauf, der auf zwei Storchenbeinen durchs Leben stakste. Körperlich hatte er nichts zu bieten und boxte einfach nicht in derselben Klasse wie seine Schwestern.

Weil er vor dem Vater nicht als Feigling dastehen wollte, nahm Fafa es mit der Wahrheit nicht so genau, als er Benamar die Ergebnisse seiner Nachforschungen darlegte:

»*Oula l'radim*, sie sind unschuldig wie die Lämmer …«

Als Lohn für seine treuen Dienste brachten Nabila und Benamar ihm bei, was sie aus dem Koran wussten. Weil sie aber nicht lesen konnten, schrumpften die Suren zu Sprichwörtern zusammen und der spirituelle Gehalt brach sich in Aberglauben Bahn:

»Du schläfst mit einem Gürtel? In der Nacht wird er zur Schlange und erwürgt dich.«

Fafa verbrachte schlaflose Nächte damit, den Gürtel seines Schlafanzugs anzustarren.

»Du trinkst Milch auf dem WC? Du verwandelst dich in eine Ratte.«

Fafa trank literweise Milch, aufrecht auf der Klobrille, und, was erschwerend hinzukam, tunkte auch noch Brot hinein. Dieses Brot, das Muslime küssen und dann wegwerfen, wenn es hart geworden ist.

»Und wenn ich Schweinefleisch esse?«

Fafa bekam die Antwort mitten ins Gesicht, verpackt in einen rauen, harten Handteller:

»Dann kommst du in die Hölle, wo eine Schlange mit neun Köpfen sich in deine Körperöffnungen schlängelt und dich bis in alle Ewigkeit von Innen verzehrt.«

Er experimentierte mit dem Gürtel und der Milch, die Schweinehaxen hingegen ließ er aus. Aber dem gefährlichsten aller Orte, dem Schulhof, entkam er nicht. Beim Flaschendrehen wehrte er sich gegen eine neue Regel, die besagte, dass er, Muslim bis zur Schwanzspitze, in ein

Schinkenbrot beißen sollte. Ketzerei, das Brot war durch die rosafarbene, gummiartige Scheibe für immer verdorben. Seine kleinen Freunde, die im Kalender standen, berieten sich, und die ganze Kinderbande stürzte sich auf Fafa, der, auf dem Boden liegend, wie ein Spielverderber die Zähne zusammenbiss und den Kopf schüttelte. Sie kniffen ihn. Sie kitzelten ihn. Sie hielten ihm die Nase zu. Nichts zu machen. Voll Abscheu musste Fafa über sich ergehen lassen, dass sie ihm die Scheibe ins Gesicht schmierten, und als es diesen kleinen Christenmonstern gelang, seine eine Lippen hoch- und die andere herunterzuziehen, berührte ein kleines Stück *Chetan* seine zu *Halouf*-Raspeln umfunktionierten Zähne …

Fafa schrie wie am Spieß, als ihm die Klassenkameraden das gute Stück in den Mund stopften, und spuckte es eiligst wieder aus. Die anschließende Verfolgungsjagd um die Kastanienbäume auf dem Hof wurde von der Klingel unterbrochen, die sie zurück an ihren Platz im Trott Richtung Zukunft schickte.

Mit verheultem Gesicht und als Letzter betrat Fafa das Klassenzimmer der Erstklässler, so tief hatte er sich den Finger in den Hals gesteckt. Der Rasende Roland rächte ihn nicht:

»*Atézemock* Karl der Große!«

An jenem Tag rannte Fafa zu Hause gleich ins Bad und schrubbte sich mit der Bürste das Zahnfleisch wund. Aus Angst vor den widerlichen Grunz- und Quieklauten, die wie ein verräterischer Schwall aus ihm hervorquellen könnten, bekam er zu Hause den Mund nicht mehr auf. Er war überzeugt, dass seine schweinliche Verwandlung von einem Grunzen eingeleitet werden würde, und gab bei Tisch keinen Mucks von sich. In seinem Inneren konnte Fafa schon die Schlange mit neun Köpfen knurren hören, die sich durch Nasenlöcher und Hintern schlängelte. Für drei ganze Tage konnte sich niemand rühmen oder beschweren, die Stimme von Faraht Bounoura vernommen zu haben. Wenn er alleine war, bewegte er seine Lippen und riskierte ein paar zaghafte Töne oder sogar ein Wort:

»*Miuma.*«

Fafa fragte sich, ob Gott bluffte. Wenn er allein war, redete er pausenlos, aber was würde geschehen, sobald ihm im Kreise der Familie ein Laut über die Lippen kam? *Mektob et zob!* Fafa, der größte Maulheld unter den Quasselstrippen, konnte den Mund nicht länger halten und traf eine Entscheidung. Entweder würde sein Vater ihn beim ersten Grunzen schlachten. Oder Gott, Zeuge der oralen Vergewaltigung, vergab ihm, weil's nicht seine Schuld gewesen war. Oder es gab diesen Gott ebenso wenig wie das bis zum Rand mit Milch gefüllte Klo, in dem eine Ratte schwamm, und in diesem Fall konnte er Gott zum Teufel jagen und sich an die Maxime halten, dass Herz und Geist sich nie ganz grün sein würden und dass es immer noch besser war, zum Teufel zu gehen, als auf zu Gott vertrauen. Punkt.

Ganz so leicht hatte Fafa es dann doch nicht, weil er nicht die Vorteile von Waisenkindern genoss und die Nachteile seines Daseins als ehelichen Sohns fürchten musste. Wohl oder übel musste er mit der Königinmutter Nabila klarkommen.

In Ermangelung eines nahen Gewässers oder aufgrund einer Dürreperiode wuchs Nabila auf wie ein Katzenjunges, das man aus Versehen nicht ertränkt hatte. Da ihre Mutter im Kindbett gestorben war und ihr Vater im Not leidenden Algerien nicht in der Lage war, sie zu versorgen, gab man Nabila zu einer Familie, die bereit war, sie durchzufüttern, bis sie alt genug sein würde, um sich auf den Beinen zu halten, Wasser zu schleppen und Körbe auf dem Kopf zu transportieren. Sobald sie ein Bein vor das andere setzen konnte, hatte Nabila keine ruhige Minute mehr. Sie musste zurückzahlen, was man in sie investiert hatte. Schon als Kind arbeitete sie wie eine Sklavin. Ernährte sich von den Resten. Wohnte abseits. Hüllte sich in Lumpen. Wurde oft geschlagen und musste die schwersten Aufgaben im Haushalt übernehmen. Sie war Aschenputtel mit Kopftuch und kannte nur Boshaftigkeit, Schmerz und die Erniedrigung, stets mit einem »Nach allem, was wir für dich getan haben« zur Ordnung gerufen zu werden.

Ohne Bildung, ohne Kontakt zur Außenwelt, ohne die geringste Ahnung von den Möglichkeiten, die die Welt bereithielt, lebte sie nur, um nicht zu sterben. Sie besaß nichts, noch nicht einmal sich selbst, und hoffte darauf, jung zu sterben. Sie fürchtete, dass es selbst auf dem Friedhof keinen Platz für sie gab und lachte bitter bei der Vorstellung, dass die Toten bei ihrer Beerdigung protestieren und ihr zurufen würden:

»Nabila, raus aus diesem Grab. Wir wollen dich nicht in unserer Nachbarschaft.«

Noch mit über fünfzig Jahren rief Nabila manchmal weinend nach ihrer Mutter.

So fand Benamar Bounoura sie und erwarb sie auf Pump. Sie hatte nichts mitzureden und dachte sich wohl, dass selbst die schlimmste Ehe im Vergleich zu den siebzehn Jahren, die sie hinter sich hatte, schön sein müsse. Benamar nahm sie mit in sein kleines Dorf aus Stein und roter Erde. Vertraute sie seiner Mutter Zorla an, rühmte ihren Fleiß, und nachdem die beiden Nabilas Hüften befühlt hatten, waren sich Mutter und Sohn einig, dass der Neuzugang für die kommenden Brutzeiten taugte. Benamar, der plante, seine Frau im Dorf zu lassen, während er in Frankreich ein Vermögen machte, beeilte sich, einen Schleier der Unterwerfung über ihre schwarzen, leidenden Puppenaugen zu decken. Benamar wanderte aus, und Zorla bewachte ihre Schwiegertochter, die bereits Karima unterm Herzen und Nourredine auf der Hüfte trug. Durch den Sehschlitz ihrer Schleier beobachteten die beiden Frauen das Kommen und Gehen der französischen Legionäre, die genug von den Ziegen hatten.

In Frankreich landete Monsieur Benamar Bounoura mitten im großen Wiederaufbau nach dem Weltkrieg. Frankreich oder Indochina, er erfuhr nie, ob er die richtige Wahl getroffen hatte. Als Vater von zwei Kindern entging er der Zwangsrekrutierung zum Massensterben in Asien und beschritt den mühsamen Weg der *indigènes sujets français* ohne Bürgerrechte. Im hell leuchtenden Paris kratzte er im Schatten der Ghettos das zusammen, was er zum Leben brauchte. Er fing bescheiden an und bettete seine Einmeterneunzig und neunzig Kilo im Winter auf die schmalen Bänke der Metropolitaine und im Sommer auf die der öffentlichen Parks. Wusch sich in Brunnen, bevor er die öffentlichen Badehäuser und die Gastarbeiterwohnheime für sich entdeckte. Benamar hatte nur eines im Kopf, sich selbst und seine Familie durchzubringen. Seine Mutter Zorla. Seine Frau Nabila. Seine Kinder Karima und Nourredine und diesen idiotischen Mohamed, diesen einbeinigen Nichtsnutz von großem Bruder, der wie alle Kinder der dritten Welt, von Lateinamerika bis in die europäischen Vorstädte, vom schwarzen Afrika bis ins unruhige Asien, nichts Besseres zu tun gehabt hatte, als mit dem einzigen Spielzeug zu spielen, das nichts kostet, dem Leben. Mohamed vertrieb sich die Zeit, indem er sich hinten an fahrende Autos hing und sich auf ihre schmalen Stoßstangen setzte. Er verlor das Gleichgewicht und schickte bei seinem Sturz ein Bein ins Nirwana. Mit einem Holzbein ausgestattet, humpelte er fortan im Stil von Arthur Rimbaud durchs Leben.

Benamar trug seine kleine Welt wie Atlas auf den Schultern, die Seele stolz und das Herz hart, und ließ sich nicht kleinkriegen. Am Tag war er sich für nichts zu schade und hortete Centime um Centime. Sparsamkeit war seine höchste Tugend, Geiz seine zweite Haut. Er war ohne jedes Laster, trank nicht, rauchte nicht, spielte nicht und kannte keine Frauen außer Nabila, die den monatlichen Scheck bei der Post abholte, Schalter Nummer 6, ein heiliger Ort, verehrt wie eine Moschee. Selbst vom anderen Ufer des Meers behielt Benamar die Macht über alles und jeden, vor allem über seine Nabila, für die in diesem Puzzle ein Schattenplatz vorgesehen war, Benamars zweiter Schatten. Grauer Schatten, so grau, dass die Zukunft ihn mit Demenz aufhellte, sobald Benamar sie über eine Familienzusammenführung nach Frankreich holte.

Benamar machte seine Sache gut, und auch das Glück half ein wenig nach, als er aus dem Dienstmädchenzimmer eines heruntergekommenen Mietshauses im 6. Arrondissement von Paris geworfen wurde und mit seiner Familie eine Wohnung in Bagnolet zugewiesen bekam, wo Nabila Nadia und Faraht zur Welt brachte. Der Zufall brachte sie alle zurück ins 6. Arrondissement, da dort mittlerweile anstelle ihres alten Wohnhauses ein schöner, neuer Sozialbau stand, dessen Treppenaufgänge in allen Buchstaben des Alphabets erstrahlten. Das Sozialamt hatte eine Liste möglicher Kandidaten für den sozialen Wohnungsbau angelegt, und die Familie Bounoura – zwei Erwachsene, vier Kinder – war die glückliche Gewinnerin gewesen. Da hatte man eine Arbeiterfamilie gefunden, eine maghrebinische noch dazu. Die *Smala* Bounoura war als einzige Familie wirklich proletarisch und ausländisch, im Sinne von nicht-europäisch. Etwas verloren zwischen Beamten, Vorarbeitern, Klein- und auch Großbürgern. Die Sekretärin des Polizeipräfekten. Ein selbstständiger Taxifahrer. Ein Florist. Viel Verkehrsbetriebe. Ein Anwalt. Ein Kommissar. Sozialarbeiter. Ladenbesitzer, deren Geschäfte in der Nachbarschaft waren. Die Filialleiter des Bon Marchés, dem Supermarkt auf der Rue de Sèvres, wo sich die Treppenaufgänge A bis H des Wohnblocks befanden, inklusive der Alibifamilie BOUNOURA, Treppenaufgang B, erster Stock, geradeaus. Ein Fremdkörper, ein Mysterium aus Nordafrika. Der algerische Teil der Bounoura sah nicht aus, wie man sich Algerier vorstellt. Benamar, glatte Haare und helle Haut. Nabila ebenfalls. Nourredine, hellbraune Haare, bei Geburt blond. Karima, braunhaarig, mit durchscheinender Haut. Und die beiden hässlichen kleinen Entlein. Nadia war bräunlich, ihre Nase groß und gebogen, die Mähne dick und lockig, Faraht ebenso. Wie ein Weinfass, das man bei Vollmond transportiert hatte, schien Nabila ihre Eizellen umgekehrt zu haben. Die beiden in Paris geborenen Bälger hatten, wie aus Protest, echte Arabervisagen.

Dort also, in dieser Atmosphäre, in der Gegend zwischen der Rue du Cherche-Midi und der Rue du Sèvres würden die vier Kinder aufwachsen.

Das Familienleben war geregelt wie ein Uhrwerk, dessen wichtigste Zahnräder die Eltern waren. Nono, der Älteste, der Mechanismus, der durch die Erfüllung seiner Pflichten von Haushalt bis Kinderbetreuung die Uhr immer wieder aufzog. Kim, großer und kleiner Zeiger, die durch ihr Alter und ihre Rolle als Zweitgeborene für das Gleichgewicht zwischen dem großen und dem kleinen Bruder sorgte. Nadou, die als zweite Tochter die undankbare Rolle eines strangulierten Kuckucks hatte, der kurz zum Vorschein kam, mit seinem Käfiggesang die Lebenszeit verkündete und vergeblich versuchte, davonzufliegen. Fafa, der Jüngste, auch genannt der Kleine, um ihn besser zu verbergen, zu vergraben … Eine Art Familienjoker, den man aus dem Ärmel ziehen konnte. Fafa wanderte von einem zum anderen, ein Pendel, das im endlosen Takt der Kindheit schwang. Fafa, den sie nicht aus den Augen ließen, denn eines Tagen würde er groß sein und das Holz der Uhr zum Bersten bringen, damit sie endlich frei wären, die Zeit auf ihre jeweils eigene Art anzuzeigen. Der eine Sonnenuhr. Die andere Sanduhr. Mit den Sternen. Mit einem Fuß zu früh und dem anderen zu spät, immer zwischen den Zeitzonen.

Dann wurde die gut geölte Routine der Bounouras gestört. Fafa war der Erste, der bemerkte, dass seine Mama verrückt war. Nicht die nette Verrückte von nebenan. Nicht das exzentrische Original, für das man sich ein wenig schämt, das man aber trotz allem liebt und verteidigt. Nein, die Irre. Die echte. Die gefährliche Schizophrene. Die Wahnsinnige. Die Ruhiggestellte. Einfach eine unglückliche Existenz, wie man sagt, wenn man nicht mit ihr zusammenlebt.

Bis auf ihren Mann und ihre Kinder lebte Nabila zurückgezogen in ihrer Erinnerung an Algerien, und wenn sie, was selten vorkam, ihre Kinder von der Schule abholte, schaute sie nicht nach rechts und links. Steif, die hängenden Arme ein wenig vom Körper abgewinkelt, schnappte sie sich Nadia und Fafa und machte kehrt, ab nach Hause. Sie sprach kein Französisch und ging weder einkaufen, sie schickte eins der Kinder nach Brot oder Milch, noch besuchte sie eine Freundin. Benamar wachte jeden Sonntag über die Einkäufe, er ging auf den Markt, erfüllte seine Rolle als Familienoberhaupt und überließ sein Portemonnaie ausschließlich seinem gesunden Menschenverstand. Weil er Schienen durch ganz Frankreich geschleppt und sie von Sonnenaufgang bis Sonnenuntergang verlegt hatte. Weil er von Norden bis Süden Fundamente ausgehoben hatte, verbissen, fleißig, eigenbrötlerisch, unermüdlich, schweigsam, hatte er das

Recht, allein über die Finanzen zu entscheiden. Als die Kinder groß genug waren, alleine in den Park zu gehen, ging Nabila auch nicht mehr auf den Plätzen des Viertels an die frische Luft.

Für Benamar diente Nabila als Wurzel. Sie lebte, wie er es für gut befand. Als muslimische Frau. Wenn er abends nach Hause kam, fühlte er sich durch sie in seiner Identität als Mann bestätigt, ein einziger Blick auf Nabila reichte, um die Beleidigungen von draußen zu vergessen. Die Befehle, das ständige Duzen. Die Nachäffer, die sich auf die »Ilikrizitit« und die »Feierzeige« spezialisiert hatten. Benamar sprach nie über den Rassismus, er vergrub alles tief in seinem Inneren. War sich der Kraft seines Traums sicher, der in großen Neonbuchstaben in seinem Schädel blinkte, wenn er nach dem Abendessen wie ein Stein ins Bett fiel – ZURÜCK IN DIE HEIMAT IN-SCHAL-LAH. Die Vatermaske fest mit dem Gesicht verwachsen, beruhigt, dass Nabila über sein Heim wachte, verwaltete er die Wohnung, als sei sie besetztes Gebiet. Eine Botschaftsniederlassung. Ein Stück Land, dessen Grenze, ergebene Botschafterin, freiwillige Geisel und lebenslanger Häftling Nabila war. Benamar wollte es so, um jeden Preis. Auch um den der Diktatur.

Kindheit, Kindheit,
schlimmes Fieber
in schlechten Träumen.

Strom fließt durch den Körper, auf der Suche nach einem Ausgang, er zirkuliert, und man steht da mit offenem Mund und wünscht sich, zu sterben oder dass es aufhört. So zirkulierte Nabilas Wahnsinn, ein geschlossener Kreislauf.

Als Ableiter hatte sie nur ihre Kinder, die sich Stromstöße fingen, wenn sich der mentale Fluss ihrer Krankheit über sie ergoss, mit seinem Bodensatz aus Ängsten, Sorgen, Aberglauben, Hass, Einsamkeit und einer schrecklichen Spielart der Liebe, halb Opfer, halb Henker. In ihrem Opferkult, der alle tötet, die man liebt, die man lieben müsste, trieb Nabila, vom Mystizismus geschwängert, ihr eigenes Leben ab.

Wer hätte Madame Bounouras Hintergedanken erahnen können, wenn der quietschende Fafa bei ihren nimmersatten Zärtlichkeiten fast platzte vor Lachen, mit seinen beiden Patschhändchen den Kopf der Mutter wegschob und ihr manchmal, wenn er keine Luft mehr bekam, an den Haaren zog? Nabila drückte ihr Gesicht, Nase und Mund, in den Schoß ihres Sohns und grummelte, seufzte, kitzelte ihn mit den unglaublichsten Tönen. Fafa war außer sich vor Glück und stieß spitze Schreie aus, ohne den verschwommenen Blick der Mutter zu verstehen.

Mit zehn Jahren fand Fafa die Mamaspiele dann überhaupt nicht mehr witzig, wenn sie ihn zu ihren seltsamen, obligatorischen Mittagsruhen rief, bei denen er sich nicht mehr vor Lachen bog, sondern vor Unbehagen zusammenrollte:

»Komm ins Bett …«

Im großen Ehebett drückte Nabila Faraht und Nadia von beiden Seiten an sich. Sie wartete ab, bis ihre Tochter schlief wie ein Stein und mit den konzentrischen Kreisen ihres Atems das Halbdunkel des Zimmers wärmte, um sich ihrem Sohn zuzuwenden.

*

Nadia schläft tief und fest.

Die Mutter schiebt den Kopf ihrer Tochter von der Schulter, rückt vorsichtig von ihr ab und wendet ihrem schlaffen Körper den Rücken zu, ihr Atem trifft auf Fafas Wange. Fafa starrt mit aufgerissenen Augen ins Dunkel und hört, wie sie zwischen einem Zähneknirschen und einem heißen Seufzer flüstert:

»Mama ist schön … *Miuma* ist eine Gazelle … Du hast deine Mama lieb …«

Dann spürt Fafa, wie sein Handgelenk in einen Schraubstock geklemmt wird. Eine Hand mit Metallfingern, das den Kinderarm streckt. Fafas mageren Kinderarm. Ein Arm, der noch keine Muskeln hat. Der zerbrechliche Flügel, die zarten Knochen, die von Adern durchzogene Haut, feine, vor Angst gespannte Nervenbahnen. Fafa verkrampft sich von den Fingerspitzen bis zur Schulter und versucht dagegenzuhalten, so sehr er kann, bis Nabilas hypnotische Stimme ihm befiehlt:

»Schlaf jetzt.«

Brav tut das Kind, als würde es schlafen. Schließt die Augen und ergreift die Flucht. Er überlässt sich Nabila, die sich seine offene Hand auf die nackte Brust legt. Ihre Brust, die sie mit einer Hand anhebt, bis sie ihr Kinn berührt. Mit der anderen hält sie weiter das zerbrechliche Handgelenk und erzwingt die Berührung. Fafa spürt die weiche Brust und die harte Brustwarze seiner Mutter unter seinen Fingern und folgt dem Rhythmus, den sie vorgibt. Die Augen immer noch geschlossen, dreht sich die Mutter siegessicher auf die Seite, sie drückt den Kopf ihres Sohnes nach unten, führt seinen geschlossenen Mund zur mütterlichen Brustwarze und lässt ihn daran saugen. Dann spürt Fafa, die Nase noch an der lauwarmen Haut der Brust, Nabilas glühende Hände, die seinen Körper mit Asche überziehen und unter Kummer begraben.

Manchmal versucht er – oder stellt er sich vor –, Nadia zu wecken, über den riesigen Körper seiner Mutter hinweg, ohne diese Grenze je zu überschreiten. Er weiß nicht mehr, ob er träumt oder handelt. Oft flüchtet er sich auf die Toilette, wenn die Mittagsruhe ansteht. Großzügig und fröhlich, mit glänzenden, feuchten Augen, rät sie ihm, schnell, sehr schnell, zurück ins Bett zu kommen. Er betrachtet seine Mutter im Bett, nackt bis auf die Taille, auf die Unterarme gestützt, den Mund zu einem irren Lächeln verzerrt, die Augen halb geschlossen wie eine Raubkatze. So gewinnt er etwas Zeit.

*

Die Zeit machte es nicht besser, ganz im Gegenteil. Nabilas Zustand wurde immer schlechter. Sie wusste, was während der Mittagsruhe vor sich ging, und statt es zu leugnen, wollte sie, dass Fafa vergaß, Welle für Welle, stets die vorherige auslöschend, bis es nur noch eine gibt: La Mère. Die Irre rief ihn zum Hausputz:

»Den Lappen!«

Sie stand oben auf der Leiter. In der Höhe nach vorne gebeugt, das Gesicht ihm zugewandt, die Nase gerümpft … Unter ihrem bis zu den Oberschenkeln hochgezogenen Rock präsentierte sie ihrem Sohn den nackten Po. Dieser Rock wurde mit der größeren Beinfreiheit beim beidhändigen Wischen mit dem Scheuerlappen entschuldigt, denn es gab keinen Schrubber, der es mit dieser althergebrachten Methode hätte aufnehmen können:

»Den Lappen!«

Fafa musste sich ganz nah an die Leiter stellen und ihr auf Zehenspitzen den Lappen reichen, den sie erst annahm, wenn er ihr in die Augen schaute.

Anschließend wartete Fafa mit gesenktem Blick auf den Befehl für das nächste Utensil, den nächsten Vorwand, der ihn zu Mamas Arsch führen würde.

Und schließlich kamen die Anfälle. Die Wirbelstürme. Fafa freute sich über sie. Ein schwacher Trost, nicht mehr das einzige Opfer der mütterlichen Gewalt zu sein. Mit wutverzerrtem Gesicht jagte Nabila alles zum Teufel. Zuerst murmelte sie wehklagend vor sich hin, dann wiegte sie sich hin und her und brabbelte schauerliche Gebete, und nach diesem Ritual, das sie auf dem Boden ausführte, begann sie, sich selbst zu verletzen. Zerkratzte sich die

Wangen. Riss sich die Haare aus und die Kleider vom Leib, als würde sie ersticken. Dann stand sie mit irrem Blick auf, sah ihre Kinder, die sich vor ihr in Sicherheit brachten, und eröffnete die Jagd.

Sie schrie Obszönitäten und hatte ihre ganz eigene Art, die Handflächen auf die übrig gebliebenen Kleidungsstücke neben ihre Genitalien zu legen und eine große Öffnung formen, während sie die Pobacken zusammenkniff und das Becken nach vorne schob. Sie stieß ihre Hüften ins Leere und brüllte:

»*Souha thâr mock! Artchoun ï mock!*«

(Das Genital deiner Mutter! Die Muschi deiner Mutter!)

Wer sich als Erster von Nabila erwischen ließ, bekam zu den Schlägen auch eine Ladung Rotze ins Gesicht. Oder sie taumelte wie in Trance mit verzerrten Zügen um ihr Opfer am Boden herum. Trat, beschimpfte, bespuckte es. Meistens mussten Fafa und Nadou dran glauben, weil die Älteren sie aus dem Versteck Nabila vor die Füße schubsten.

Nabilas Anfälle mündeten in schrecklichen Schuldgefühlen. Sie warf sich hin und wand sich weinend am Boden, bis eines ihrer Kinder verstand, dass es für heute vorbei war. Dann kamen sie eines nach dem anderen, um die gestrandete Mutter vom Boden aufzuheben und ins Bett zu bringen. In diesen Momenten drückte sie die Kleinen an sich und küsste sie, als wolle sie die Rotze wieder hinunterschlucken, streichelte sie, als wolle sie die Schläge wegwischen. Stammelte, voller Mitleid mit ihnen und sich selbst:

»Warum müsst ihr mich immer ärgern?«

Niemand beteuerte seine Unschuld, schüttelte den Kopf oder bohrte ihr einen Finger in die Schläfe. Die kleinste Bewegung konnte die Lawine wieder ins Rollen bringen. Sie schlief ein, und Nono rannte los, um Doktor Lafarge zu holen, der die ganze Familie Bounoura und insbesondere Nabila betreute.

Gott gibt es
Gestern war ich auf seiner Beerdigung
Satan gibt es
Morgen bin ich zu seiner Hochzeit eingeladen
Ich weiß nicht, ob ich hingehe …
Schließlich bin ich noch am Trauern!

Fafa brannten die Sicherungen nie durch, es schien, als würde er am Tag von der Energie der Sonne angetrieben und in der Nacht von einem Mini-Windrad, das seine phantasmatischen Blätter jenseits der Realität kreisen ließ. Fafa träumte viel, bis zur Geistesabwesenheit. Weit weg von allem. Nur mit Gewalt konnte man ihn in den alltäglichen Alptraum zurückholen, und selbst dann war er immer seltener ganz in der Welt der Lebenden anzutreffen. Teile von ihm blieben anderswo. Einsames, kleines Chaos, das immerhin sprechen konnte, die Worte waren ein Trick, um Anwesenheit vorzutäuschen. Die Worte, Maske des wahren Schweigens. Fafa redete, um nichts zu sagen, und hörte zu, um nichts zu glauben.

Manchmal kam Benamar mittags überraschend im Blaumann von der Arbeit, setzte sich an den Tisch und aß in aller Eile. Wegen einer Lieferung für eine Baustelle war er in der Gegend gewesen. Der Mann hatte es zu etwas gebracht. Zuerst hatte er als Bauarbeiter den *secoue-bicot* geritten, dann spezialisierte sich im Metallbau und war schließlich als Zulieferer dafür verantwortlich, dass die armen Teufel von der Bruderschaft Schaufel & Hacke stets rechtzeitig Nachschub bekamen. Nabila nutzte die Gelegenheit und schimpfte vor sich hin, während er sich auf sein großes Heft mit den kleinen Kästchen konzentrierte, um das Alphabet zu lernen oder Rechtecke und Quadrate für sein zukünftiges Heim im *Bled* zu zeichnen. Benamar schaute auf, ließ den Blick von seiner Frau zu den Kindern wandern, und damit Nabila endlich Ruhe gab, hob sich seine riesige Hand, um als zentnerschwere Faust auf Nonos Schädel, Kims Schulter, Nadous Wange oder Fafas Nase niederzugehen. Zufrieden hörte Nabila auf, die Vergehen ihrer Kinder aufzuzählen. Der Vater versuchte nicht, die Hysterie seiner Frau zu verstehen. Er arbeitete sie als Grundstein seines Eigenheims, als erster Schritt Richtung Heimat in seine Zeichnungen ein.

Benamar verfügte über spärliche intellektuelle, aber viele körperliche Mittel, um seine Ziele zu erreichen. Es genügte ihm, seine Töchter als Jungfrauen zu verheiraten und seine beiden Söhne dem sozialen Moloch der Arbeitswelt zu übereignen, um sich einen Platz im Paradies zu sichern, denn Gott weiß, welch großartige Leistung es ist, Jungfrauen mit Garantiesiegel zu bewachen und sich den Respekt der Leute zu verdienen, während man darauf hofft, im Alter von seinen Kindern, Enkeln und, *inshallah*, Urenkeln versorgt zu werden. Benamars Plan schien klar und einleuchtend. Er begann mit Nourredine, der mit sechzehn natürlich Schauspieler werden wollte. Der Vater hatte andere Pläne für seinen Ältesten. Eine ehrliche Arbeit. Einen Männerberuf. Einen, über den man sagen kann: »Der kann aus Scheiße Gold machen.« Benamar wollte einen Elektriker aus ihm machen, der es in Algerien in seinem noch zu gründenden Bauunternehmen BOUNOURA & SOHN zu etwas bringen würde.

Als Benamar beim Wort »Schauspieler« mit verständnisvoller Miene nickte, witterte Nono die Gefahr nicht und hätte gut daran getan, besser hinzuhören. Er hätte sofort verstanden, dass der Herr Papa »Schauspieler« mit »Stricher« übersetzte. Nono hatte die Leidenschaft, Benamar den Willen. Der eine das Talent, der andere die Macht.

Nono, der sich schon im Licht der Scheinwerfer sah, nahm heimlich Schauspielunterricht und bediente sich in der Bibliothek eines gewissen Jean-Christophe, Sohn aus gutem Hause im Treppenaufgang F. Dieser kultivierte Jean-Christophe fühlte sich dem Banausen Nono freundschaftlich verbunden und trichterte ihm racinesche, corneillesche und molière Alexandriner ein. Sobald Fafa lesen konnte, dressierte Nono den kleinen Bruder zum Stichwortgeber und spannte ihn für den Transport eines riesigen, aus einem Fahrstuhl im 7. Arrondissement geklauten Spiegels ein. Vor diesem Spiegel, in dem sich Nono von Kopf bis Fuß betrachten konnte, lernte Fafa, dass die Griechen gar zu besorgt um ihn waren. Dass die Welt, mein liebes Kind, wunderlich und dunkel ist, dass die kleine Katze starb und Nono seine Klassiker kannte. So gut er konnte, folgte Fafa ihm auf seiner Zeitreise. Von der Antike bis ins 18. Jahrhundert laß er seufzend seinen Text und flüsterte den von Nono:

»Was zum Teufel hatte er auf dieser Galeere zu suchen?«

Das fragte sich auch Fafa, während er Agnes zu den Griechen schickte und Pyrrhus mit Orestes verkuppelte, ob es Pylades nun gefiel oder nicht. In diesen Augenblicken fafaesker Überforderung ließ Nono seine Autorität als großer Bruder walten. Er packte Fafa am Kragen, drückte ihn auf den Boden und ohrfeigte ihn abwechselnd auf beide Wangen, bis Fafa, rot wie bei einem Schlaganfall, heulte vor ohnmächtiger Wut. Nono genoss es, Fafa zu quälen, der trotz der Schmerzen in seinen unter dem Bruder eingeklemmten Bizepsen nicht nachgab. Als Nono kapierte, dass er Fafa nicht länger für die *Petits Classiques Larousse* begeistern konnte, erteilte er ihm in seiner fiesen Lieblingsrolle noch eine letzte Lektion. Er setzte sich in Reiterposition auf Fafa, der sich unempfänglich für die Schönheiten der Dramatik zeigte, hob den Hintern an, ließ eine Hand unter die Gürtellinie wandern und schob sich den Mittelfinger ins Hinterteil, um ihn dann wieder herauszuziehen und ihn, derart parfümiert, direkt in Fafas entsetztes Nasenloch zu stopfen. Dann erhob er sich, würdig und stolz, und warf dem kleinen, apoplektischen Bruder am Rande des Nervenzusammenbruchs einen letzten abschätzigen Blick zu.

Fafa hoffte sehr, dass sein Papa ihn für all diese Dinge rächen würde, die er aufgrund des Erstgeburtsrechts erleiden musste. Für nichts in der Welt hätte er Nonos Auftritt im Esszimmer verpasst, der, ganz in seine Kunst gehüllt und textsicher, Gott den Vater um seine Freilassung ersuchte:

»Ach ja, Theater? Du willst Theater machen?«

»Äh, ja, genau …«

»Und Freiheit gleich dazu? Du willst Freiheit machen?«

»Ähm, nein … also, doch schon …«

Nono hatte nicht genug geprobt und hätte sich vor dem Applaus seines Ein-Personen-Publikums in Acht nehmen sollen, das alles spiegelverkehrt auffasste. Benamar legte seine riesigen Pranken auf die Knie, schüttelte mit einem kummervollen Seufzer den Kopf, betrachtete Nono, der es mit der Angst zu tun bekam, und baute sich in seiner ganzen Größe vor ihm auf.

Benamar, in keinster Weise irritiert und stets die Ruhe in Person, bat Nono, der geduckt um ihn herumschlich wie eine Hyäne, ihm zur Wohnungstür zu folgen.

Benamar öffnete sie mit einer erhabenen, väterlichen Geste und bedeutete Nono, den Abflug zu machen. Nono spürte die Gefahr und bedauerte es nun, die Rolle des Ikarus und nicht die des Ödipus einstudiert zu haben – Nabila war nicht zur Stelle, um wie eine echte maghrebinische Mutter um ihn zu kämpfen, indem sie sich schreiend und weinend an die Beine ihren Ehemannes klammerte. Nono schlich auf Zehenspitzen über die Türschwelle, als Benamars Herkulesfaust ihn an den Haaren zurück in die Wohnung zerrte, ohne die Tür zu schließen.

Aus sicherer Distanz, das Nasenloch noch ausgebeult, leckte Fafa sich die Finger. Der Tag des Heiligen Nono brach an. Von den »Nein, Papa …« angelockt, bezog Nadou mit gespitzten Ohren am Schlüsselloch der Küchentür Stellung. Nonos Emanzipationsversuch interessierte sie alle, sogar Karima, die sich in ihrem Zimmer verbarrikadiert hatte und darauf wartete, von Fafa und Nadou mit Neuigkeiten versorgt zu werden. Benamar ließ Nonos romantische Haartolle los:

»Sag, mein Sohn, die Jacke auf deinen Schultern? Wer hat sie bezahlt?«

So begann der demütigende Striptease des Nono. Benamar drehte und wendete seinen Sohn wie eine Stoffpuppe und zwang ihn, die Jacke auszuziehen, dann die Hose, die von den Latschen blockiert wurde, dann das Hemd, dann die Schuhe, für die Nono sich auf den Boden setzen musste. Am Hosenboden hob Benamar ihn hoch, und Nono stand Kopf, bis er sich zu einer Kugel zusammenrollte, damit sein Vater ihm die Känguru-Unterhose nicht auszog, die dann aber zerriss. Benamar stieß die angelehnte Tür weit auf und schob einen mitleiderregend nackten Nono hinaus, der sich wand und wehrte, so sehr er konnte, bis er bloß noch versuchte, seine Geschlechtsteile mit den Händen zu verbergen. Nackt stand er auf der Fußmatte und hörte, wie hinter ihm die Tür krachend ins Schloss fiel. Er bettelte, klingelte, klopfte, weinte:

»Papa, bitte, Papa … Mach auf. Papa … Papa.«

Dieses Stoßgebet aus Tränen und Scham dauerte eine ganze Weile, und die Momente plötzlicher Stille waren nur kurze Unterbrechungen, wenn Nono sich im Aufzug versteckte, weil er Geräusche oder Schritte auf der Treppe gehört hatte. Die Sozialarbeiterin aus dem fünften Stock sah ihn nicht, als sie die Treppe hinunterkam. Sie begnügte sich damit, auf den ständig besetzten Fahrstuhl zu schimpfen – und selbst wenn sie ihn gesehen hätte? Talentiert wie er war, konnte Nono sich unsichtbar machen, sodass auch der heimkehrende Florist aus dem ersten Stock links ihn nicht bemerkte, wie er mit dem Rücken zu ihm versuchte, Benamar zu erweichen. Der ganze Block wusste Bescheid, aber 0,75 Francs für einen Anruf beim Jugendamt sind dann doch ein bisschen viel für einen triebhaften und zudem noch exhibitionistischen Halbstarken.

Erst als Nabila von Doktor Lafarge zurückkam, ging die Tür wieder auf. Nabila schrie und gluckste, da machte Benamar lieber schnell auf. Nono stürzte hinter seiner Mutter durch die Tür und fiel seinem Vater vor die Füße, der auf ihn einprügelte. Endlich konnte ein 200-prozentig gefügiger Nono den kleinen Haufen Kleider wieder aufsammeln, letzte Erniedrigung, Benamar:

»*Kelhb!!*« (Hund!!)

Wie eine Frau, die gerade die Tortur einer Vergewaltigung überstanden hat, drückte Nono sich die Kleider an den nackten Körper und rannte auf sein Zimmer, um sich anzuziehen. In der Woche, die auf die Dressur folgte, wanderte er umher wie ein Gespenst, das dazu verdammt ist, die Grundbedürfnisse der Lebenden zu teilen.

Benamar, stets Herr der Lage, trieb dem trauernden Nono den melancholischen Künstlerblues schnell aus. Um fünf Uhr morgens betrat er das Zimmer der Jungen und zerrte ihn an den Füßen aus dem Bett:

»Heute fängst du als Hilfsarbeiter an.«

Nono fand sich mit glasigen Augen im Badezimmer wieder. Verstört humpelte er mit seinem verstauchten Knöchel dem Vater hinterher in einen verdammt eisigen Sonnenaufgang.

Benamar besorgte ihm einen Job bei Vardoïé & Co und vertraute ihn einem Elektrikermeister an, der versprach, aus ihm einen ehrlichen Arbeiter zu machen.

Der erstgeborene Bounoura betrat das soziale Spielfeld im Wissen, dass es um Leben und Tod ging. Verschlagen und heuchlerisch, willenlos und buckelnd verlor er seine Konturen, um sich in die Arbeiterklasse einzupassen, im Kopf bloß noch ein Gedanke:

»Kohle! Asche! Tacken! Zaster! Das ist die Erlösung!«

Er arbeitete wie verrückt und machte sich beliebt, bis sich auf den harten Zügen seines Vaters eine Art Erstaunen abzeichnete, das er für Stolz halten konnte. Nono lieferte sein ganzes Gehalt bei Benamar ab, oder vielmehr überwies Vardoïé, der mächtige und geschätzte Unternehmer, das Gehalt des kleinen Auszubildenden direkt an den Vater, aus dessen Hand der Sohn einen Obolus erhielt. Obolus, den Nono gewissenhaft sparte, obwohl er vom Wesen her Grille war. Er wurde zur Ameise, um sich etwas auf die Seite zu legen. Dank der Ratschläge seines Mentors Jean-Christophe kam Nono im Berufsleben trotz allem auf seine Kosten:

»Elektriker werden immer gebraucht. Denk an die Scheinwerfer! Die Beleuchter! Im Theater muss man alles können. Vergiss nicht: *Nichts geht verloren, alles wandelt sich.*«

Aus der Not machte Nono also eine Tugend. Das hässliche kleine Entlein würde sich eines Tages in einen schönen Schwan verwandeln, daran glaubte Nono felsenfest. Bloß wusste er nicht, dass ihn auch als Schwan noch sein Quaken verraten würde.

Zwei Jahre. Zwei Jahre, bis er endlich einen eigenen Anzug bekam. Eine Erwachsenenausstattung mit allem Drum und Dran. Zwei lange Jahre, siebenhundertdreißig Tage von fünf Uhr dreißig bis neunzehn Uhr, um einen Plan zu schmieden. Nono gelang sogar das Kunststück, ein paar Hundert Francs zur Seite zu legen, bevor er spurlos verschwand, ohne sich bei seiner Familie zu verabschieden. Benamar wäre auch der zweite Akt zuzutrauen gewesen:

»Und dieses Auge, wem verdankst du es? Und dieses Bein da?«

Um sein Humankapital zu erhalten, war Benamar zu allen Grausamkeiten bereit, auch auf die Gefahr hin, die Grenze zu überschreiten und in die Schlagzeilen zu geraten.

Nourredine war gut beraten, sich am Zoll vorbeizuschleichen, ohne die Aufmerksamkeit des erbarmungslosen Grenzers auf sich zu ziehen, der ihm nur das Knochengerüst gelassen hätte, ohne das Mark. Bevor er aufbrach, bläute Nono Fafa noch einen letzten Vers ein:

»Man ist mit siebzehn wahrlich kein Pedant …«

Hin und wieder tauchte ein etwas abgemagerter Nono auf, die Augen fröhlich funkelnd vor Hunger. Schmutzig und zufrieden aß er, während Nabila Ordnung in seine ziemlich zerschlissenen Klamotten brachte. Aus Angst, dem Vater zu begegnen, spähte Nono die Umgebung aus, bevor er sich in die Nähe der Wohnung wagte. Nabila packte ihm oft kleine Päckchen, gab ihm aber nie Geld, weil sie selbst keins hatte. Die Mama hatte Mitleid mit ihrem großen Jungen, aber Nono tröstete sie, indem er vor ihren bewundernden, ungläubigen Augen einen Haufen fachkundig aufgenommener Fotos ausbreitete, die er *Press-Book* nannte. Nabila versteckte eins, das Nono mit einem unleserlichen Gekritzel signierte.

Da ihr der Vergleich fehlte, bemerkte sie nicht die unnatürliche Blässe ihres Sprösslings, die Augenringe, das allgemein kränkliche Aussehen und dieses eigenartige, aufgeregte Zittern, das Nono überkam, wenn er so vor sich hin brabbelte. Nono war zum Zombie geworden. Wenn Fafa ein Zeichen gab, dass der Weg frei war, brach Nono auf und verschwand, wurde von der Menge verschluckt und in der Einsamkeit des Rattenlochs wieder ausgespuckt, in dem er lebte, überlebte und an seinem Ruf als verfemter Künstler arbeitete.

Nabila hatte ihren Großen gewarnt, dass der Vater sich auf die Jagd nach dem Ausreißer gemacht hatte, besessen vom *Wanted*, berechtigterweise, schließlich hatte er ihn eingekleidet und genährt, seit er auf der Welt war.

Als er abgetaucht war, hatte Nono den entscheidenden Fehler begangen, sich ausgerechnet in die gedärmartigen Gassen von Maubert-Mutualité zu flüchten. Genau dort, in diesem Viertel im 5. Arrondissement, pflegte Benamar, Tee, frische Minze im Bund und Olivenpaste zu kaufen. Schwarze und grüne. Kellenweise. Aus Holz- oder Metallfässern. Losen Weizengrieß und das hochheilige Fleisch, das zu ein paar Zeilen aus dem Koran geschlachtet worden war. Mit dem Foto von Nourredine Bounoura in der Tasche durchforstete Benamar alle Lebensmittelläden und appellierte, Teeglas in der Faust und Geschichten aus der Heimat auf den Lippen, an sämtliche maghrebinische Händler, sich dieses Gesicht gut zu merken und die Augen offen zu halten nach Nono, dem ehrlosen Sohn. Dann kehrte Benamar zurück zu Fafa, der den weißen Simca 1000 mit den roten Plastiksitzen bewachte, der stets zweite Reihe geparkt wurde. Der Vater rubbelte seinem Sohn mit einer zärtlichen Geste über den Kopf, bei der man nicht sagen konnte, ob es die Streicheleinheiten für das Hündchen waren, der das Autochen bewacht hatte, oder eine Geste der Zufriedenheit des Menschenfressers, der Nonos Versteck ausfindig gemacht hatte. *Miserere …*

Alexander Senna, Alex für seine Freunde, alias *Nourredine Bounoura,* arbeitete in einer schäbigen Bar und kümmerte sich um die kargen Geschicke einer drittklassigen Kaschemme, die sich Café / Tee / Ater nannte, wo er in Personalunion Mann für alles und Liebhaber der Inhaberin Maryvonne Marest, genannt der Boss, war. Eine bösartige Frau von fünfzig Jahren – mit Tiefgang, vor allem, was das Dekolleté angeht – und Vermieterin des kleinen Alex, der seine Miete mit ehrenamtlichen Tätigkeiten, die Nebenkosten mit Liebesbekundungen und die sonstigen Abgaben mit verliebten Blicken beglich.

Maryvonne, der Glückspilz, suckelte sich Nono achtzehn Jahre, ohne ihn in die Theorie von *M – Eine Stadt sucht ihren Mörder* einzuführen.

Nono machte sich mit dem hermetischen Wissen der Theaterleute vertraut. Das Völkchen im Café / Tee / Ater führte ihn auf Pump in die Mythen und Legenden der verfemten Genies ein, zu denen er sich gerne zählte. Artaud, Stanislawski und eine ganze Meute berühmter Unbekannter. Nono, pardon Alex, gestand sich nicht ein, dass es statistisch gesehen Erfolg versprechender ist, auf Godot zu warten als auf einen Mäzen oder Regisseur von Brook bis Mnouchkine, der ihm eine Chance in Form der Rolle seines Lebens gibt. Und weil der Durst beim

Reden kommt und Alkohol die Zungen löst, die sich bei zunehmender Trunkenheit in immer höhere Höhen aufschwangen, trank Nono/Bacchus die Bar leer, und Alex/Dyonisos spielte auf der winzigen Bühne Hamlet, in der hohlen Hand das Gebiss von Maryvonne, die ihm lang und breit erklärte, dass es nicht etwa an Mitteln fehlte, sondern dass diese Prothese Shakespeares Text mehr Tiefe verlieh als irgendein mit C-14 bearbeiteter Schädel. Nono berauschte sich an dem Geschwafel und verkörperte auf den morschen Brettern dieses Theaterwracks seinen Alkoholismus. Touristenfalle für die meisten, Traumfänger für ein paar wenige. Die wenigen talentierten Künstler, die es dort gab, hüteten sich, Nono von der Bühne zurück auf den Boden der Tatsachen zu holen, und zwar schleunigst.

Er war einfach zu niedlich, dieser wenig pedantische Araber mit seinen süßen achtzehn Jahren. Die Aufschneider legten ihm nah, sich namensmäßig weiterzuentwickeln, weil Nourredine Bounoura wenig attraktiv auf den kopierten Handzetteln wirkte, die sie Plakate nannten. Alexander Senna machte da schon mehr her, und die ekstatischen Massen waren ihm sicher, wenigstens solange Nono sie anschreiben ließ. Und so machte er sich das dostojewskische Pseudonym zu eigen, benutzte als Zeichen seiner Professionalität nur noch die Sprache der Comédie-Française und leerte sein Glas nicht mehr à la Bernard Dimey:

»Freu dich, meine Fresse, hier kommt der Regen.«

Sondern:

»Ich hätte gerne die Materie Wein in einem umglasten Raum …«

Nach und nach wurden seine Freundschaften immer eigentümlicher, und Alex der Narziss betrachtete sich im Zerrspiegel eines nach Lob lechzenden Nono:

»Bei dir ist es eine klare Sache. Ich glaube an dich, also glaub auch du an dich, ohne alles analysieren zu wollen. Denk nicht lange nach: Glaub einfach!«

Und Nono glaubte so sehr, dass er sogar sein erstes Gedicht verfasste:

Ich komme aus dem Land der Barbaren
wo verhüllte Frauen ihr Herz nackt tragen
und die Darbuka sich an die Gitarre schmiegt
Geformt aus sonnengetrocknetem Stein
zerspringe ich in kalten Nächten
Ich war von dort
und wurde hier geboren
Europa mein *Kumpel*
Illegaler Einwanderer
im Bauch einer Frau
eher ausgehungert als ausgewandert
Die Bürde ihrer Haut
wie eine Flagge gehisst
als tägliche Zielscheibe
Ich war von dort

Ich komme aus dem wüsten Land
wo reglose Frauen
aus ihren Käfigen die Geschicke lenken
Wenn neben der Darbuka die Gitarre versiegt
und die Kaktusfeige nach Minze schmeckt.

Und machte sich daran, sein erstes Stück zu schreiben, das Maryvonne inszenieren und ein Produzent produzieren sollte, und alles in allem sah es danach aus, dass man da einen neuen orientalischen Rimbaud vor sich hatte. Nono ließ sich von der berühmten *Ent-Regelung aller Sinne* – und Tabus – überzeugen, als ein berühmter Fotograf ihm anbot, nackt zu posieren. Alex biss die Zähne zusammen und ließ den Geist in sich eindringen, um sich Zutritt zu der unsichtbaren Welt der Schöpfer zu verschaffen.

Er erlebte und überlebte die Sache mit geradezu verlaineschem Zynismus. Der buddhistisch veranlagte Fotograf brachte ihm das Sprichwort des Weisen Lassuns Machschon bei, das lautete: *Sag, wie ich heiß, und dreh dich im Kreis.* Der Mann, ebenfalls Schauspieler und weit über sechzig, suchte sich seine Beute in den ausgehungerten Beständen aus Versagern, Blendern und anderen Wracks, die sich ums Licht, um den einzigen Scheinwerfer stritten, der während der Ethanolfinsternis leuchtete, die sie um zwei Uhr nachts auf dem Gehsteig in Dunkelheit hüllte, den Mund. Die Fotos zeigten einen jungen, bartlosen Mann in femininer Pose mit großen Rehaugen voll verzweifelter Hoffnung.

Das verheißene Stück wurde inszeniert, und Alexander Senna improvisierte drei surrealistische Rollen in drei Aufzügen. Splitternackt verkörperte er »Leere«, »Nichts« und »Gar-Nichts«, zwischen den Aufzügen änderte sich weder das Kostüm noch das Bühnenbild.

An diesem Tag des Ruhmes begab es sich, dass ein unerwarteter Besucher vorbeischaute. Alexander/Nono war zum Glück schon wieder hinter dem Duschvorhang verschwunden, der als Kulissen diente, um sich anzuziehen. Als er hinter der Bar wieder auftauchte, um die Komplimente der geladenen Gäste und die Autogrammanfragen des zahlenden Publikums zu ernten, das ihm für ein Freigetränk anerkennend auf die Schulter klopfte, sah sein Auge, was Menschenauge träumt: den Teufel. Benamar starrte ihn an. Wütend, sehr wütend. Mit einer Wut, wie nur Benamar sie konnte. Dieser Mann, der auf einen Amboss einprügelte, ohne müde zu werden. Der ein Metallrohr in der bloßen Hand hielt und es erhitzte, ohne sich zu verbrennen. Papa Bounoura befahl:

»Komm …«

»Aber …«

»Oder ich schlage alles kurz und klein.«

Aus Angst, Benamar könnte einen Künstlermord begehen, sammelte Nono ohne einen Mucks in Windeseile seine Sachen zusammen. Der Sohn folgte dem Ungeheuer, und Maryvonne sprang dem Tod von der Schippe:

»Möchten Sie etwas trinken?«

Die Kundschaft, lauter Mantel-und-Degen-Helden, versammelte sich auf dem Gehsteig und sah den beiden nach. Das Wunderkind, der Hochbegabte trottete mit hängendem Kopf von dannen. Anstatt mit Solidarität versuchten sie es mit Poesie:

»Was können wir ausrichten, wenn Pluton höchstpersönlich unseren Orpheus aus dem wahren Leben reißt?«

»Pluton, dieser Zyklop?«

Vorhang.

Nono stieg in den Simca 1000 und wurde von Fafa auf der Rückbank stürmisch begrüßt. Er hatte seinen Bruder wieder. Seinen Nono mit dem Stinkefinger. Seinen allerliebsten großen Bruder. Er nahm seinen Platz in der Familie wieder ein, und aus den Pusteln auf seinem Rücken sprudelte der alkoholische Eiter wie aus Wasserspeiern. Nono kam wieder auf die Beine, und die Narben auf der Haut verheilten, während sein Herz eine offene Wunde war. Neuerdings klingelte manchmal das Telefon, Benamar hob ab, als würde er eine Waffe ziehen und brüllte:

»Hier gibt es keinen Alexander!«

Er legte auf und warf Nono, der seine Rehaugen ängstlich niederschlug, einen vernichtenden Blick zu. Nur noch drei Jahre bis zur Volljährigkeit. Drei Jahre in der Hölle. Benamar konnte weder schreiben noch lesen, aber zählen, das konnte er. Eher zu viel als zu wenig.

Unter größter Geheimhaltung begab er sich aufs algerische Konsulat und verriet ohne jeden Skrupel seinen Sohn an die Armee. Nourredine Bounoura bekam seinen Einberufungsbescheid samt Flugticket zugeschickt:

»Ich hab bei keinem Preisausschreiben mitgemacht, was soll das?«

»Ein Mann, der nicht mit einer Waffe umgehen kann, ist kein Mann.«

Fafa lauschte der väterlichen Weisheit mit gespitzten Ohren und schwor sich, sie niemals zu vergessen und seinen Vater nicht zu enttäuschen. Waffen? Er würde sie lieben, ohne sie zu kennen. Benamar begleitete Nono nach Orly und steckte dem Sohn ein Vermögen von 500 Francs zu. Feige und ergeben wie er war, flog

Nourredine Bounoura alias Alexander Senna, Alex für seine Freunde, in ein Land, von dem er weder die Sprache noch die Kultur kannte. Sein Gedicht hatte ihm, wie die Schönheit, nur Unglück gebracht.

Genetisch verkorkst auf die Welt gekommen
und dann sozial zurückgeblieben
bin ich jetzt reif für einen Mord.
Aber immer, wenn ich einen Menschen töten wollte
habe ich ein Menschenleben gerettet –
meines.

Sobald die Causa Nono für zwei Jahre geregelt war, stellte sich die von Karima. Eines morgens erwachte sie mit einem roten Punkt mitten auf ihrer runden Nase. Ein Makel, den sie trotz aller Anstrengungen weder aufstechen noch auslöschen noch überdecken und vor allem nicht akzeptieren konnte. Er war einfach da:

»Das bedeutet, dass du niemals weiter als deine Nasenspitze sehen wirst«, sagte Nadou.

»Der ist wie ein Leuchtturm, damit dein Märchenprinz den Weg findet«, fügte Fafa hinzu.

»Das ist die Strafe Gottes«, schloss Nabila.

»Hä? Was?«, war es Benamar egal.

Kim hörte nur auf sich selbst, fragte aber alle um Rat. Angesichts der allgemeinen Gleichgültigkeit verbarrikadierte sie ihr kleines Herz und gravierte den Grabspruch aller Pubertierenden in sich ein:

»Niemand liebt mich.«

Sie richtete sich in ihrem Kummer ein, die Vorbereitungen für ihre persönliche kleine Messe musste man gesehen haben. Ein halbstündiges Zeremoniell. Als wolle sie im Armdrücken gegen das Schicksal antreten, stützte Karima ihren Ellenbogen auf den Tisch, ballte ihre speckige Hand zu einer Faust und lehnte ihre gewölbte

Stirn dagegen. In dieser Rodin-Pose zog sie die kleinen Wellen ihrer Stirnfalten zwischen ihren Augenbrauen zu einem Pfeil zusammen, der auf ihre Nasenspitze zeigte, schloss die Augen und beweinte, wenn endlich alles bereit war, in der Behaglichkeit ihrer Trauer bitterlich das terroristische, karminrote Pickelchen. Sie weinte tatsächlich. Mit pathetischem Schluchz und herzzerreißendem Schnief. In diesen Momenten wagte niemand, sie zu trösten. Aus Angst, hineingezogen zu werden in einen Strudel von Gedanken, bei denen man nur noch ins Wasser gehen oder aus dem Fenster springen konnte. Karima, die den IQ eines Goldfischs hatte, konnte stundenlang über das dermatologische Rätsel referieren. Ihr Egozentrismus und Narzissmus setzten ein ganzes Stück über dem Nabel an, sie glaubte, dass sich alles nur um sie und ihren Nasenfortsatz drehte. Kurzum, Kim konzentrierte sich und tat alles dafür, dass sich die ganze Welt und das Universum nicht bei diesem schrecklichen, entstellenden Handicap aufhielten, sondern nur ihre innere Schönheit sahen. Mit der Lupe betrachtet war das Pickelchen noch nicht einmal hässlich. Ungewöhnlich? Ja. Unansehnlich? Eigentlich nicht.

Unverstanden wie sie war, zog sich Karima *in ihr Selbst* zurück. Im Gegenteil zu Fafa und Nadou wurde sie fast nie geschlagen.

Ihre übernatürliche Fähigkeit, sich unsichtbar zu machen, manövrierten sie ins Aus. Ihr Selbsterhaltungstrieb setzte voll aufs Studieren, es war klar, dass der Weg in die Freiheit durch die universitäre Walzpresse führte und sie trotz der Scheuklappen, die die meisten diplomierten

Spezialisten tragen, in eine Zukunft befördern würde, die netter war als die Gegenwart. Sie klammerte sich an die Schule, an die Schulbank, ans Tintenfass aus Porzellan, an die Tafel. Sie stellte ihren kleinen Intellekt auf die Probe, hortete das geforderte Wissen, ohne viel davon zu verstehen, und schickte es zurück ans Kultusministerium. Wie alle guten Schüler verstand Kim sich aufs Wiederkäuen.

Geschätzt von ihren Lehrern. Beliebt bei ihren Mitschülern. Sie nahm eine Hürde nach der anderen, ohne zu stolpern. Nie zwei auf einmal, okay. Kim wurde das Aushängeschild der Familie Bounoura. Weil sie verstand, was sie las, konnte sie schreiben, was sie las, und mit diesem Taschenspielertrick übernahm sie die Macht im Haus. Amtliche Formulare? Kein Problem:

»Zeig mal. Ach, das ist keine große Sache …«

Die Sozialversicherung? Ein Kinderspiel. Von allen geachtet, verwaltete sie die Familie Bounoura, gab zu allem ihren Senf dazu und setzte sich mit ihren Ansichten durch. Und ihre Ansicht war:

»Ich, ich …«

Nicht alles war rosig in Karimas Leben. Sie litt unter Fafas Schreien und Nadous Tränen. Sie litt so sehr darunter, dass sie langsam begann, sie zu hassen. Geschlagen? Wurde sie nicht. Gut, hin und wieder ein verletzender Kommentar. Ein böser Blick. Ein angedeuteter Schlag … Aber alles in allem nichts Tragisches. Um die Schreie der Kleinen nicht mehr hören zu müssen, die in ihren Augen einfach nicht diplomatisch genug waren, beschloss Karima, auf taub zu stellen:

»Es hört doch jeder nur, was er versteht.«

Manchmal ging sie in ihrer Verachtung so weit, dass sie den Eltern recht gab, und wurde schließlich, ohne die Gefahr zu wittern, neutral. In dieser Zeit machte sie die große Entdeckung ihres Lebens. Unter der Nase hatte Kim eine niedliche, rosafarbene Höhle. Sie bemerkte, dass es sie sehr glücklich machte, wenn sie in dieses Loch Nahrungsmittel schob, die die Zollstation ihres Geruchssinns passiert hatten. Ein wahrhaft göttlicher Genuss …

Sie begann, ihre innere Leere zu füllen, und so wurde aus Karima Bounoura Buddha. Weil der Appetit bekanntermaßen beim Essen kommt, verschlang sie den Appetit gleich mit und ließ nur die Verfressenheit übrig:

»Ich bin Feinschmeckerin.«

So sagte sie.

Kauen, schlucken, schlingen, genießen. Hübsche, kleine Rülpser spielten auf ihren Trommelfellen. Wie Turmspringer, die sich die Nase zuhalten, um die Ohren wieder freizubekommen, tauchte Kim in die Bulimie. Sie verpuppte sich in ihrem Körper und hielt die Angst auf Abstand. Diese entsetzliche Angst, der Folter entgangen zu sein, aber stets die Nächste sein zu können.

Beim Essen hatte Kim eine Verbündete im Haus. Francine, die Tochter eines Fahrkartenkontrolleurs, die 50 Francs Taschengeld die Woche bekam und gerne mit ihr teilte. Hand in Hand nahmen Francine und Kim morgens die soziale Autobahn Richtung Schule, ohne Umleitungen und Überraschungen. Zusammen kamen sie zurück, den Mund voll mit Süßkram.

Kugelrund wie sie war, bekam man Kim nicht zu fassen. Sie glitt einem aus den Händen. Sie drehte sich um sich selbst. Bei Tisch beobachtete Benamar sie aus den Augenwinkeln, und je runder sie wurde, desto runder wurden seine Augen. Mit Blick auf eine anstehende Hochzeit wog und schätzte er sie. Er machte sich Sorgen. Auch wenn dicke Ehefrauen den maghrebinischen, muslimischen Anwärtern nicht missfielen, so suchten sie für den Anfang doch eher nach einer schlanken, hübschen Braut, und sei es nur für die Trauung, die Fotos, das Gerede und natürlich die Hochzeitsnacht. Benamars Misstrauen seiner Tochter gegenüber war so groß wie seine Bewunderung. Ein Frauenzimmer, das gut in der Schule war, machte ihn eher verlegen als stolz, weil er es lieber gesehen hätte, wenn der schulische Erfolg seinen beiden Eseln von Söhnen beschert gewesen wäre. Aber dass Kim begann, sich durch ihr Wissen zu emanzipieren, und ihm mit einem »Zum Glück bin ich da, um deinen Papierkram zu erledigen« die Stirn bot, ließ ihn ernsthaft daran zweifeln, ob er sie jungfräulich in die Ehe bringen konnte, ob er sie überhaupt verheiratet kriegen würde oder ob sie sich, Katastrophe, am Ende selbst einen Mann aussuchen wollte, der, oh Schande, auch noch Franzose sein würde. Wie sie so aß, sah er sie als alte Jungfer vor sich:

»*Bhegra.*« (Kuh.)

Benamar thronte wie ein Feudalherr am Kopfende des Tisches. Zu seiner Linken Fafa, auf dessen Teller er, einer schlechten Gewohnheit folgend, die abgenagten Knochen legte. Rechts Nadou, die mit dem Essen spielte, um länger etwas davon zu haben. Neben Fafa Nabila, die ebenfalls Kim auf der anderen Seite des Tischs zusah, wie sie ihren Teller leer putzte wie eine Python, die einen Elefanten verschlingt. Die Beleidigung – Kuh – ließ Karima nicht einmal aufschauen. Nabila beobachtete ihre Lieben beim Essen und suchte den Fehler, die Abweichung in diesem für ihren Geschmack allzu perfekten Bild. Oft spuckte sie beherzt in Fafas oder Nadous Teller, wenn einer von ihnen zu wählerisch beim Essen war. Sie rührte um und befahl:

»Iss.«

»Hab kein Hunger mehr …«

Benamar hatte seine ganz eigene Art, das Essen zu beenden, indem er mit der scharfen Seite seines Messers über die Finger fuhr, die sich noch zum Obstkorb verirrten:

»Es reicht.«

Ein Stück Nachtisch, mehr nicht, auch wenn es nur eine Aprikose war. Eine pro Nase. Die vier Mäuler, einhundertachtundzwanzig Zähne terrorisierten das Portemonnaie des Vaters, der Tag für Tag für drei Mahlzeiten aufkam, aber den nachmittäglichen Imbiss auf den Sankt-Nimmerleins-Tag verschob. Jeder nach seiner Fasson.

Mit Fafa und Nadou als Vorhut plante Karima Kühlschranküberfälle. Wenn sie mit leeren Händen wiederkam, heulte sie:

»Ich habe Hunger, mein Gott, was habe ich Hunger …«

Das wurde chronisch, ihr war der Magen von der Hose ins Hirn gerutscht. Benamar wollte Kim wieder unter seine Kontrolle bringen, sie gewissermaßen wieder in den Griff bekommen, aber die väterliche Pranke, die das Ohrfeigen gewöhnt war, erwischte bloß die Wange seiner ältesten Tochter. Karima schwankte, verlor das Gleichgewicht, wurde von ihrem Hinterteil nach unten gezogen und landete mit einem lauten Plumps auf dem Boden. Es war nicht die erste Ohrfeige, aber es würde die letzte sein, als Benamar, von seinem Ausrutscher selbst überrascht, sie durch ihre Tränen lächeln sah. Kim musterte ihren Vater kalt, ihre Tränen waren eher vom Kaliber Diamanten. Sie fixierte Benamar, als ob er ein Schokoriegel sei. Dann sagte sie laut und deutlich:

»Wenn du mich noch einmal schlägst, bring ich dich ins Gefängnis.«

»Was?«

»Ich erstatte Anzeige.«

»Was?«

»Kapito?«

Vor seinem eigen Fleisch und Blut schien das Familienoberhaupt plötzlich winzig. Wie alle Brutalos verstand er den Kern von Karimas Aussage. Und der lautete, dass sie es ernst meinte. Entweder erledigte er sie hier und jetzt, oder er tat so, als wäre nichts geschehen. Wer weiß, vielleicht dachte er, dass jemand ihn verflucht oder seine Eier mit einem schlechten Zauber belegt hatte. Würde Kim sich als eine Art Königsmörderin entpuppen? Er fühlte sich schlecht, schlecht und allein, als Kim ihn mit ausgestrecktem Finger anwies:

»Raus aus *meinem* Zimmer.«

Belämmert zog Benamar den Kopf ein, während Kim wieder auf die Füße kam: »Raus!«

Kims Triumph nutzte nur ihr allein. Aus Angst vor Benamars Wutausbrüchen vermied sie es, auch die Jüngeren in diesen Genuss kommen zu lassen und Partei für sie zu ergreifen. Die Lage konnte sich zu ihren Ungunsten entwickeln, falls Benamar in einem blöden Anflug von Stolz aufwachen sollte, nachdem er sich bei einem Imam oder einem Kollegen vom Bau Rat geholt hatte:

»Ich lass meine Kinder im Dorf. Frankreich ist nichts für sie. Da drüben halten sie die Füße still, *Roya l'Arziz* … Du willst nicht, dass aus deiner Tochter eine Nutte wird, mit einer Zigarette im Maul? Schick sie schnell nach Hause. Hier ist der *Chetan* höchstpersönlich Präsident.«

Nein, Kim würde sich nicht auch noch Fafa/Nadou aufladen. Sonst hätte der Vater allen Grund, den Widerstand zu brechen. Schließlich hatte er nicht all das durchgemacht, um sich dann mit einer Königsmörderin und zwei Vatermördern in den eigenen Reihen herumzuschlagen. Außerdem hielt Kim die Kleinen für degenerierte Schwachköpfe. Wenn bloß Nono … Aber Nourredine war weit weg und sie allein. Ohne Komplizen. Blieb nur ihr eiserner Wille und der roter Pickel, der ihr den Weg leuchtete.

In der allgemeinen Panik steuerte Kim wie ein alter Seebär. Hielt Kurs und ließ ohne Mitleid ihren Bruder und ihre Schwester über Bord gehen, im Krieg sind alle Mittel recht. Karima ahnte nicht, dass ihr Schiff längst zum Geisterschiff geworden war. Es wäre wohl besser für sie gewesen, sich hin und wieder eine Abreibung zu holen, denn es scheint, dass die Seele im Unterschied zum Körper nicht verheilt.

Vom Lycée Montaigne ging es für sie einmal quer durch den Jardin du Luxembourg zu den Juristen. Ihre beste Freundin Francine verließ sie, Kim war allein im großen Hörsaal und fand keinen Kontakt zu den Studenten. Die extreme Rechte regierte, und die kernige Truppe vom GUD *(Groupe Union Défense)* fand, dass »die kleine Araberin« dort nichts verloren hatte.

Kim war rundlich, aber hübsch, die Schönheit der Dicken, wenn sie jung sind, saftig wie Äpfel oder Melonen. Weiße Haut und schwarze Augen. Eine braune, wallende Mähne, einen von Natur aus roten Mund. Perfekte Zähne und ein strahlendes Lächeln. Karima war durchaus appetitlich. Die Faschos aus der Umgebung ließen sie in Ruhe, aber Karima sah, wie sie sabberten:

»Die kleine Araberin …«

Kim ließ sich nicht einschüchtern. Gut. Okay. Wenn Francine nicht mehr da war, um ihre paar Francs mit ihr zu teilen, dieses Vermögen, dass ihre Misere kaschierte, dann würde sie in der neuen Umgebung eben zu ihrer Armut stehen:

»Hier bin ich, hier bleibe ich.«

Die Bourgeoisie würde ihr schon einen Klappsitz für den proletarischen Hintern überlassen. Die soziale Ungleichheit tat sich wie ein Abgrund vor ihr auf. Die Studenten organisierten ihre Partys ohne sie. Sprachen über Paradiese, die sie sich noch nicht einmal vorstellen konnte. New York? Genf? Niemals Algier.

Karima ging zu den Vorlesungen, kam nach Hause, ging wieder hin, und auf ihrem Weg stolperte sie über Benamar, dessen Reptilienhirn nicht zwischen Vorschule und Universität unterscheiden konnte:

»Ich brauche Bücher, Papa.«

»Was?«

»Ich muss die Semestergebühren bezahlen.«

»Was? Jetzt gehst du jahrelang zur Schule, und plötzlich muss man bezahlen? Gibt's das nicht umsonst?«

Endlich hatte Monsieur Bounoura seine Revanche und weigerte sich, auch nur einen Centime zu blechen. Also fasste Kim den Beschluss, sich einen Job zu suchen, und nach einem harten Kampf nahm Benamar es hin. Seine Tochter in direktem Kontakt zur Arbeitswelt? Selbst halbtags, das Problem war ja, dass es dort in mancher Hinsicht allzu *aktiv* zuging, auch wenn sie sonst eher *passiv* waren, diese werktätigen Massen. In einem Klamottengeschäft in der Rue du Four verdiente sich Kim fortan ihre Francs, aber nicht genug für die Kopien und anderen studentischen Hilfsmittel. Und weil sie ständig mit Reichen zusammen war, kam sie auf den Geschmack. Vom Futter bis zu den Klamotten. Sie wollte nur noch Feinkost und Marken. Schließlich wollte sie Anwältin oder Richterin werden. Zudem musste sie mit ihrer neuen Flamme mithalten, einem gewissen Gérard Post. Ihr Gégé holte sie nach Ladenschluss ab und nahm sie mit in seine Junggesellenwohnung. Der Junge, Sohn eines Architekten, hatte alles, was man sich wünschen konnte. Er musste auf Skiern zur Welt gekommen zu sein, einen für Schnee am linken Fuß und einen für Wasser am rechten. Er sprach drei Sprachen fließend und war ein richtiger Witzbold:

»Ein Perverser steht wegen nicht einvernehmlichen Oralsex vor Gericht. Der Richter befragt das Opfer, welche Folgen die erzwungenen Fellatio gehabt habe. Antwort: *Schauen Sie, Herr Richter, meine Ohren stehen immer noch ab*. Der ist gut, oder?«

Kim sprach von Hochzeit. Gérard sagte Ja. Kim schlug einen Termin vor. Gégé wich aus:

»Zuerst das Studium. Verstehst du? Für unsere Zukunft …«

Karima blieb cool und ließ ihn machen. Gérard nahm der »kleinen Araberin« die Unschuld und ergriff die Flucht, woraufhin Kim zwanzig Kilo zulegte. Der ideale Schwiegersohn war ein Linker, aber doch nicht so sehr, als dass er seine Eltern enttäuscht hätte.

Karima hüllte sich in Unglück, eine Fledermaus, Herz nach unten. Sie verschrieb sich dem Studium wie einem Gott, verschloss das kleine Loch, das Gégé in ihren Kokon gerissen hatte, und verpuppte sich, um zu gegebener Zeit die schwarzen Flügel der Anwaltsrobe aufzufalten, wegzuflattern und als dämonischer Wasserspeier auf dem Dach des Palais de Justice von Paris zu landen. Karima Bounoura, der Rechtsfalter, hatte die eisige, unnachgiebige Maske der Justiz angelegt. Sie hatte sich entschieden, auf die andere Seite zu wechseln, ins andere Lager. Ins schlimmste, das der Opfer, die zu Henkern werden. Karima mit den großzügigen Rundungen und der proletarischen Bescheidenheit hatte sich Rache geschworen. Verwandlung gelungen.

Damals, am Hof der Großen, verpfiff sie Fafa.
Für die Liebe einer Frau
(oder eines Mannes):
Zerschlag lieber deine Erinnerung
als dein Herz zu öffnen.

Fafa, mager, schnell, nervös und wendig, hatte etwas von einem Schäferhund. Seit er für Nono den Spiegel geklaut hatte, wandte sich Kim immer an ihn, wenn sie »unbedingt« etwas brauchte. Fafa fühlte sich zwischen den Dalloz-Gesetzbüchern etwas verloren, diese kleinen Wälzer für Juristen sahen alle gleich aus. Zwei Mal schon hatte er seiner Schwester mit wedelndem Schwanz das Strafgesetzbuch gebracht:

»Die Straf-prozess-ordnung …«, maulte Kim.

Da sich die Ware weder zurückgeben noch umtauschen ließ, schmollte Fafa und ahnte nicht, dass Kim das überzählige Exemplar an einen Studienkollegen weiterverkaufte.

»Der Zwerg«, wie ihn sein großer Bruder getauft hatte, trauerte den goldenen Zeiten hinterher, als er noch Pornoheftchen bei Monsieur Morin geklaut hatte, dem Zeitschriftenhändler des Viertels. Der Ladeninhaber mochte Fafa und tat manchmal so, als würde er sein Spielchen nicht durchschauen:

»Faraht?«

»Ja, Monsieur Morin.«

»Falls dein Bruder dich die Heftchen lesen lässt, sei so gut und bring sie zurück, wenn du damit fertig bist.«

»Welche Heftchen? Ich habe nichts genommen, Monsieur.«

»Gut. Sag Nourredine einfach, er soll sie nicht schmutzig machen, und bring sie später wieder, wenn ich hinten im Laden bin.«

Zara, Isabella, Sambotte, Magella, Terrificolor, Fafa kannte sie alle, und wie bei den Gesetzbüchern kam es manchmal vor, dass er die alte Ausgabe klaute:

»Du bist echt zu blöd.«

Fafa schaute Nono an und fragte sich, ob er ihm wohl erlauben würde, die halb-erotischen, halb-pornographischen Comics auch zu lesen. Schon wenn er daran dachte, wurde sein Schniedel hart.

Nono tauschte die Heftchen mit einem anderen kleinen Wichsbruder aus seinem Bekanntenkreis, damit Fafa sie, so dachte er zumindest, nicht in die Finger bekam. Aber der Zwerg kannte Nonos Versteck.

Durch die Wand zwischen Bad und WC verlief kurz über dem Boden ein dickes Rohr. Ein Abwasserrohr, für das ein Loch in die Wand geschlagen worden war, in das man den Arm bis zum Ellenbogen stecken konnte, um geheime Schätze zu deponieren. Kim versteckte dort nie etwas. Für kein Geld der Welt hätte sie ihr Händchen in das dunkle, gurgelnde Loch gesteckt. Durch den Sichtschacht der Badewanne konnte man die verbotenen Dinge dann wieder hervorholen. Nono seine Zigaretten und den Schweinekram. Fafa das geklaute Spielzeug und Nadou den Fehler ihres Lebens.

Übrigens war es dieses Loch, das Nadou zu ihren ersten Selbstmordversuchen verleitete. Sie hatte Pech, sprang aus dem Fenster im ersten Stock und blieb unverletzt. Kein verstauchter Knöchel, kein gebrochener Arm, nichts.

Andere Knochengerüste hätten sich an ihrer Stelle teleskopisch zusammengeschoben. Fersen in die Knöchel, Knöchel in die Knie, Knie ins Becken und Becken in die Schultern. Nadias Landung war ein Wunder. Kein Kratzer, kein Bammel, nichts. Nur eine große Verwunderung, die sie dazu brachte, die Treppen hochzurennen und an der Wohnungstür zu klingeln. Benamar, der niemanden erwartete, machte auf:

»Wer hat dir erlaubt, rauszugehen?«

Bevor Nadou antworten konnte, brachte eine heftige Ohrfeige sie zu Boden. Sie hatte das Recht zu sterben, aber nicht das Recht zu gehen … auch nicht aus dem Leben? Wie ein Kind, das immer wieder auf die einmal bezwungene Riesenrutsche will, oder ein Jugendlicher auf das Zehnmeterbrett, machte sie einen Selbstmordversuch nach dem anderen, um ihre Eltern, Gott und den Tod zu nerven. Die kleine Schwester saß auf glühenden Kohlen, auf der Anklagebank, seit dem schrecklichen Tag, den man mit einem Grabstein markieren müsste: TAG DES LOCHS.

Fafa lag an der Wand, das Gesicht an den feuchten Rigips gepresst, den Nacken eingeklemmt vom kalten Sockel der Toilettenschüssel, und tastete blind nach seinem *Clint Eastwood*, den er in einem Spielzeugladen mitgehen gelassen hatte. Fafa war fasziniert von Inspektor Harry mit seiner 44er-Magnum und hatte sich schnell die Spielzeugkopie der Waffe besorgt. Seine Finger ertasteten eine Kugel aus Plastik, die er schleunigst ans Licht beförderte. Er nahm auf der Klobrille Platz und betrachtete den Gegenstand. Ein unbekanntes, kleines

Portemonnaie. Rosa und prall gefüllt. Als er es öffnete, glaubte Fafa seinen Augen kaum. Ein Geldschein und ein Berg Münzen. Noch nie im Leben hatte er so viel Geld gesehen, auch nicht, wenn sie Kaufladen und Raubüberfall spielten und Nadou Bonbonpapiere glatt strich, um immer genügend Wechselgeld in der Kasse zu haben. Davon könnte er sich ein Eldorado an Süßigkeiten, ein Gebirge aus Eis, einen Vulkan aus Bonbons besorgen. Wenn man bedenkt, dass seine arme Mutter nicht selten die ganze Wohnung für ein einziges Fünf-Centime-Stück auf den Kopf stellte, um genug für ein Baguette zusammenzubekommen. Und jetzt hatte er mindestens achtzig Francs in den Händen:

»Danke, Gott …«

Wenn diese Gabe doch schon vor dem Ekelfleisch-Skandal vom Himmel gefallen wäre, als Fafa, der eine Lese-Rechtschreib-Schwäche hatte, die üblichen fünfhundert Gramm Gehacktes zum Pferdemetzger zurückbringen und erklären musste:

»Wer Pferd isst, isst auch Menschenfleisch, Monsieur.«

Der Metzger konnte über das nabilische Sprichwort bloß lachen und weigerte sich hartnäckig, sein Fleisch zurückzunehmen. Die Angst im Nacken versuchte Fafa, seiner Mutter das Fleisch doch noch unterzuschieben, aber Nabila durchschaute auf den ersten Blick, dass es für Rind eindeutig zu rot und blutig war. Sie hörte es sogar aus vollem Blute wiehern:

»Es ist nicht mal geschächtet!«

Schamrot war Fafa mehrmals mit dem sorgfältig verpackten Teufelszeug in der Hand hin- und hergerannt.

Der Metzger blieb hart, Nabila ebenfalls. Fafa erkannte, dass da nichts zu machen war, der gehackte Leichnam kam in die Tonne und Fafa unter den Riemen. Wäre er früher zu der Kohle gekommen, hätte er das Rindfleisch aus eigener Tasche bezahlt, und die Sache wäre erledigt gewesen. Lange betrachtete Fafa das Geld, zu lange. Er fühlte, wie die Angst ihm die Waden hochkroch. Die Sache wuchs ihm über den Kopf. Dieses Geld konnte weder Nono noch Kim noch Nadou gehören, und er konnte sich nicht vorstellen, dass sein Vater das Versteck nutzte. Nein, nein und noch mal nein. Dieses Geld kam von Gott oder vom Teufel. Es gab keine andere Möglichkeit. Fafa steckte den Schatz nicht etwa in die eigene Tasche, sondern legte ihn Benamar in den Schoß:

»Papa …«

Er verstand nicht sofort, wie sein dünnes Hälschen in die Faust seines Vaters geraten war. Der wurde beim Anblick des Geldes weiß, ganz weiß, so weiß wie … Eisen, das so schnell heiß wird, dass es gar nicht erst rot glüht – er war geliefert. Benamar löste den Griff, damit Fafa aussagen und gestehen konnte, und hörte auch auf, ihn zu schütteln, um ihm die entscheidende Frage zu stellen.

»Ich war's nicht.«

Mit einer synchronisierten Bewegung drehten sich Benamar und Fafa zu der panischen, tränenerstickten Stimme um:

»Ich war's nicht.«

Nadou, steif und weiß, die Augen aufgerissen wie unter Hypnose, mit zitterndem Kinn, wiederholte leicht variiert:

»Das war ich nicht.«

Nabila schlich ins Esszimmer. Aufgeregt und nervös fuhr sie sich immer wieder mit der Zunge über die Lippen. Benamar wandte sich Nadia zu und stand auf, ohne sie aus den Augen zu lassen, schwer, stark, nicht aufzuhalten. Die Statue Benamar setzte sich in Bewegung. Er durchdachte die Sache. Hundert Francs waren aus seinem Portemonnaie verschwunden. Ein Hundertfrancschein. Er hängte seine Jacke immer in den Schrank und sicherte ihn mit einem Vorhängeschloss, an dem er stets noch einmal prüfend rüttelte. Den kleinen Schlüssel verwahrte er in der Tasche seines Blaumanns. Nie und nimmer hätte Benamar eines seiner Kinder verdächtigt:

»Dir ist ein Hunderter abhanden gekommen?«, wunderten sich die Kollegen.

Mit seinen Nachforschungen brachte Benamar Zwietracht in der Belegschaft von Vardoïé und verdächtigte alle und jeden. Er bekam zur Antwort, dass wohl kein Kollege das herrschende proletarische Vertrauen derart missbrauchen würde. Bei seinen Kindern war der Vater für seinen Geiz gefürchtet, und sie hätten ihr Leben sicher nicht so leichtfertig aufs Spiel gesetzt, aber:

»Das ist nicht meins …«

Nadias Stimme hätte einen Lügendetektor erweichen können, aber sie hatte es gewagt. Nadou, die Frevlerin, die Brecherin aller Gesetze und Tabus, hatte das Unentschuldbare getan:

»Papa …«

*

Er packt sie: »Z'bel!« (Miststück!)

Nadia, der Abschaum. Die Tochter zum Wegwerfen. Zum Steinigen. Zum lebendig Begraben. Die Tochter der Sünde und des Skandals. Um Fafa versinkt alles im Nebel. Das Geldwunder kommt weder von Gott noch vom Teufel noch von einem guten Geist. Also war Nadia die Diebin? Nadou, seine kleine Schwester, die der Vater wie einen Sack an den Haaren hinter sich herschleift, die auf dem Boden liegt und nicht wieder auf die Beine kommt. Sie ist es, die im Elternschlafzimmer verschwindet und deren kräftige Knie gegen den Türrahmen stoßen. Nadou, hinter der die Tür zuschlägt und bei deren ersten Schreien Kim in Tränen ausbricht und Fafa zur Tür laufen will, um sie aufzureißen und zu schreien, dass er es war, dass er der Dieb ist. Er ist es, er ist der Verräter der Familie! Er ist der Verbrecher! Aber Nabila kommt ihm zuvor, sie gleitet zur Tür – eine tanzende Schlange –, öffnet sie und schiebt sich durch den Streifen aus gedämpftem Licht. In der Hand hat sie ein Lineal aus Metall, lang, rechteckig, hart und stabil. Fafas Lineal, das er in der Schule geklaut hat.

Nadia schreit schrill. Wimmert wie ein Tier. Weint Rotz und Wasser. Ringt um Atem. Nabila kommt lächelnd aus dem Zimmer und lässt die Tür einen Spalt offen stehen, damit die anderen auch ihre Lektion lernen können.

Der Vater schwitzt schon, die Adern am Hals und im Gesicht verzerren seine Züge. Er steht aufrecht da. Mit einer Hand hält er Nadia am Fußknöchel fest. Mit der anderen schlägt er mit aller Kraft mit dem Lineal auf die Fußsohlen seiner Tochter. Er kennt sich aus mit Hammer und Amboss. Er will, dass jeder Schlag zu Nadias Hirn durchdringt. Sie wehrt sich nicht mehr. Als er ihre Knöchel loslässt, klatschen die Füße auf den Boden. Die Fersen sind aufgerissen, blutig, die Fußsohlen lila, die offenen Wunden zucken. Nadia hat sich übergeben.

Am Abend isst sie nichts. Sie liegt nackt im Zimmer der Eltern, am Rand des Bettes zusammengerollt. Fünf Tage bleibt sie in dem stickigen Zimmer. Der Vater geht zur Arbeit und kommt nach Hause, sie hat sich nicht von der Stelle gerührt. Sie isst nichts. Sie trinkt ein wenig. Nabila bringt ihr Wasser, tröstet sie aber nicht. Sie schlägt sie wieder. Giftet sie an. Hundert Francs! Sie, die Mutter, hat niemals so viel gehabt, ausgegeben, erhofft, erträumt.

Es braucht zwei Wochen, bis Nadia wieder gehen kann. Sie hangelt sich von Möbel zu Möbel. Sie sagt nichts. Was sollte sie sagen? Sie schaut niemanden an. Was sollte sie sehen? Ihr Bruder schaut zu Boden, wenn sie sich begegnen. Ihre Schwester macht ihr Vorwürfe:

»Du bist verrückt.«

Nadia antwortet nicht, sie versucht, zu überleben. Wegen jeder Kleinigkeit wird sie geschlagen. Man bespuckt sie, bloß weil sie da ist. Man? Vater/Mutter! Sie ekelt sie an … Nadou. Benamar beschimpft sie täglich, er braucht sie nur zu sehen, damit seine Erinnerung geweckt wird und er die Beteuerungen seiner Kollegen auf dem Bau wieder im Ohr hat. Er schämt sich, Benamar.

Fafa geht es auch nicht gut. Er ist schrecklich wütend auf sich selbst. Nadia ist unschuldig, weil sie verrückt ist. Instinktiv weiß Fafa, dass Nadia behindert ist. Eigentlich wussten es alle, auch vor dem Loch. *Alle machten ihre Witze, und sie wehrte sich noch nicht mal. Schaut, auf dem*

Foto ihrer Förderklasse sieht man sofort, dass sie in der Riege der Hirnis, die man in drei Reihen aufgestellt hat, einer der schwersten Fälle ist:

»Das jüngste Kind der Addams Family.«

Nadou, die zu früh zur Welt gekommen ist, als wäre sie auf der Flucht. Nadia, die mehrmals auf ihr armes Köpfchen gefallen war. Die große Narbe auf ihrer Stirn beweist ihre Unschuld. Egal was sie macht, sie kann nichts dafür. Die kleine Nadia mit dem verwirrten Blick. Ihr komisches Lächeln, schüchtern, als würden ihre eigenen Zähne sie beißen. Ihre hervorstehenden Zähne. Winzige Nadou, trotz der großen, bläulichen Knospen ihrer Brüste, in die die dicken Finger des Vaters fest kneifen.

Nadia hätte man nicht foltern dürfen, nein, nicht sie. Das war böse, Monsieur Bounoura, wirklich böse. Nadou, die Fafa von allen am liebsten hat.

*

Als sie wieder zu Kräften gekommen war, öffnete Nadou das Fenster und sprang. Wenig später stürmte Fafa prustend ins Esszimmer:

»Nadia stirbt.«

Er lachte über das Grinsen auf Nadias Gesicht, die sich auf dem Boden hin und her wälzte, Schaum vorm Mund. Wirklich witzig, ihre Grimasse. Ihre Augen, von denen fast nur noch das Weiße zu sehen war, schielten, und ihr nach oben gebogener Körper berührte den Boden nur am Kopf und an den Fersen. Ihr clownshafter, ständig wechselnder Gesichtsausdruck brachte Fafa zum Lachen, bis er Schluckauf bekam. Sie war zum Schreien komisch, die kleine Schwester. Benamar, ein Mann der Tat, rannte ins Schlafzimmer und schnappte sich unterwegs die Schlüssel des Simca 1000. Er nahm seine Tochter auf den Arm, rannte wieder zurück, ließ sich die Tür aufmachen und stürzte die Treppe hinab, Fafa gleich hinter ihm. Unten angekommen, Nadia über der Schulter, schloss er, ohne Zeit zu verlieren, das Auto auf, öffnete die hintere Tür und warf das Paket – Nadou – auf die Rückbank. Fafa setzte sich neben seine Schwester und:

»Halt ihren Kopf fest, damit sie nicht alles vollsaut.«

»Zu spät.«

»*Z'bel!*«

Im Krankenhaus wurde Nadia der Magen ausgepumpt, und man verlangte eine Erklärung von ihr:

»Ich hatte Zahnschmerzen, deshalb hab ich Tabletten genommen.«

»Welche Medikamente waren das?«

»Ich weiß nicht mehr … Viele. Echt viele.«

Bei den Bounoura hielt man dicht. Außer Fafa, dieser unwissende, idiotische Hosenscheißer. In eisiges Schweigen gehüllt, brachte Benamar Nadia nach Hause, und Fafa blieb im Auto, bis in ihrer Straße ein Parkplatz frei wurde. Er kannte dieses Spielchen. Jeden Abend ab 18 Uhr 30 hielt er nach seinem Vater Ausschau und rannte beim ersten Hupen auf seinen Wachposten im Kampf gegen Strafzettel.

Fafa gehorchte allen, jedes Familienmitglied konnte sich von ihm die Sterne vom Himmel holen lassen. Bevor Nono zur Armee ging, um männlicher zu werden, bestellte er bei ihm immer den Alkohol für seine Feiern, die er Cocktailpartys nannte. Fafa brach die Keller im Viertel auf. Für Kim, die gerne in Hochglanzmagazinen blätterte, besorgte er ein Fahrrad, damit sie sich keine Sorgen mehr wegen ihres Gewichts machen brauchte. Er durchquerte mit ihr sonntagmorgens ganz Paris, bis er genug von den ständigen Pausen hatte, weil seine Schwester beim Treten nicht essen konnte:

»Lass eine Hand los.«

»Dann fall ich runter.«

Fafa lebte, atmete, versuchte, für und durch seine Sippe zu denken. Nach Nadias Folterung veränderte er sich. Das Leid des Mädchens und die Scham des Kindes vermischten und verbündeten sich, bis eines Morgens:

»Faraht? Wo ist deine Schwester?«

»Woher soll ich das wissen?«

Nabila biss sich auf die Lippen. Eine ihrer Töchter war ihr über Nacht entwischt. Beklommen zog die Mutter ihr Kopftuch über und steuerte beschämt das Polizeirevier an.

In der Schule habe ich die Verben
SEIN und HABEN gelernt.
Beim Verb GEHORCHEN bin ich abgehauen,
weit weg – sehr weit – von allen
gewohnten Wegen.

Sogar in der Hölle kann es vorkommen, dass man die Geknechteten *Y'a d'la joie* summen hört. Wenn er sonntags nicht unter der Hand auf irgendeiner Baustelle arbeitete, ging der Vater mit Fafa und Nadou ins Kino. In der Rue de la Gaité konnte man sich zwei Filme zum Preis von einem anschauen. Benamar opferte fünfzehn Francs, dann noch mal fünf für Süßigkeiten. Er zog sich an, als würde er in die Oper gehen, eine Gabardine über dem Anzug. Der Vater schritt voran, die Hände auf dem Rücken verschränkt, in der einen hielt er die Händchen seiner Kinder, die ihm im Krebsgang folgten, fast Rücken an Rücken. Benamar ging die ganze Rue de Rennes bis nach Montparnasse hinauf und zerrte seine Kinder hinter sich her. Ein kurzer Zwischenstopp für die Tüte gemischte Bonbons, darunter seine geliebten Valda-Pastillen, dann setzte er sich zwischen seine Kinder und gab zum Film die Bonbons eins nach dem anderen aus. In der Pause guckten Nadou und Fafa auf den Boden, um die Kartenabreißerin mit ihren Korb voll Köstlichkeiten nicht ansehen zu müssen. Sie gingen nach Hause, wie sie gekommen waren, mit dem einzigen Unterschied, dass Benamar vor der riesigen Baustelle der Tour Maine Montparnasse eine Pause einlegte. Er hielt an, um den Turm mit den Augen aufzubauen, um ihn vor sich zu sehen. Benamar lächelte zufrieden, weil er wusste, dass seine Firma eines Tages dem Restaurant ganz oben den letzten Schliff geben würde. Der Anblick großer Bauvorhaben schien Benamar glücklich zu machen. Wenn die kleine Rasselbande hinter ihm ungeduldig wurde, pflügte der Mann wie eine Dampfwalze weiter und machte noch einen Umweg über den Boulevard Raspail, um den Liter Eis zu kaufen, der den Sonntagskuchen ersetzte. Dann gingen sie endlich zurück nach Hause. Den Kopf voll vom Film, oft irgendwelche Historienschinken, rannten Nadia und Fafa ins hintere Zimmer, um die schönsten Szenen nachzuspielen. Der Vater nahm seinen Werkzeugkasten und machte etwas kaputt, um es anschließend, wie er Nabila versicherte, besser wieder aufzubauen. Das Hause Bounoura blieb eine ewige Miniaturbaustelle, die oft monatelang brachlag:

»Das ist nur provisorisch …«

Diese sonntäglichen Bauarbeiten trieben Nabila, die einen Putzfimmel hatte, noch tiefer in den Wahnsinn. Die ganze Familie kam zu Tisch, und wenn Fafa sicher war, dass die anderen Vielfraße ihren Nachtisch verschlungen hatten, verkaufte er sein Eis löffelweise. Nono, sein bester Kunde, aß Fafas Eiscreme und, mit seinem Gedächtnis wie ein Eisberg, bezahlte nie. So hätte auch dieser Sonntag verlaufen sollen, wenn nicht:

»Faraht, wo ist deine Schwester?«

»Weiß ich doch nicht …«

Es stimmte, er konnte es nicht sagen. In der Nacht von Freitag auf Samstag war Nadou abgehauen. Ihr Vater, der früh aufgebrochen war, um die Klos in der Hotel-Pension eines Mietwucherers zu reparieren, hatte nicht im Zimmer der Mädchen vorbeigeschaut:

»Warte bis Montag.«

»Nein, psst … Du musst leiser reden, sonst weckst du ihn auf.«

»Aber am Sonntag gibt es Lee Van Cleef im Kino …«

»Ist mir egal. Ich hau ab.«

»Und was ist mit mir? Dann verpass ich den Film am Sonntag …«

»Sagst du mir jetzt, wie ich runterkomme, oder was?«

»Fall nicht runter! Pass auf.«

»Keine Sorge. Bei meinem Pech würde ich noch nicht mal sterben, wenn ich abstürze.«

Mal wieder hatte Fafa gehorcht. Vor dem Fenster des Jungenzimmers gab es einen schmalen Sims, über den man das lange Rohr der Regenrinne erreichte, die bis nach unten führte. Der entscheidende Moment war der, wenn man vom Zimmerfenster zum Badfenster wechseln musste. An die Wand gepresst, musste man zuerst die Gitterstäbe vorm Badezimmer und dann die vorm WC erwischen. Unten dann:

»Ich bin frei!«

Nadou schaute mit ihrem blassen Gesicht zu ihm hoch und winkte:

»Komm mit! Komm schon …«

Fafa, einen Kloß im Hals, schüttelte den Kopf:

»Die Autos. Vergiss die geparkten Autos nicht. Schlaf in den Autos.«

Zwei, drei Mal die Woche machte sich Fafa auf diesem Weg aus dem Staub, um dem edlen Metier des Autoknackens nachzugehen. Von seinen Expeditionen brachte er ein wildes Durcheinander an Dingen mit. Eine unübersichtliche Anzahl an Taschenlampen, Bonbondosen, Zigaretten, Sonnenbrillen in allen Formen und Farben und manchmal Klamotten. Das alles verkaufte er in der Schule weiter. Er blieb lange am Fenster stehen und schaute in den Himmel, die Dunkelheit, in der Nadou verschwunden war. Er betrachtete den Mond, um sie zu sehen. Der Vollmond war wie ein Spiegel, in dem er die Flucht seiner kleinen Schwester beobachten und ihr auf Schritt und Tritt folgen konnte, um sie zu beschützen:

»Viel Glück.«

In dieser Nacht lag Fafa im Bett und konnte nicht einschlafen. Er war aufgeregt, wälzte sich hin und her und hielt sich sogar den Mund zu, um nicht vor Freude zu schreien:

»Ja! Ja! Jaaa!«

Sie irrte die ganze Nacht umher. Hing den ganzen Samstag irgendwo herum. Nadou wusste nicht, wohin, und bei *La Samaritaine* warfen sie sie bei Ladenschluss raus. Sie hockte sich vor einen Elektroladen und schaute sich das öffentlich-rechtliche Fernsehprogramm ohne Ton auf zehn Bildschirmen an. Einen Plastikbeutel über der Schulter, ausgestattet mit einem Stück Butter und ein paar Zwiebäcke durchquerte Nadia Paris und kam schließlich, als ihr die Vorräte ausgingen, zurück in ihr Viertel und setzte sich vor das Polizeirevier Place Saint-Sulpice. Der diensthabende Polizist beobachtete sie eine Weile, bevor es ihm merkwürdig vorkam und er sie einsammeln ließ. Nadou ließ sich mitnehmen und versuchte nicht, zu entwischen. Sie konnte nicht mehr. Mit dreizehn Jahren gab sie auf.

Saß stumm in einer Ecke und weigerte sich, auf ihre Fragen zu antworten:

»Name?«

Pädagogisch wie sie waren, setzten die Polizisten auf Schuldgefühle statt auf Verständnis:

»Deine Eltern machen sich bestimmt große Sorgen.«

»Sie sind bestimmt traurig.«

»Schämst du dich nicht, deiner Familie das anzutun?«

»Das ist doch gefährlich, nachts alleine.«

»Weißt du, was das ist, eine Prostituierte?«

»In deinem Alter …«

Anstatt auf Psychologie setzten die Polypen eher auf den Katechismus. Nadou stellte sich ihre traurigen Eltern vor, schon halb tot, kurz vorm Selbstmord. Eine Nutte? Nabila sagte es ihr gut ein, zwei Mal die Woche. Wusste sie also. Und das Risiko? Wer könnte ihr etwas anhaben, außer denen, vor denen sie geflohen war? Keiner der Polizisten konnte oder wollte in der riesige Sprechblase über ihrem Kopf lesen:

HILFE!

Nadou war sich sicher, dass man sie ins Gefängnis oder ins Waisenhaus stecken würde, wenn sie weiter schwieg. Egal wohin, nur nicht zurück. Sie konnte auch ihr ganzes Leben hier sitzen bleiben. Sie brauchte nicht viel. Einen Milchcafé, ein Butterbrot pro Tag. Im Winter würde sie auf der kleinen Bank im Gewahrsam schlafen und im

Sommer auf dem Platz. Sie könnten sie sogar anketten, sie würde nicht weglaufen.

Schließlich kam ein Polizist, streichelte ihr über den Kopf und lächelte breit:

»Ich habe auch Kinder.«

Nadou schaute den freundlichen Dicken an und sah in seinem aufgedunsenen Clowsgesicht das Grauen:

»Deine Mama kommt. Sie kommt dich abholen.«

Er bekam sie gerade noch am Rockzipfel zu fassen, als sie zum Ausgang rannte. Sie sperrten sie ein. Nadou rollte sich in der hintersten Ecke der Zelle zwischen Kippenstummeln und Rotze auf den schmierigen Kacheln zusammen.

Nabila hatte eine Beschreibung der Ausreißerin durchgegeben.

»Mein ganzes Leben habe ich keinen Fuß in ein Polizeirevier gesetzt.«

Angesichts dieses Arguments war es an der Mutter, die Ehre ihres Mannes zu retten. Die Zentrale hatte die Information gestreut. Nabila, mit Leib und Seele Schauspielerin, lief zur Höchstform auf und rührte die Polizisten zu Tränen. Schluchzend und radebrechend identifizierte sie ihre Tochter hinter Gittern, machte des Öfteren von ihrem Taschentuch Gebrauch, setzte ihr Gekritzel unter das Protokoll und ließ sich die Ausreißerin bringen. Nadou fügte sich in ihr Schicksal und ging mit, ohne sich zu wehren. Die Erwachsenen hatten sich alle gegen sie verschworen … Warum also kämpfen?

Komischerweise kamen die Prügel nicht sofort. Benamar schätzte eine ordentliche Strafe. Ja gut, aber … Vielleicht hatte die Nutte draußen geredet. Es war besser, noch etwas zu warten, bevor man ihr die Haut abzog, die Gedärme herausriss, den Bauch aufschlitzte. Man weiß ja nie. Die Polizei könnte der Ansicht sein, dass … Nabila war der Ansicht, dass eine ordentliche Teufelsaustreibung … Tatsächlich war die Polizei der Ansicht, dass sie ihre Pflicht getan hatte, nämlich: Nichts.

Nadia Bounoura wurde nicht geschlagen, aber Nabila setzte sich durch. Die Aussätzige wurde vom Rest der Herde isoliert, und als Benamar am Montag seinem mühsamen Tagewerk nachging, holte die Mutter aus ihrem tiefsten Inneren ihre individuelle und persönliche Vorgeschichte herauf.

In einer Pfanne erhitzte sie einen harten, durchsichtigen Klumpen, einen kleinen Zauberstein, der sich unter ihren Beschwörungen verflüssigte und eine Pfütze bildete. Nabila nahm die Pfanne vom Herd, pustete auf den Inhalt, der unter beherzten »*Allahu Akbar*«-Rufen wieder fest wurde.

Sie kniff die Augen zusammen, nickte mehrere Male verständig mit dem Kopf. Ihr Gesicht verzog sich, und aus ihrem Mund drang ein langer Schrei:

»Das Auge!«

Es bestand kein Zweifel, das Naphthalin hatte gesprochen! Da war er, der böse Blick! In der Pfanne. Nadou, vom Dämon, vom *Chetan* besessen, konnte nur durch die Aufopferung ihrer Mutter gerettet werden. Da half kein Zaudern und kein Zögern. Nabila machte sich bereit für den Horrorfilm. Madame Bounoura verstand nichts von Kunst, hatte aber neben einem Talent für die Improvisation auch einen angeborenen Sinn für die richtige Inszenierung. Sie verdunkelte die ganze Wohnung bis auf die vier Flammen des Gasherds und das Licht des geöffneten Kühlschranks. Sie stellte ein paar Kerzen auf, zündete Räucherstäbchen an und verwandelte ein Metallsieb in eine Art Weihrauchfass, in dem sie Kräuter verbrannte. Nadou, die seit ihrer Rückkehr ein weißes Nachthemd ohne etwas darunter tragen musste, wurde auf einen Hocker in der Mitte der Küche gesetzt. Aus Neugier warf Fafa einen hastigen Blick in die widerliche Pfanne und stellte fest, dass das Auge Satans einem After nicht unähnlich war:

»Das ist das Auge vom Arsch.«

In Anbetracht der Ereignisse traf er die weise Entscheidung, sich schleunigst in der Toilette zu verbarrikadieren. Nadia ließ alles über sich ergehen, um den religiösen Wahn ihrer Mutter nicht gegen sich aufzubringen. Brav setzte sie sich hin. Murmelnd umrundete Nabila ihre Tochter und räucherte sie ein. Sie kam vor Nadia zu stehen, schob das Nachthemd hoch und schwenkte das Weihrauchfass darunter. Nadou wollte die Oberschenkel zusammenpressen, aber ein wütender Blick von Nabila hielt sie zurück. Sie schloss lieber ganz fest die Augen, um nicht zu weinen oder zu zittern, worauf Nabila nur wartete. Nadou wehrte sich auch nicht, als Nabila ihre Beine auseinanderschob. Nadous Aufschrei und ihr Fußtritt waren so heftig, dass Nabila zu Boden geschleudert wurde. Die riesige, geschälte, saftige rote Peperoni, die sie heimlich aus der Tasche gezogen und ihrer Tochter bis zum Jungfernhäutchen in die Scheide gestopft hatte, war ihr aus der Hand gefallen. Nadia rannte ins Bad, ohne auf Nabila zu achten, die sich am Boden krümmte. Hinter Rauchschwaden kam die Mutter wieder auf die Beine, die zitternden Flammen ließen ihren Schatten auf den Wänden tanzen. Darin erkannte sie Zeichen. Nabila drehte sich mehrmals um sich selbst, bevor sie in den Flur zum Bad vordrang. Nadia löschte den Brand in ihrem Schoß mit dem Duschkopf, rieb sich die Vagina und biss die Zähne zusammen. Hinter der Tür hörte sie Nabilas Glucksen und Schimpfen und erkannte darin zweifelsfrei die Stimme des Teufels. In der Toilette betrachtete Fafa den Besen und biss sich auf die Lippen. Durch das Loch rief er nach seiner Schwester. Nadous rotes Gesicht tauchte im Schacht neben der Badewanne auf:

»Willst du den Besen?«

»Was?«

»Willst du den Besen?«

»Wozu?«

»Zum Wegfliegen.«

»Was?«

»Na, wenn du doch eine Hexe bist? Dann nimmst du den Besen und fliegst damit weg.«

»Du bist echt bescheuert.«

»Was?«

»Ach, nichts.«

Die beiden Kinder schauten sich schweigend an, ihre entsetzten Hamstergesichtchen wackelten wie Aufziehpuppen mit den gespitzten Ohren. Lange verharrten sie reglos, Auge in Auge. Sie dachten an die Menschenfresserin auf der anderen Seite der Tür. Ihre Mama, von einem Teufel besessen, der, sobald er Nadou ausgetrieben worden war, in Nabila eine neue Bleibe gefunden hatte. Ein ewiger Obdachloser, dieser *Chetan*!

Im Flur hämmerte Madame Bounoura fluchend gegen die Türen, wurde dann müde und rollte sich zwischen ihren durcheinandergeratenen, wie üblich zerrissenen Kleider, auf dem Boden zusammen. So schickte sie sich an, sich selbst den Dämon auszutreiben, was nicht schwer war. Der Teufel hatte wohl vergessen, dass Nabila als direkter Nachfahre des Propheten Mohammed der Familie der Scherife entstammte, die Fafa immer mit den Sheriffs aus den Western verwechselte. Als dieser Idiot von *Chetan* sah, mit wem er es zu tun hatte, trat er mit eingeklemmten, Schwanz den Rückzug an. Mit Nabila konnte er es nicht aufnehmen, der Teufel. Sogar Freud hätte das Handtuch geworfen. Durch das Loch einigten sich Fafa und Nadou darauf, einen Vorstoß zu wagen. Ohne einen Laut öffneten sie ihre jeweilige Tür und spähten in den Flur. Von den verrutschten Kleidern ungehörig wenig verdeckt, lag Nabila vor ihnen und schlief mit einem Lächeln auf den Lippen.

»Mama ist die Schönste.«

Nadou deckte sie zu. Fafa schob ihr ein Kissen unter den Kopf. Nadou zog sich an und klopfte mal wieder bei Doktor Lafarge.

»Beeil dich, falls sie aufwacht.«

»Soll ich den Besen nehmen, damit's schneller geht?«

Währenddessen meldete sich der Erstgeborene per R-Gespräch aus Algerien, überglücklich zu seinen Wurzeln gefunden zu haben – *inklusive der Wurzel, die sich einen*

Monat lang durch seinen Magen wand, weil seine Landsleute ihn aus den Restaurants, Spelunken etc. warfen, um ihn davon abzuhalten, mit dem Ramadan herumzutricksen. In der Armee wie überall sonst in Algerien setzte die staatlich verordnete Religion dem armen Nourredine Bounoura ganz schön zu, der auf diesem fremden Planeten um sein Überleben kämpfte und sich den sozialen, militärischen, nationalistischen und religiösen Pflichten beugen musste. Ja, Nono fand zu seinen Wurzeln, und aus seinen Worten sprach der Wunsch nach einer Gartenschere *made in France* zu Weihnachten. Seit über einem Jahr lag er in den starken, hermaphroditischen Armen seines orientalischen Vaterlandes und fickte die Verwestlichung. Für die nächsten zwei Jahre war er am Arsch und würde an den Zitzen Allah und Dinar hängen, ohne den Alkohol aus dem *Bled*.

»Alles in Ordnung, mein Junge?«

»Ja, ja.«

»Gut. Das ist schön. Ich bin stolz auf dich. Auf Wiedersehen.«

Und klick.

Während Kim von der Schule zum Tisch und vom Tisch zum Bett rollte und sich mit Groschenromanen und den aktuellen Hochglanzmagazinen weiterbildete, perfektionierte Nadia das Abhauen, indem sie sich ein Netzwerk aus Freunden und Verbündeten schaffte. Sie blieb immer länger weg, wurde regelmäßig Teufelsaustreibungen unterzogen, steckte die wöchentliche Tracht Prügel ein und fand Mittel und Wege, die Zeit dazwischen durchzustehen. Es reichte, die Biene zu machen:

»Ssssss.«

Den ganzen Körper an die Wand gepresst, die Nase nach oben gestreckt, stand sie auf Zehenspitzen im Badezimmer, wedelte mit den Händen in der Luft herum und gab ein Sssss von sich, dem Fafa in der Badewanne lauschte, während er fasziniert das Karussell Typ kleines Riesenrad betrachtete, das um seine Oberarme kreiste, mit Zwergen, Gnomen, Feen, Trollen und anderen fantastischen Wesen aus Mythen und Legenden. Im abgeschlossenen Badezimmer verpestete der schreckliche Geruch von Äther die Luft. Mit dieser kalten Flüssigkeit aus einer blauen Flasche dröhnten sich Nadou und Fafa total zu.

Benamar verging langsam die Lust, Nadia zu verprügeln, nicht, weil er sich mit der Verwahrlosung seiner Tochter abgefunden hätte, sondern weil die Kleine Konter gab und Widerstand leistete. Sobald sie sah oder ahnte, dass sich der väterliche Stier auf sie stürzen würde, füllte Nadou Bauch und Lunge mit Luft, um einen langen, spitzen Schrei auszustoßen, der einem das Blut in den Adern gefrieren ließ, durch die Mauern drang und das Trommelfell der Nachbarschaft strapazierte. Benamar musste sie festhalten, eine Hand am Kopf, die andere auf dem Mund. Wenn er sie so knebelte, konnte er ihr nicht die Abreibung verpassen, die ihm vorgeschwebt war. Benamar kam des Weges? Nadou atmete ein. Schließlich musste der Vater es mit Reden versuchen:

»Was ist das?«

»Weiß nicht.«

»Das war in deinem Ranzen.«

»Echt? Das ist von ’ner Freundin.«

»Einer Freundin? Einer Freun-din? Welche Froin-din denn bitte?«

Weil es ihr an Inspiration fehlte, sperrte Nadou bloß den Schnabel auf, um wenigstens nach Luft zu schnappen, und Benamar nutzte die Gelegenheit und stopfte ihr das Corpus Delicti hinein. Ein fast unangebrochenes Päckchen Gitane mit Filtern:

»Jetzt erst mal eine rauchen?«

»Naaih.«

Benamar zog das Päckchen aus Nadias Mundkasten. Mit seinen dicken Fingern befühlte er die Kippen von allen Seiten:

»Nein, ich schwöre.«

»Du rauchst, wie eine Nutte? Wen wundert’s!«

Komischerweise blitzen Benamars Augen schelmisch, er lächelte sogar:

»Rauchst du schon lange?«

Nadou wusste nicht recht, woran sie war, ihr Papa verarschte sie, und sie kapierte gar nichts mehr, also setzte sie auf Halbwahrheiten:

»Nur einmal, einmal hab ich’s probiert …«

»Und, die schmecken?«

»Hä?«

»Schmecken sie dir?«

»Ähm, na ja, ja …«

»Na, wenn sie schmecken, Nadia, dann kannst du sie auch essen.«

Es war das erste Mal, dass Nadia bei ihrem Vater so etwas wie Humor entdeckte. Nicht sehr witzig, aber immerhin,

Monsieur Bounoura versuchte es diesmal mit Kommunikation. Benamar öffnete die Packung und bot seiner Tochter die erste Zigarette an. Sie aß eine nach der anderen, wurde gelb, dann lila. Jahre später würde sie lächelnd an ihrem Zigarillo ziehen, mit den Schultern zucken und den Blick schweifen lassen:

»Das Tabakkauen hab ich von meinem Vater.«

In der Überzeugung, dass die Geschichte noch nicht ausgestanden war und es um Leben und Tod ging, riss sie mit einiger Unterstützung von draußen ein letztes Mal aus. Nadou entzog sich der Anziehungskraft der Familie, und weil sich jeder ihrer Ausreißversuche mit einer Begegnung verband, verlor sie sich in einem Haufen von Außenseitern, die einen Schutzwall, ein Labyrinth um sie bildeten, in dem sich Benamar verlief. Nadou ging in den Untergrund und verwischte alle Spuren. Ihre in tiefen Höhlen liegenden, eng zusammenstehenden Augen, ihre lange Nase mit der Warze auf der Spitze, ihre lockige, dichte Mähne, die Narbe auf ihrer Schläfe, ihre lustigen Hasenzähne Stil Cartoon, ihre mittelgroße Statur mit den üppigen Rundungen, das sympathische Gesamtpaket verführte alle, Männer wie Frauen. Draußen im Leben wurde Nadou gemocht. Vor allem ihre Stimme. Eine Stimme, die tief ansetzte, sich wandelte und ohne wahrnehmbare Mühen höchste Höhen erreichte, und ihr langer Atem, dieser erstaunliche Atem, mit dem sie alle beeindruckte, wenn sie sang. Nadou kletterte die Tonleiter hinauf und hinunter, wie es ihr passte. Sie war ungebildet, konnte keine Noten lesen und war unfähig, einer Klampfe einen Ton zu entlocken, trug aber den Gesang in sich wie Maria das Christuskind. Nadia Bounoura? Ein musikalisches Wunder. Wenn sich die Leute über ihre Gabe wunderten,

»Wo hast du das gelernt?«,

»Wer war dein Lehrer?«,

verzog Nadia keine Miene und lächelte innerlich beim Gedanken an den Orchesterchef mit der Eisenstange. Ihre Stimme brachte die Menschen zum Lachen und zum Weinen und eroberte sich ein Publikum, vor dem sie ihre wunde Seele offenlegte. Ihre Stimme machte sie durchsichtig, man konnte alle ihre Organe sehen, Nieren, Herz, Hirn, Genitalien. Mit einer gewaltigen Kinderliebe gab sich Nadou den anderen hin, und im Gegenzug begann die Welt, sie als die Muse zu lieben, die sie war. Klar ging sie zu Beginn ihres Boheme-Lebens manchmal auf den Strich, für ein Bett für die Nacht oder ein Sandwich am Tag. Machte es dann besser:

»Ich hab zwei, drei Alte, die mir für fünfhundert Francs den Arsch lecken. Ich schwör dir, das machen die. Für einen Fünfhunderter bringen die mich auf Hochglanz. Zackzack und ein Pascal. Und meine Rosette ist auch immer sauber.«

Anstatt Kunden hatte sie eher Freunde, Komplizen, über die sie nie, niemals urteilte. Montparnasse und seine Bars, die Rue de la Gaité und ihre großen Huren, Asphaltschwalben, mit denen nicht gut Kirschen essen war. Schriftsteller, Maler und Bildhauer, für die Nadou posierte, ein paar Zuhälter, die nicht versuchten, Nadia um ihren Lebensunterhalt zu bringen. Die Strizzis aus dem 14. erkannten sofort, dass der kleine Bruder, der sein Schwesterchen über alles liebte, ziemlich gefährlich werden konnte, wenn man ihr ein Haar krümmte. Nadou, Fafas Liebling. Ironie des Schicksals, Benamar höchstpersönlich schickte Fafa auf die Suche nach dieser Nutte von Tochter. Der Junge schlich sich nachts zu ihr in die zwielichtigen Lokale und lachte sich ins Fäustchen, wenn er unverrichteter Dinge zurückkam. Benamar musste kleinlaut zusehen, wie sich die Tore des Paradieses langsam, aber sicher vor der Nase seiner Seele schlossen, wenn er sich die Schandtaten vorstellte, die sein weiblicher Nachwuchs mit unbeschnittenen Penissen anstellte. Trotz ihrer Freiheiten blieb Nadia Bounoura vorsichtig. Wenn sie auf der Terrasse des Select oder der Closerie des Lilas saß, behielt sie die Avenue im Auge, für alle Fälle … Die FreundInnen, die sie beherbergten, wunderten sich, wenn sie sich unterm Bett oder im Schrank versteckte, sobald jemand an der Tür ihres Verstecks klingelte. Sie kam erst wieder aus ihrem Loch hervor, wenn sie sich sicher war, dass es sich bei dem Besucher nicht um ihren Vater handelte. Anschließend lachte sie darüber, trotz der traurigen Blicke, die ihr die FreundInnen zuwarfen. Draußen nahm sie die Beine in die Hand, wenn sie dachte, sie habe die Silhouette ihres Vaters auf dem Gehsteig, an einer Ecke, gegenüber der Terrasse entdeckt, wo sie in ihrem Minirock breitbeinig gesessen und ein großes Glas Rotwein geschlürft hatte.

Wenn sie in einer Bar sang, hörte Fafa, der für die Nachtschwärmer eine Art amüsantes Maskottchen war, mit offenem Mund zu:

»*Une sorcière comme les autres …*«

Seine Nadou.

Nabila wurde ein wenig kontaktfreudiger, seit sie die »Was sollen die Leute denken?« und »Gott sieht alles« nicht mehr fürchtete. Sie hörte auf, ihren Nachwuchs übel zuzurichten, und übertrug dem Vater die Verantwortung für die Schelte, wenn die Nachbarn sie im Treppenhaus gequält anlächelten und sich über die ungewöhnlich lauten Spiele der Bounoura-Kinder wunderten. Was den Ursprung der lauten Schreie anging, ließen die Nachbarn sich von der sarazenischen Familie nicht täuschen, aber alle erinnerten sich noch gut an den unglückseligen Floristen. Jeden Tag klopfte Nabila ihre Fußmatte immer dann aus, wenn der Nachbar im Schlafanzug vor seine Tür trat und Madame Bounoura schamlos seinen Schwanz präsentierte. Aufrecht, die Hände in die Seiten gestemmt, den Hosenstall offen:

»Guten Morgen, Madame.«

Nabila, rot vor Scham, verbarrikadierte sich schleunigst in ihrer Wohnung. Dieser Zirkus dauerte eine Weile, bis sie ihrem Gatten davon erzählte. Benamar wartete, dass der Exhibitionist seinen Laden schloss, und bezog oben auf der Treppe Stellung. Er geduldete sich, bis die beiden Kaufleute die Treppe hinaufkamen, sie vorne, er hinten. Der Mann trug seine Tageseinnahmen bei sich und wurde blass, als er den Mauren sah. Benamar bat höflich, aber bestimmt:

»Machen Sie Platz, Madame.«

»Aber …«

»Ihr Mann und ich müssen reden.«

Die Frau schien zu spüren, dass etwas nicht stimmte, hatte aber keine Zeit zu reagieren. Benamar packte den

Floristen am Kinn, drückte zu, hob den Mann hoch und warf ihn, begleitet vom Getöse der fallenden Münzen, die Treppe hinunter. Bedrohlich knurrte er den blutenden Mann an:

»Du lässt meine Frau in Ruhe! Verstanden?«

Benamar ging zurück in die Wohnung, ohne Fafa die Zeit zu lassen, sich nach unten zu schlängeln und ein kleines Trinkgeld aufzusammeln. Das Paar wusch das Blut ab und erstattete keine Anzeige. Der Lüstling zog weg, und in der Familie Bounoura wusste bis auf Nabila niemand, ob der Fetisch des Mannes nicht einfach Madame Bounouras Fantasie entsprungen war. Seither warfen die Nachbarn dem Teufelskerl ehrfürchtige Blicke zu:

»Diese Leute haben andere Sitten.«

»Jetzt haben sie ihre Unabhängigkeit, nicht wahr? Das geht uns nichts mehr an.«

»Monsieur Bounoura ist ein ehrlicher Arbeiter, er hat bei mir die Wasseranschlüsse in Ordnung gebracht.«

»Und bei mir den Strom.«

»Er hat mir gratis den Umzug gemacht.«

»Er ist sehr hilfsbereit.«

»Und gesellig.«

»Seine Kinder sind immer gut angezogen, sauber und höflich … Nein, wirklich, ich kann nichts Schlechtes über die Familie sagen.«

»Stark wie ein Stier …«

Ja, ja, mehr als einmal konnte die Nachbarschaft sich bei improvisierten Reparaturarbeiten am Wochenende von Monsieur Bounouras Meisterleistungen überzeugen. Er ging, ohne anzuhalten, die Treppe hoch, unter jedem

Arm ein 50-Kilo-Sack mit Zement oder Gips. Monsieur Benamar Bounoura?

»Der? Wenn Sie mich fragen, mit dem ist nicht zu scherzen.«

Der Concierge wusste, wovon er sprach.

Auch Fafa fand, wie seine Brüllschwester, ein Abwehrmittel gegen Prügel. Er fixierte seinen Vater. Auge in Auge, ohne zu blinzeln, forderte er ihn heraus:

»Schau auf den Boden, wenn du vor deinem Vater stehst!«

Schon lange übte Fafa, in die Sonne zu schauen, bis ihm die Tränen kamen, bis alles weiß war, sogar bis er ohnmächtig wurde. Sein Vater, eine Art Sonnenkönig, fand nur eine Lösung, um diesem telepathischen Blick zu entkommen:

»*Verrecke! Stirb! Ich will, dass du verreckst! …*«

Benamar streckte Fafa mit einem Schlag nieder. Wortwörtlich: BUMM!

Bei den Bounoura wurde es durch die Leere, die Nono und Nadou hinterlassen hatten, ganz schön trist. Nabila hatte gegen ihr Unbehagen nur noch Fafa:

»Faraht, komm ins Bett.«

»Nein.«

Schlimmstenfalls?
Endest du als Müllmann.
Bestenfalls?
Auf dem Schafott.
(Papa)

Benamar war etwas aus dem Gleichgewicht geraten und arbeitete, als ob die Natur nichts anderes für ihn vorgesehen hätte. Alles ging den Bach runter, und er, die Ruderpinne in der Hand, verdoppelte die Anstrengung, um die verbliebene Besatzung sicher ans Ziel zu bringen. Nabila im Ausguck, Fafa als Schiffsjunge und als letztes Tafelsilber, Karima die Ladung. Er erstickte das kleinste Anzeichen von Meuterei im Keim, auch auf die Gefahr hin, es auf die erste Seite vom Detektiv-Magazin zu schaffen:

ARABER LÖSCHT GANZE
FAMILIE MIT RASIERKLINGE AUS

Mit Nabilas Foto in klein und Fafas niedlicher Visage in groß auf einer Doppelseite. Kim? In so einer Geschichte konnte sie nur die Überlebende sein, um deren Exklusivinterview sich die Medien aus aller Welt reißen würden. Benamar arbeitete Doppelschichten und hielt seine kleine Welt an der kurzen Leine. Vorbei die sonntäglichen Kinogänge, was nicht weiter schlimm war, denn nun thronte ein Fernsehgerät im Wohnzimmer. Auch wenn der Vater beim ersten Kuss den Fernseher ausschaltete, konnte Fafa sich die Abenteuerfilme am Abend anschauen und betete insgeheim, dass Gable, dieser Idiot, die Dietrich, diese

Schlampe, nicht küsste. Wenigstens mit Weißmüller war Fafa auf der sicheren Seite. Keine Gefahr, dass Tarzan es Cheeta mit der Zunge besorgte, während Jane in der Küche Bananen schälte.

Monsieur Bounoura kannte den ehrfürchtigen Gehorsam seines Sohns und wusste ihn sehr früh zu nutzen, indem er Fafa zu seinen Wochenendbaustellen mitschleppte:

»Dein Vater braucht Hilfe.«

Fafa wurde in den Rang eines Handlanger-Sklaven befördert und folgte seinem Vater klaglos nach Boulogne-Billancourt, in jeder Hand einen Eimer voller Bauschutt, den er in den Container mit der Aufschrift VARDOÏÉ entsorgte. Benamar konnte sich alles, was er brauchte, bei seiner Firma leihen, daher die vielen Baustellen, die er unter der Hand erledigte. Das Kind erhielt seine Bezahlung in Beschimpfungen, einer kalten Mahlzeit und einem Mineralwasser, genannt *Gazouze*:

»Gib mir mal die Kelle, Trottel.«

»Was? Die was?«

»Das da.«

»Was? Wo?«

Ein Mörtelkübel, eine Rüttelbohle, eine Kelle, eine Schraubzwinge, ein Achterschlüssel und was weiß der Teufel noch. Was verstand der arme Fafa schon von diesen Sachen, der nicht einmal seine linke Hand von der rechten unterscheiden konnte?

»Esel!«

Von sieben Uhr morgens bis sieben Uhr abends half der Bengel seinem Vater so gut es ging, ohne den geringsten

Lohn, noch nicht einmal ein Lächeln oder ein Tätscheln oder ein zärtliches Augenzwinkern. Nein, das Ungeheuer schuftete wie verrückt und brüllte seine Befehle, ohne aufzuschauen, ohne zu merken, dass Fafa sich mit den Eimern voll Bauschutt, Zement oder Wasser fast die Arme auskugelte:

»Langsam schütten, Dummkopf.«

Und Achtung, wenn Fafa den Gips oder den Zement mischte, den feinen für den Putz:

»Keine Klümpchen, verstanden?«

Hin und wieder gab es eine Pause, in der Fafa halb über dem Tresen des Bar-Hotel-Ladengeschäfts eines dicken/fetten Mietwucherers hing und noch nicht mal in Ruhe seine *Gazouze* trinken konnte:

»Ist das dein Sohn?«

»Ja, mein Jüngster.«

»Und was will der Kleine mal werden?«

»Der? Der reinste Taugenichts.«

Benamar schien in Fafas Gesicht lesen zu können, als ob seine Hand mit den Ohrfeigen die eigenen Lebenslinien auf die Wangen seines Sprösslings gedruckt, übertragen hätte. Fafa trug sein Schicksal als zukünftiger Sozialclown wie eine Maske: ein trauriger Clown. Der Inhaber, die Gäste (alles Migranten) stellten Fafa Fragen, aber Benamar allein wusste die Antwort:

»Eine Null in der Schule.«

(Hättest halt lesen und schreiben lernen sollen, um mir zu helfen, Idiot …)

Wenn das unvermeidliche »Und wenn du mal groß bist?« kam, dachte Fafa grinsend:

»Dann hab ich eine dicke Knarre und mach euch alle Matsch …«

Fafas albernes, trotteliges Gestammel gab Benamar recht, der, Sohn im Schlepptau, wieder loszog, um das Klo im Innenhof des Hotels neu zu kacheln. Statt einem Schild reichte der Geruch, um den Weg aufs WC zu weisen. Auf dem rissigen Beton wartete ein mit einer rostigen Schubkarre gekrönter Sandhaufen auf Fafa. Benamar zeigte mit seinem dicken Finger auf ein Sieb:

»Für den Feinputz.«

Fafa verbrachte den Rest des Tages damit, mit seinen Gummiarmen den feuchten Sand zu sieben. Am Abend hielt der Simca in der zweiten Reihe:

»Wenn ein Platz frei wird …«

»Hupe ich. Klar, Papa.«

Von der ersten Einladung ins Arbeitsleben würde Fafa für immer eine Sozialphobie zurückbehalten. In seiner Tasche steckte statt eines schönen, glänzenden Fünf-Franc-Stücks seine kleine, vor Wut geballte Faust. Arbeit brachte nichts, noch nicht mal die Zufriedenheit, sich nützlich gemacht zu haben.

Zwischen Ohr und Auge – auf Höhe
der Zunge – gibt es ein Jungfernhäutchen der Freundschaft
die Hand blutet, der Unschuld beraubt.

Wenn Benamar den Lieferwagen der Firma VARDOÏÉ auf dem Parkplatz mit den zwei Einfahrten

– PRIVATGELÄNDE ZUTRITT VERBOTEN –

des Wohnhauses parken wollte, bat er den Concierge kleinlaut um Erlaubnis und die Schlüssel, die er immer bekam. Ewiger Zankapfel zwischen Nabila und ihm:

»Du hättest damals einen Parkplatz beantragen sollen! Dann könntest du deinen Simca 1000 für vierzig Francs im Monat parken.«

Benamar senkte murrend den Kopf und warf dem tiefschwarzen Peugeot 404 mit den granatroten Sitzen, der beim Treppenaufgang F parkte, einen ebenso finsteren Blick zu. Von Nabila angestachelt, träumte Benamar heimlich davon, sich diesen Parkplatz zu sichern, wenn Monsieur Lemoine angesichts seines fortgeschrittenen Alters – *Allahu Akbar* – die Zigarre abgeben sollte. Das berühmte Zigarillo, das er stets zwischen den Lippen hatte, auch wenn er Fafa zur Begrüßung Zeige- und Ringfinger entgegenstreckte wie den Lauf einer Knarre. Fafa nahm die beiden Finger sehr ernst, denn er wusste, dass Monsieur Lemoines zärtliche Männerhand ihn letztendlich zur Bäckerei führen würde, wo er sich ein Stück Gebäck aussuchen durfte. Jedes Mal, wenn der Junge mit dem dreckverschmierten Gesicht und den krummen Beinen dem alten Mann mit der festgewachsenen Zigarre über den Weg lief, konnte er auf den kleinen Ausflug zur Schnepfe von der Bäckerei zählen, die darauf bestand, ihren treuen Kunden Fafa persönlich zu bedienen, damit er sich die Bonbons für 20 Centimes das Stück im hinteren Teil des Ladens nicht mehr selbst nehmen musste, denn:

»Es hat Diebstähle gegeben.«

Mit einem verschmitzten Lächeln betrat Monsieur Lemoine würdevoll die Bäckerei, nahm seinen Hut ab und presste ihn auf Höhe des Herzens an seinen beigefarbenen Kaschmirmantel:

»Such dir etwas aus.«

Fafa zierte sich erst ein wenig und wurde gerügt, dass er Viennoiseries und Pâtisseries nicht auseinanderhalten konnte:

»Äh, eine Apfeltasche?«

Monsieur Lemoine beobachtete Fafa mit diesem schmunzelnden Blick, der das Kind noch lange verfolgen sollte. Nicht aus Unverständnis, aus Liebe. Bevor Fafa es wusste, hatte Monsieur Lemoine das Kerlchen lieb gewonnen:

»Es ist beides M'sieur Lemoine. Eine Apfeltasche ist nicht wirklich ein Kuchen, aber auch kein Croissant.«

Der Mann flüsterte:

»Bist du denn alleine?«

»Zwei Apfeltaschen.«

Monsieur Lemoine vergaß Nadou nie, aber Fafa traute sich nicht, für sie zu fragen. Auf dem Rückweg nahmen sie die Rue Saint-Placide, und während Fafa die Tüte fest an sich presste, die eine feuchte Wärme und den Geruch von Apfelmus verströmte, trug Monsieur Lemoine seine Würde mit der ganzen Aufrichtigkeit seines Knochengerüsts, dessen Mark aus Gold sein musste, da war sich Fafa sicher. Zur Verabschiedung drückten zwei Finger gegen ein Patschhändchen, und der eine verschwand in Aufgang F, während der andere zu Aufgang B rannte, wo er Nabila unter die Augen treten musste, die wie jeden Abend nach ihrem räudigen Fafa Ausschau hielt, der in den Pausen einfach nicht in der Senkrechten bleiben konnte und sich immer auf dem betonierten Schulhof wälzen musste. Dreckig, abgerissen, verkrustet und manchmal sogar verheult. Den Lockenkopf ständig mit Kaugummi verklebt. Nabila, Sklavin mit Leib und Seele, geriet in Verzückung, wenn der gütige Monsieur Lemoine Fafa etwas spendierte:

»Hast du dich bedankt?«

Fafa musste Nabila versichern, dass er etliche Male seinen Dank und seine Verbundenheit bekundet hatte.

Häufig begegnete Fafa Madame Lemoine, und auch sie signalisierte ihm mit den feinen Sonnenstrahlen, die sich um ihre Augenwinkel runzelten, tausendfach ihre Freundschaft. Fafa liebte das gutbürgerliche, immer perfekt gekleidete Paar, das würdevoll und Hand in Hand der Zeit trotzte. Das erste Geld, das Fafa besaß, stammte aus Monsieur Lemoines Brieftasche: ein Fünffrancschein mit dem Antlitz von Victor Hugo. Zum ersten Mal hatte Fafa in der Schule einen Preis gewonnen: drei Bücher. Eins für Französisch, eins für Geschichte und eins aus Verwunderung. Die Klassenlehrer hatten dieses letzte Exemplar hinzugefügt, um das Wunder gebührend zu würdigen. Als Fafa Monsieur Lemoine über den Weg lief, präsentierte er ihm, schüchtern, aber mit stolz geschwellter Brust, seine Auszeichnung, woraufhin Monsieur Lemoine seine Brieftasche zückte. Er schob die fünf Kröten mit dem Antlitz des Herrn Hugo in *Die Elenden* desselben Herrn. Mit Tränen in den Augen schwor Fafa sich hoch und heilig, diese Banknote niemals auszugeben und sie bis an sein Lebensende als Lesezeichen zu benutzen. Nachdem das Geld noch am selben Tag aufgebraucht war, träumte das Kind davon, schnell reich zu werden, um sich heimlich und beschämt bei einem Münzhändler den gleichen Schein nachzukaufen, weil der Victor nicht mehr im Umlauf war. Es war Monsieur Lemoine zu verdanken, dass er die griechische Mythologie auswendig lernte, Buch Nummer drei, von dessen Schönheit und Bedeutung der alte Mann ihm vorschwärmte.

Dennoch wunderte das Kind sich über die Familie Lemoine und fragte sich, ob das bezaubernde Paar wohl auch Kinder hatte. Für den Fall der Fälle wäre er gerne bereit, sich zur Adoption zur Verfügung zu stellen. Aber schon bald bot sich die Gelegenheit, die gesamte Familie Lemoine, Söhne, Töchter und Enkelkinder, kennenzulernen. Am Tag, als sich der Aufgang F in ein schweres Trauerflor hüllte und in allen Treppenhäusern die schreckliche, schwarz umrandete Anzeige hing,

IN TIEFER TRAUER NIMMT
FAMILIE LEMOINE ABSCHIED VON …

konnte Fafa nicht mehr weiterlesen, kleine helle Punkte tanzten vor seinen Augen, und er sackte schluchzend in sich zusammen. Doch noch am selben Tag musste er sich aufraffen und Nabila in Kenntnis zu setzen. Auf der weißen Traueranzeige mit dem schwarzen Rand wurden die Bewohner gebeten, bei der Concierge einen Geldbetrag nach eigenem Ermessen abzugeben, je nach Größe von Herz und Geldbeutel. In einer kühlen Hausmitteilung erläuterte die Concierge, dass der Name des Spenders neben der gespendeten Geldsumme erscheinen und diese Liste der betroffenen Familie überreicht würde. Nabila, Madame Schamlos, begab sich in die Pförtnerloge und nahm ihr Analphabetentum zum Vorwand, um sich in ihrem eigenwilligen Jargon zu erkundigen, *was man da denn geben muss* für die Blumen. Nach erhaltener Auskunft und einem Blick auf die Rechnung besprach sie das Ganze mit Benamar, der Fafa losschickte, um das Geld zu übergeben und die Spende in Großbuchstaben zu vermerken:

BOUNOURA: 50 FRANCS

Damit platzierte sich die Familie im mittleren Bereich, und niemand konnte daran etwas aussetzen. Fafa weinte viel und lange um seinen verstorbenen Freund, Großvater, Wohltäter, Heiligen und noch ein paar andere Wörter, Adjektive und Begriffe aus dem Lexikon. Fafa dachte nicht, glaubte nicht, fand nicht, dass der schwarze Stoff leichter wog, musste er doch den Tod von Monsieur Lemoine doppelt erleiden und statt Trauer den Tod seines

Toten tragen. Der Todesfall wurde begleitet von Fafas dringlichem Wunsch, seine Eltern umzubringen, Nabila und Benamar Bounoura spekulierten mit den noch warmen Überresten von Monsieur Lemoine, als wären die 50 Francs ein Wetteinsatz gewesen. Todunglücklich musste Fafa erleben, wie sie ihn zu sich riefen und das Unsagbare aussprachen. Fassungslos hörte er ihnen zu. Sie wussten von der Freundschaft des alten Mannes und der Liebe des Kindes. Und schickten ihn beladen mit Lokums zur Witwe, um sie zu bitten, ihnen den schwarzen Peugeot 404 mit den granatroten Sitzen samt Parkplatz zu überlassen:

»Aus erster Hand! Das ist ein Schnäppchen, und die Alten kümmern sich immer gut um ihre Autos …«

»Und der Parkplatz? Na? Wenn du damals auf mich gehört hättest …«

Fafa schaute von einem zum anderen und stellte sich ohne jedes Schuldgefühl vor, wie er den *Clint Eastwood* holen und seine Eltern plattmachen würde. Ohne ein Wort, bloß mit einem Kopfschütteln verweigerte Fafa sich. Er ließ Monsieur Lemoine erst gehen, als die ganze Familie Bounoura sich fein herausgeputzt in die Kirche von Saint-Sulpice begab, um dem großen Mann die letzte Ehre zu erweisen. Ohne es genauer zu verstehen, wusste Fafa, dass sein Freund immer noch ein sehr bedeutender Monsieur war. Das bezeugten die Menschenmassen, die sich bei der Beisetzung drängten. Als sich die Schlange bildete, um die sterblichen Überreste zu segnen, ergriff Benamar den Weihwedel und setzte ein unsichtbares Kreuz unter den offenen Sarg … wie er es gewohnt war.

Dann lotste er, den Wedel noch in den Händen, seine kleine Schar am Sarg vorbei, damit ihnen keine Möglichkeit blieb, die Leere mit dem christlichen Zeichen zu unterschreiben. Benamar zog ein langes Gesicht, als er den Weihwedel schüttelte, nicht aus Kummer, aus Fundamentalismus. Er war Moslem, und zu viel durfte man von ihm nicht verlangen. Die Familie Bounoura stellte sich in der zweiten Warteschlange an, die für die Beileidsbekundungen, an deren Ende die Familie Lemoine mit feuchten, trockenen, zitternden, schlaffen oder kräftigen Händen wartete, die Stärke und Tapferkeit ausstrahlten. Fafa trat vor Catherine Lemoine, und die wunderschöne, noch immer blonde Frau öffnete die sonnigen Fächer ihrer Fältchen um die Augen. Sie reichte dem Jungen nicht die Hand. Sie lächelte ihn an, nahm sein Gesicht zwischen ihre Hände und zog ihn sanft an sich, an ihr Herz, zwischen ihre Brüste, und Fafa wurde sich dem Ausmaß seines Kummers bewusst, denn selbst der Busen ließ ihn kalt. Damit war klar, wie schlecht es um ihn stand. Fafa wäre gern eine Ewigkeit in ihren Armen geblieben. Sie schob ihn weg oder ging einen Schritt zurück, um ihn noch einmal anzusehen, und dieser Abschied machte Fafa klar, dass er ein Stück Kindheit, ein Teil seiner Selbst bei der alten Dame zurückließ und dass sie ihm im Gegenzug wundersamerweise eine Erinnerung einpflanzte.

Fafas Betteln und Flehen zum Trotz weigerte sich Benamar, die Familie im Simca 1000 zum Friedhof zu fahren. Benamar verpasste die Gelegenheit und bemerkte nicht, dass sein Sohn Monsieur Lemoine in seinem Inneren beerdigte und zugleich für seinen Vater eine Grube aushob, in die er der Reihe nach all die werfen würde, die ihn auf seinem Weg enttäuschen würden. Mit der Auszeichnung in Französisch als Rückendeckung verfasste Fafa ein Gedicht für Catherine Lemoine, das diese niemals lesen würde, da sie es nie erhalten sollte. Er wagte es nicht. Manchmal begegneten sich die alte Dame und das Kind, doch da beide schüchtern waren, tauschten sie nur Banalitäten über das Wetter und die Gesundheit aus. Manchmal machte sie eine Bewegung in seine Richtung, aber mit solcher Zurückhaltung, dass sie jedes Mal erlosch, bevor sie ihn erreichte. Dann lächelte sie, und Fafa sah ihr nach, wie sie sich entfernte. Auch ihm fiel es schwer, als Erster das Wort zu ergreifen. Er fühlte sich aufgefordert und war doch unfähig, die tiefe Verbindung aus der Kirche in Worte zu fassen und zu teilen. Faraht Bounoura und Catherine Lemoine verpassten einander und bewahrten einander gegenseitig, da man, so scheint es, die Liebgewonnenen immer wiederfindet, denn meist verliert man sie in seinem tiefsten Inneren. Ihre ewige, nie getroffene, nie datierte Verabredung wurde so oft aufgeschoben, dass sich beide in ihrer Trennung vereint wussten. Fafas Verse vergilbten gemächlich auf einem zusammengefalteten Blatt im Victor Hugo.

Doch ich erinnere mich
An einen wunderbaren Großvater
Der mir die Hand reichte
Als ich die Augen öffnete
Auf dem großen Friedhof
wo Monsieur Lemoine ruht

Ließ ich auf einem Stein
Meine letzte Eselsmütze zurück.
Fafa 1970

Zum Leben verdammt, fristete Fafa sein Dasein und akzeptierte im Voraus, dass die Erinnerung ihn von Zeit zu Zeit an der Gurgel packen und ihm den Hals mit einer lächelnden, nostalgischen Traurigkeit zuschnüren würde.

Dein Andenken schlägt in mir
solange mein Gedächtnis mit deinem Herzen
verbunden ist …

»Ihr Sohn ist ein Esel.«

Nabila schaute Fafas Grundschullehrerin an und zuckte mit den Schultern. Wenigstens ist er kein Schwein! So ein Langohr kann immerhin arbeiten.

Fafa ging in der Rue Littré im 6. Arrondissement zur Schule, eine kleine Querstraße, die die Rue de Vaugirard und das obere Ende der Rue de Rennes in einer Diagonalen verband. Madame Lapierre mochte Esel im Besonderen und Tiere im Allgemeinen. Außerdem bemalte sie die Gesichter der schlechten Schüler mit Kreide in allen Farben, vielleicht um sie in den natürlichen Zustand ihrer chinesischen Sternzeichen zu versetzen: Ratte, Schwein usw. In den Gängen der Schule lief das ganze Bestiarium herum, und die Tintenkleckse in ihren angepinnten Schreibheften hätten mit dem Rorschachtest vertraute Psychologen zu der Annahme verleitet, dass diese Kinder ihr ganzes Leben eher kleckern statt klotzen würden. Madame Lapierre war äußerst talentiert, weswegen sich die Kinder dumm stellten, um von ihr geschminkt zu werden. Genüsslich bestrafte sie Kinder, die sich gern bestrafen ließen.

Natürlich fand Fafa in der Schule seinen ersten Freund, den Besten … nicht der Klasse, aber zumindest vorübergehend fürs Leben. Wie es üblich ist, teilten sie alles, was sie hatten, das heißt … nichts! Und alles, was sie wussten, also … noch mal nichts! Das wenige war ein Hybrid aus allem, was sie sich erträumten. Léonard Da Costa kam aus seinem heimatlichen Portugal, ohne ein Wort Französisch zu sprechen, noch nicht mal irgendeine Lautmalerei mit gallischen Anklängen wie *Oh là là*, was Fafa mit seiner kolonisierten Erinnerung zu *Ouh la la l'radim* machte.

Klein, das runde Gesicht voll Sommersprossen, einen Borstenschnitt und eine Himmelfahrtsnase – Léo hätte bei South Park mitspielen können, mit dem entsprechenden Wortschatz auf Portugiesisch.

Wie echte Freunde spazierten sie untergehakt von der Wohnung des einen zu der des anderen. Die Rue du Cherche-Midi war gerade lang genug für das Unwesen, das die beiden Däumlinge trieben. Fafa campierte im unteren Teil der Straße und Léo im oberen Richtung Montparnasse.

Léos Eltern bewohnten eine Hausmeisterwohnung auf dem Boulevard de Montparnasse, eine Abstellkammer mit Küchenzeile, und Léo hatte ein Dienstmädchenzimmer im siebten Stock. Er schien weniger verklemmt als Fafa, und obwohl seine Eltern nicht im Geld schwammen, erfreute er sich einer gewissen Unabhängigkeit. Léo wirkte fröhlicher als Fafa, weil er viel freier war. Die beiden Freunde wollten das Gewohnte gegen das Außergewöhnliche eintauschen, und dafür gab es nur einen Weg, sich selbst das Gewöhnliche auszutreiben. Sie suchten das Abenteuer und sorgten erst einmal dafür, dass ihre Taschen sich füllten. Wenn Léo und Fafa nachmittags unter wildem Geschrei aus der Schule kamen, führte ihr Weg sie zunächst zu den Bonbonautomaten, die auf den Gehsteigen vor den Geschäften angebracht waren.

Abwechselnd mussten sie für den nachmittäglichen Imbiss sorgen:

»M'sieur, der Automat hat meine Münze verschluckt.«

Der Ladeninhaber kam mit dem kleinen Schlüssel, schloss die Schatzkammer auf und:

»Du verdammter … Hosenscheißer!«

Ja. Es gab schlechte Tage mit leerer Kasse.

»Wo ist sie denn, deine Münze, du kleiner Scheißer?«

»Aber …«

Fafa, der Wache gehalten hatte, kringelte sich vor Lachen und machte sich davon, während Léo seine kurzen Beine in die Hand nahm und wie blöde wegrannte vor der puterroten Empörung des braven Kerls, der sich im Handumdrehen in einen echten Idioten verwandelt hatte.

Die Kinder verkrochen sich in Léos Zimmer und vertrauten einander die Geheimnisse einer anderen, ihrer Welt an. Manchmal arbeiteten sie gleich nebenan, entweder im Geschäft links, bei Monsieur Pédro, dem Floristen, oder rechts bei Fabrice und Patrice, die lebende Spielsachen im Angebot hatten, Hunde, Katzen, Fische, Vögel und sogar einen unverkäuflichen Esel, der als Werbeaufsteller vor dem Schaufenster diente. F&P verkauften auch allerlei Zubehör. Für fünf Francs lieferten Léo und Fafa Blumen aus, zu Fuß oder mit der Metro. Für weitere fünf Francs machten sie die Käfige der Hundebabys im Keller sauber, führten die ausgewachsenen Hunde zu den Scheißzeiten spazieren, die diese Viecher wählten, um den Kot aus ihrem Hundeanus auf den Gehsteigen abzulegen, kochten in großen Töpfen kiloweise Nudeln, um die Köter satt zu kriegen, und murksten hin und wieder, wenn F&P sich die Spritze beim Tierarzt sparen wollten, ein Hundebaby ab, das an irgendeiner schrecklichen, unheilbaren Krankheit litt. Sicher ein Leiden, bei dem die Behandlung teurer gewesen wäre als der Hund im Verkauf. Die Ohren des kleinen Esels am Eingang lockten garstige Kinderhände an und erweichten die Eltern, die früher oder später klein beigaben, angesichts der dick gefüllten Backen der Hamster, der verdrießlichen und stinkenden Meerschweinchen oder der dümmlichen Blicken der Hundebabys, die sich gegen die Scheiben warfen und auf ihren Haufen ausrutschten. Am schwierigsten war es, den Esel in den Keller zu schaffen. Eine Wendeltreppe führte nach unten. Léo oder Fafa – je nachdem, wer zufällig vorne oder hinten ging – nahm entweder die Vorder- oder die Hinterbeine des Esels auf die Schultern. Der Esel legte gutmütig den Kopf auf den Schädel des vorderen Kindes, ließ alles über sich ergehen und richtete sein großes Auge von ewiger Sanftmut und ironischer Zärtlichkeit zur Welt auf die apoplektischen Gesichter der Kinder:

»Verdammt, ist der schwer!«

»Wie viel wiegt so ein Esel, Léo?«

»Kein Schimmer, Fafa …«

»Und du, wie viel wiegst du?«

»Vaté foudère, ponréro.«

(Du kannst mich mal, Schwuchtel.)

»Emché t'kovod y a, l'artaï!«

(Du kannst mich mal, Schwuchtel!)

Unten angekommen, brachten sie alles in Ordnung, bevor sie Feierabend machten:

»Was wolln die Lagohrn, wenn sie ins Paradies kommen, Léo?«

»Einen Schwanz wie ein Hengst?«

»Quatsch! Die fragen, ob da auch Kinder sind, und wenn da welche sind, wolln die lieber in die Hölle, das is besser für die … Verstehst du, Kumpel? So ein Esel ist ja nicht dumm.«

»Wer sagt, dass Esel dumm sind, ist selbst dumm, weil ein Esel, dem lädst du zweihundert Kilo auf den Rücken, und dann willst du, dass er läuft, aber der will nicht, der wär ja schön blöd, wenn er einfach losläuft … Muss man echt draufprügeln, damit er losläuft.«

»Der Beweis, dass der nicht blöd ist, der lässt sich ja jeden Tag von uns tragen.«

»Ist doch so, ist eben ein Rebell, so ein Esel.«

»Iiiii …«

»Aaaa …«

Die Leute auf der Straße schauten den beiden aus voller Kehle brüllenden, untergehakten Knirpsen nach.

Bei Monsieur Pédro und bei F&P verdienten sich die Jungs brav die Francs, die sie brauchten. Sie wussten, wie man klarkommt, das stand ihnen ins Gesicht geschrieben, und das Leben förderte ihren Einfallsreichtum und machte ihnen langsam Lust auf mehr. Wenn sie ihre Pflicht getan hatten, flitzten die Jungs schnell noch zum Fernsehen in den Bon Marché. Auf den Bildschirmen konnten sie ihre Lieblingsserien sehen, von *Das Geheimnis der weißen Masken* bis *Zorro* und *Thierry la Fronde,* der mit der Schleuder und den Erbsen. Die Verkäufer setzten sie nie vor die Tür, auch der Abteilungsleiter nicht. Nicht aus Sympathie, sondern einfach, weil sich alle Abgebrannten des Viertels dort trafen. Aus allen Ritzen kamen sie gekrochen. Aus den Pförtnerlogen, den Dienstmädchenzimmern der ledigen Mütter, den zu Wohnungen umfunktionierten Kellern, die ganzen Bälger aus dem 14. und 6. Arrondissement hingen auf dem Teppichboden der Abteilung für Unterhaltungselektronik des Bon Marché herum. Sie rausschmeißen? Hätte man die Polizei rufen müssen. Außerdem hatte der findige Abteilungsleiter mit der Zustimmung seiner Vorgesetzten beschlossen, dass es besser war, sie dort zu parken, damit sie nicht wie die wild auf allen drei Etagen herumrannten. Der Bon Marché machte einen auf fein.

Die Zeit des Abschieds nahte. Léo und Fafa verbrachten eine Stunde damit, einander gegenseitig den halben Weg zu begleiten:

»Komm, noch ein Stück.«

»Gut, aber nur ein kleines.«

Wenn sie dann die Rue du Cherche-Midi zu Dreivierteln hochgelaufen waren:

»Verdammt, hast du gesehen, wie spät es ist? Der bringt mich um.«

»Warte, ich bring dich noch ein Stück.«

Fafa ging in böser Vorahnung zurück in die Familienhölle, und Léo musste ganz allein in die siebte Etage, in einen vier Meter langen und ein Meter fünfzig breiten Flur zwischen einer Tür und einem Fenster. Die Tür gegenüber vom Fenster. Eine Absprungschanze für Selbstmörder.

Der Morgen brachte sie in der Schule wieder zusammen:

»Verdammte Scheiße, was war da denn wieder los?«

»Nichts. Wie immer. Nicht schlimm.«

Léo, blass vor Freundschaft, biss die Lippen zusammen und sagte nichts zu Fafas geschwollenen Lippen. Er sorgte bloß mit Strafexpeditionen dafür, dass sein Freund keine Schläge von außerhalb der Familie bezog. Anders als Fafa, der Hemmungen hatte, verteilte Léo gerne Prügel, mit den Fäusten, den Füßen oder gleich mit der Rübe. Vor allem, weil seine bis auf die Farbe nicht von einer Bowlingkugel zu unterscheiden war!

Bei den Bounoura kam nie jemand zu Besuch, vor allem nicht abends. Hätte es den Weihnachtsmann gegeben, hätte selbst der sich nicht zu dieser Familie getraut, so unwohl, fehl am Platz und immer auf dem Sprung fühlte man sich da. Aber eines Abends klingelte es um zwanzig Uhr dreißig, Treppenaufgang B, erste Etage geradeaus, an der Wohnungstür der Bounoura. Die ganze Familie war um den Tisch versammelt, und alle Gesichter wandten sich zur verglasten Tür des Esszimmers, die der Eingangstür gegenüber lag:

»*Chkone*?« (Wer ist da?)

Ratlos schaute Nabila ihren Ehemann an, mit diesem verzogenen Mund, der ihre Verwirrung verriet, weil sie nicht wusste, nicht erraten konnte, wer da verdammt noch mal geklingelt hatte. Die ganze Familie auf Habacht brauchte es ein drittes Schrillen, damit Benamar Nabila endlich mit einer Bewegung mit Gabel und Kinn erlaubte, aufzumachen. Die Ehefrau erhob sich, faltete ihre Serviette, warf allen der Reihe nach einen letzten Blick zu und ging zur Tür. Auf der Schwelle stand Madame Leverbe! Die Großmutter von Alain Leverbe, genannt Bleischuh, wegen der orthopädischen Schuhe, die ihm bis über die Knöchel reichten, und die, riesig wie sie waren, gut zu den prähistorischen Skulpturen passten, die der Gute als Knie hatte. Ohne über die Schwelle zu treten, zeigte Madame Leverbe mit einem shakespeareschen Finger auf die durchsichtige, leere körperliche Hülle von Faraht Bounoura, der rechts neben seinem Vater saß:

»Ihr Sohn ist ein Dieb.«

Der Monoprix in der Rue de Rennes hatte den Vorteil, mit zwei Eingängen und somit zwei Ausgängen ausgestattet zu sein, um ein Maximum an Kundschaft schlucken und, mit Waren beladen, wieder ausspucken zu können. An der Seite eine schöne, große Flügeltür auf eine kleine Straße. Vorne ein großer, verglaster Eingangsbereich direkt auf die Rue de Rennes. Sie kamen zu acht. Sechs von ihnen betraten hintereinander in regelmäßigen Abständen das Geschäft, während die beiden anderen mit weit geöffneten Ranzen vor den Ausgängen warteten.

Vorher sammelten die Jungs sich in ihrem Hauptquartier auf der großen Baustelle der zukünftigen Tour Montparnasse, in einer der Baugruben hatten sie eine Bretterbude, wo sie ihre geheimen Zusammenkünfte abhielten. Bleischuh, Fafa, Dédé, Pierrot, Mimi, Rapha und Floh 1 und 2 (Zwillingsbrüder), die es abgelehnt hatten, sich aus Gründen der besseren Unterscheidung Floh und Laus nennen zu lassen. Sie hatten sich auf den Plätzen ihres Viertels angefreundet, ihre Grundausbildung bei dem armen

Parkwächter absolviert und den Unglückseligen eines denkwürdigen Tages mit einem Rugbymatch, bei dem die Gummiprothese seines rechten Arms als Ball gedient hatte, fast um den Verstand gebracht. Die Bande war um einige Zuschauer aus dem BM angewachsen. Die Mannschaft versammelte die Kompetenzen der Einzelnen, und komischerweise setzte sich Fafa als Chef durch, ohne darum gebeten zu haben, wohl, weil er, vorbildlich oder selbstmörderisch, als Erster in das hell erleuchtete Labyrinth des zweistöckigen Monoprix vorgedrungen war.

Im Handumdrehen war die Sache geritzt. Der Dieb des Tages wurde ausgelost und die anderen teilten die verschiedenen Rollen untereinander auf. Der Taschenträger musste einen gerade zu eastwoodisch kühlen Kopf bewahren und mit offenem Ranzen auf dem Gehsteig der Seitenstraße warten. Der Täuscher, ein Engelsgesicht von angeborener Blödheit und der Fähigkeit, fünfzig Mal hintereinander zu sagen,

»Ich hab doch nix gemacht, M'sieur«.

während er seinen Ranzen aufklappte und alle seine Taschen nach außen kehrte. Optional und wenn nötig konnte der Täuscher, ein Blitzableiter für Wachleute, ein wenig auf die Tränendrüse drücken und im Notfall mit dem Finger im Auge nachhelfen, um den gekachelten Boden des Ladens und den Hosensaum des diensthabenden Zerberus in Unschuld zu tränken.

Die anderen schließlich ließen den entwendeten Gegenstand in einer perfekt abgestimmten Choreographie von Hand zu Hand, von einem Pulli unter den nächsten, von Jackenärmel zu Hosenlatz wandern.

Im ganzen Raum verteilt, setzten die Jungs den Plan fehlerlos um. Der Täuscher trieb sich in der Spielzeugabteilung herum, fasste alles an und wartete in aller Ruhe, dass der Verkäufer oder die Verkäuferin kam und ihm mit dem angestrengten Lächeln der Geizhälse ins Ohr säuselte:

»Man schaut mit den Augen, nicht mit den Händen!«

Sofort setzte der Täuscher seine verschwörerischste Miene auf. Außerdem war es wünschenswert, dass er beim ersten Ton des Verkäufers oder der Verkäuferin am ganzen Körper zusammenzuckte.

Wenn das erledigt war und er sicher war, dass der Wachmann in einem Gang Stellung bezogen hatte und ihn mit seinen Spinnenaugen fixierte, musste der Täuscher das Objekt der Begierde an sich nehmen.

Sodann machte er sich daran, durch den gesamten Laden zu schlendern und sich am ganzen Körper zu kratzen. Unter den Achseln, unter dem Latz, auf der Hand, die unter die Jacke geschoben war, um dann, zu gegebener Zeit das Mega-Batmobile, das James-Bond-Auto, den Donald-Duck-Truck, den Mini-Mickey-Bus, die Starsky-&-Hutch-Karre wie von Zauberhand verschwinden zu lassen. Zur gleichen Zeit steckte Floh 1 Dédé ein Auto zu, der es an Mimi weitergab, der es Fafa zuschob, der es Bleischuh in die Tasche steckte, der sich sofort davonmachte, um es im offenen Ranzen von Pierrot zu deponieren, der noch auf das zweite, dritte, vierte und so weiter wartete, bis es für jeden eins gab. Die Autos kosteten pro Stück die riesige Summe von achtzig bis hundert Francs. Für jedes Auto brauchten sie zwischen vier und zehn Minuten. In einer Ecke schüttelte der Wachmann den Täuscher durch und filzte ihn, während Rapha unter Tränen erklärte, dass er die Ente mit den Türen und der Motorhaube zum Aufklappen und dem silbern glänzenden Plastikmotor mit Aluminiumanstrich und … im Käseregal abgelegt hatte, weil sie zu teuer war.

»Schon gut, schon gut. Zeig sie mir!«

Schluchzend führte Rapha den Erwachsenen nach unten in die Lebensmittelabteilung. Unterdessen nahm Pierrot den Platz von Floh 2 ein, der das Geschäft für Operation 2, 3 oder 8 betrat, ein zweiter Wachmann bemerkte das Hin und Her, ohne jedoch auf die unsichtbare Verbindung zwischen dem Jungen in der Plattenabteilung und dem in der Parfümerie aufmerksam zu werden. Zwischen der Göre in der Unterwäscheabteilung und dem Bengel bei den Büchern. Der Wachmann verlor sich zwischen diesen unablässigen Kreuzungen und kam sich vor wie in einem Spinnennetz, in das die Kinder ihn mit Engelsfäden einspannen. Auf ein verabredetes Zeichen hin, bei Zweifeln oder Problemen, ergriff das Kommando mit Höllenlärm oder himmlischen Trompeten, je nach Religion, geschlossen die Flucht Richtung Ausgang.

Zurück in ihrem Hauptquartier schusterten sie sich amateurhaft ihre Alibis zusammen:

»Das hat André mir geliehen«, sagte Pierrot.

»Das hat Jean-Pierre mir geschenkt«, sagte Dédé.

»Das hat Fafa …«

... in der Schule vergessen«, sagten die Flöhe.

Fafa sagte nichts. Er versteckte die Autos in dem Schacht unter der Badewanne. Sein kleiner Privatparkplatz. Nachts parkte er seine Autos gekonnt parallel zu den Fugen auf dem gekachelten Boden des WC. Er spielte schweigend. Allein. Eingepfercht in den winzigen Raum. Spät in der Nacht bogen die Autos wieder in den Tunnel ein, ohne die Pornoheftchen von Nono und die Zigaretten von Nadou zu überfahren oder den für Kim reservierten, leeren Platz zu belegen, den Behindertenparkplatz.

Die Eltern prüften die Quellenangaben nicht nach, sie hatten mit ihren eigenen sozioprofessionellen Sorgen genug zu tun. Mit ihren Eheproblemen. Mit dem Fegefeuer ihres Alltags! Sie klauten 83 Autos mit einem Gesamtwert von 4150 Francs. Was einer Pro-Kopf-Beute von 518,75 Francs entsprach. Zu der Zeit? Der reinste Jahrhundertcoup.

Léo gehörte nicht zur Bande. Seine Eltern waren Zeugen Jehovas und schickten ihn zur Aufsicht in die Kirche, wo es nur den nicht besonders differenzierten *Wachturm* zum Lesen gab. Da waren Fafa *Die Gelage einer analfixierten Plage*, *Die Orgien eines Rotschopfs aus Georgien*, *Die Blonde Bombe*, *Die Akrobatische Asiatische* oder *Die Schlümpfin in Netzstrümpfen* lieber.

Alles lief wie am Schnürchen – bis zu diesem Abend:

»Ihr Sohn ist ein Dieb.«

Gott schuf, wie es scheint, Leverbe … da hätte er sich besser zurückgehalten. Madame Bounoura und die schreckliche Oma kannten sich vom Sehen, sie holten beide ihren Nachwuchs von der Schule ab oder liefen sich in den verschiedenen Läden über den Weg. Sie verständigten sich so gut es ging, Nabila stammelte ein Französisch mit Untertiteln in Zeichensprache, und Madame

Leverbe nickte mit ihrem alten Hexenkopf, um Interesse zu signalisieren. Im Gegensatz zu Benamar verstand Nabila den an ihren Jüngsten gerichteten Vorwurf nicht gleich:

»Ihr Sohn ist ein Dieb.«

Das war unwiderruflich. Fafa, blass, die Augen weit aufgerissen, den vollen Mund offen, grinsend wie ein Idiot, als sei er gerade einer geworden, befand sich zu Benamars Rechten und hatte keine Chance. Die Oma traute ihren Augen und Ohren nicht, als die grandiose Ohrfeige, eine ungeheuerliche Rückhand, Fafa volle Breitseite erwischte. Die väterliche Hand traf ihn mitten ins Gesicht, die dicken Finger sparten nur eine Augenbraue, ein Stück Wange und ein Ohr aus. Fafa spürte, wie seine Nase an zwei Stellen brach, ein schriller Ton zerriss ihm das Trommelfell, und Fafa, Fafas Stuhl, Teller und Besteck flogen in die andere Ecke des Esszimmers und landeten auf dem schönen, marokkanischen Teppich, der sich rot färbte. Da lag er auf dem Boden und bewegte sich nicht mehr, obwohl sein brennender Mund so sehr anschwoll, dass er in kürzester Zeit aussah wie eine Frau mit Lippenteller. Madame Leverbe prägte sich die Szenerie ein. Sie hatte alles in Zeitlupe gesehen, ohne recht zu verstehen. Ohne es zu glauben. Ihre Augen füllten sich mit Tränen, ihre Trifokalbrille beschlug. Sicher um einiges schockierter als das Kind:

»Wenn ich das gewusst hätte! Mein Gott, wenn ich das vorher gewusst hätte …«

Fafa auf dem Boden machten einen auf Tierdoku: Nicht bewegen! Sich tot stellen. Der gute, alte Reflex. Sein ovales Gesicht nahm langsam eine eckige Form an und trotz des fiesen Stückchen Zwiebel, das ihm in der Nase stecken geblieben war, den Mund noch voll vom letzten Löffel Chorba, lauschte er mit angehaltenem Atem auf die Dinge, die da kommen würden. Sich bloß nicht regen, sein Bär von Vater könnte aufstehen und ihn auf der Stelle mit ein paar Tritten mit den Lederpantoffeln endgültig zur Strecke bringen:

»Wenn ich das geahnt hätte …«

Paranoid wie sie war, registrierte Nabila augenblicklich den begangenen Fehler. Den Schnitzer. Sie wusste, dass diese Leute anders waren als in der Heimat. Sie erriet die Gedanken der Großmutter. Prügel vor Zeugen könnten sich nachteilig auswirken oder sogar gefährlich sein. Wie auf Knopfdruck brach Nabila laut schluchzend in Tränen aus, stand auf und schimpfte mit Benamar, der sofort mitspielte, und hob dann Fafa vom Boden auf, um ihn ins Zimmer zu tragen, während Benamar mit Bedauern über den Vorfall den Kopf schüttelte: Bloß ein dummer Reflex aus Wut und Sorge. Nabila kehrte aus der hintersten Ecke der Wohnung zurück, trocknete sich die Augen und setzte sich tapfer lächelnd neben ihren Mann, um ihm bei Bedarf die richtige Antwort zuzuflüstern:

»Ein kleiner Tee mit Minze?«

»Nein, nein, ich muss los.«

»Er ist schon fertig.«

»Wenn das so ist …«

Karima lief, gefolgt von Nabila, in die Küche, um den Tee zuzubereiten:

»Wie zu Hause, mit Minze …«

»Setzen Sie sich doch.«

Schlau wie sie war, unterband Madame Leverbe diese Offensive der Zivilisiertheit nicht, setzte sich auf ihren Ischias geplagten Hintern und antwortete auf die erste Frage:

»Und was hat er geklaut, mein Sohn?«

»Autos.«

Trübe schaute Benamar sie an:

»Aber mein Sohn kann gar nicht Auto fahren. Er ist neun Jahre alt.«

Die Großmutter quittierte den Scherz mit einem Lächeln und erzählte, was sie wusste. Als sie mit ihrem Bericht zum Ende gekommen war, entschuldigte sie sich, um bei der nächsten Familie vorbeizuschauen. Sie hatte die Liste. Fafa in seinem Bett schielte auf sein Ungeheuer von Nase. Er traute sich nicht, mit dem Finger das Stückchen Zwiebel aus seinem Nasenloch zu popeln. Der Gedanke an Nono, der gerade an einer Cyrano-Adaptation fürs Theatercafé arbeitete, brachte ihn trotzdem zum Lächeln:

Wenn die Faust dir auf die Nase wie aufs Auge passt
Wirst du sicher unter dem Zeichen Stier gefasst
Wenn du den Stoff durch deine Nase ziehst
Brauchst du das Koks von ganz Paris

Fafa musste grinsen, als er an Nourredines Gesicht dachte, als er ihm gesagt hatte:

»Heute bist du Pinocchio.«

Aber sobald die Tür aufging und Nabila das Zimmer betrat, war es vorbei mit der Freude. Sie musterte ihn und murmelte:

»*Rowen. Rowen.*« (Dieb. Dieb.)

Fafa, der *Rowen*, der Dieb, weinte leise im Dunkeln vor sich hin.

Bis spät in die Nacht setzte Madame Leverbe ihre Runde fort, ihre persönliche Bartholomäusnacht. Erzählte, gab ihre *Old Woman Show* zum Besten.

Fafa hatte *Stein* gezeigt und Bleischuh *Schere*. Jeder weiß, dass die Schere am Stein zerbricht und der Stein in den Brunnen fällt. Das ist eben so, es braucht im Leben klare Regeln. Und weil der Zweite am Ersten zerbrochen war, betrat Alain Leverbe den Monoprix und machte dabei mit seinen Spezialschuhen so viel Krach wie möglich. Seit dem Tod seiner Eltern bei einem Autounfall zog die Großmutter ihren Alain groß, so gut sie eben konnte und nur zum Besten des Letzteren … der sich auch wie das Letzte benahm. Am Sonntagmorgen nahm sie ihn mit in die Kirche und am Nachmittag auf den Friedhof von Montparnasse, um seine Eltern zu besuchen. Alain und Fafa hatten viel Spaß in Madame Leverbes Wohnung, auch wenn Alain einen Hang dazu hatte, Fafa vollzusabbern, wenn sie bei ihren improvisierten Judoeinlagen in den Nahkampf gingen. Mit neun Jahren war dieser Junge einen Meter sechzig groß, und sein Gesicht hatte schon etwas von einem De Gaulle. In der anvisierten Abteilung nahm Alain das amerikanische Polizeiauto mit allen möglichen Optionen an sich. Aufklappbare Türen, Schiebedach, ein magnetisches Blaulicht, zwei Passagiere: ein wahres Meisterwerk. Damit die Cops auch jemanden zum Verfolgen und Festnehmen hatten, steckte Alain in seinem Übereifer in die andere Tasche ein Taxi … aus London. Es war die britische Krone, die Alain, genannt Bleischuh, ins Verderben stürzte. Sie hatte ihn gesehen!

Gebeugt wie sie war, hob sie ihre beiden grauen Stare und erkannte Alain als den Sohnemann Leverbe, Enkel ihrer guten Freundin und Nachbarin. Die siebzigjährige Schildkröte beobachtete das Hin und Her bis zum Ranzenträger, der an dem Tag Fafa war, und ging dann, um Bericht zu erstatten. Der Autobande würde bald ein trauriges Ende gesetzt. Trostpflaster, niemand hatte sich auf frischer Tat von den Angestellten erwischen lassen. Es brauchte das schlimmste aller Dinge, um dem Unwesen ihrer Gang ein Ende zu setzen: Verrat!

»Du wurdest beobachtet!«

Alain leugnete nicht. Die Autos, sein Teil der Beute, glänzten mit all ihren Chromteilen aus Plastik. Alain weinte und sabberte, dass die Zahnspange oxidierte. Er schwor, es nie wieder zu tun, versprach, sich nie wieder mit den Kindern der Gruppe zu treffen. Er verleugnete seine Freunde. Er tat alles dafür, dass seine Oma ihn am Sonntag auf dem Friedhof nicht verpetzte. Alain glaubte felsenfest daran, dass sein Papa und seine Mama, so sagte die Oma, das Gute wie das Schlechte hörten, das er vollbrachte. Also packte Alain aus und nannte die Namen aller geladenen Gäste, und an erster Stelle den des Ehrengasts:

»Faraht.«

Nach Anrufung des Geistes der Eltern war es der Oma ein Leichtes, den ganzen Rosenkranz der Vornamen und Adressen herunterzubeten. Er bekam keine einzige Ohrfeige. Er hatte seiner Großmutter das Herz gebrochen, das war Strafe genug. Jetzt musste er es wieder gutmachen. Voller Würde tat Madame Leverbe, was zu tun war: ihre denunziatorische Bürgerpflicht. Sie klingelte bei den Bounoura und danach bei den anderen.

Die Familien trafen sich nach Unterrichtsende vor der Schule in der Rue Littré. Alle waren da, bis auf die ledige Mutter der Flöhe.

Auf dem Parkplatz der Schule begannen die Familien und ihre jeweiligen Sprösslinge, sich gegenseitig zu beschuldigen. Es wurde zu bedenken gegeben, dass Monoprix bisher nichts von der Sache wusste. Alle versicherten ihre Redlichkeit und schworen, dass an den Ästen ihres Stammbaums noch kein Krimineller gehängt, an seinem Fuße wohl aber schon der ein oder andere Widerstandskämpfer erschossen worden sei. Manche sprachen vom Zweiten Weltkrieg und von den schweren Opfern, die Familie Sowieso für Frankreich gebracht hatte! Sogar der Zuchthengst war nicht heimgekehrt. Während sie vom echten Krieg sprachen, schlich sich der falsche, der anekdotische, beiläufig in ihre Unterhaltung und alle Hahnenköpfe drehten sich zu den Schafsköpfen der Bounoura. Benamar hatte es nicht für nötig erachtet, sich freizunehmen. An den Armen der Eltern baumelten die vollgestopften Plastiktüten mit den Autos. Nabila, in ihrer Verehrung des Unglücks und vor allem, um zu beweisen, dass Araber, im Gegensatz zu Zigeunern wie sie meinte, keine Diebe sind, stammelte, dass man zum Geschäft gehen solle, um die Objekte der Schande zurückzugeben. In ihrem Redlichkeitswettbewerb begab sich die ganze Delegation in den Monoprix. Zum Glück hatte Alain nichts von Inno, Magasins Réunis, Supermag, Gilbert Jeune und so weiter gesagt …

Madame Leverbe richtete ihren Blick auf Fafa, und als sie seine geschwollene Nase, seinen entstellten Mund, sein Ohr wie ein Blumenkohl und seinen enthaarten Brauenbogen sah, erinnerte sie sich an ihre letzten Worte vom Vorabend:

»Vielleicht braucht Faraht einen Arzt?«

»Machen Sie sich keine Sorgen, wir kümmern uns um ihn.«

Fafa schaute auf den Boden, den Kopf leicht zur Seite geneigt, weil sein rechtes Ohr taub war.

Angeführt von ihren Eltern, traten Mimi, Dédé, Pierrot, Bleischuh, Fafa, Rapha wieder einmal durch die großen Glastüren des Ladens. Dort verlangte Madame Leverbe, die nach Meinung der Gruppe die beste Rednerin war und ihre durch die Vollversammlung verliehene Repräsentantenrolle angenommen hatte, mit Nachdruck den Verantwortlichen des Monoprix. Die Kinder, mit gesenkten Köpfen und klopfenden Herzen, nahmen jedes die Tüte, die Bürde, die ihre Eltern ihnen zu tragen gaben, und warteten, ein kleiner, unbeweglicher Block im surrealistischen Treiben der Kundschaft. Der Direktor kam, die Stirn in Falten, sorgenvoll, fragend. Alain bekam einen kleinen Schubs von hinten, tat bereitwillig einen Schritt nach vorn und reichte dem Direktor seine Tüte. Dieser nahm sie zerstreut entgegen, öffnete sie und schaute über die Köpfe der Kinder hinweg in die ernsten Gesichter der Erwachsenen:

»Ja bitte?«

»Wir bringen zurück, was unsere Kinder bei ihrem leichtsinnigen, dummen Treiben aus Ihrem Geschäft entwendet haben.«

»Aha?«

»Also, was sie gestohlen haben.«

»Gut. Schön.«

»Wir sind sicher, dass das alles ist.«

»Sehr gut.«

»Es fehlen nur die beiden Kinder, deren Mutter nicht erreichbar war und nicht kommen wollte.«

»Eine ledige Mutter mit Zwillingen.«

»Die raucht.«

»Die nicht arbeiten geht.«

»Die sich nicht richtig um ihre Söhne kümmert …«

»Aus denen nie etwas werden wird, fürchte ich.«

»Okay, okay. Aber …«

Die Mutter der Flöhe hatte wahrscheinlich die direktorale Anklagerede vorhergesehen. Der Mann warf noch einen Blick in die Tüte und gab sie, den Mund angewidert verzogen, Alain zurück, der unschlüssig vor ihm stand. Die Familien tauschten Blicke:

»Wir geben sie Ihnen zurück.«

»Wir bringen sie zurück.«

»Wir sind nicht untätig geblieben.«

»Wir hätten das nicht machen müssen.«

»Wenn wir gewollt hätten …«

Der Herr Direktor, der Dumme wahrscheinlich genauso wenig schätzte wie Diebe, räusperte sich und hob in gewichtigem Tonfall zu seiner Lobrede an:

»Ich beglückwünsche Sie zu Ihrem Bürgersinn. Wenn

Sie das Problem nicht erkannt hätten, hätten wir niemals erfahren, dass eine organisierte Bande in unserem Laden ihr Unwesen treibt. Unsere Mitarbeiter haben Lücken im Lagerbestand festgestellt, die sich nicht mit der Buchhaltung vereinbaren ließen, und wir haben daraus geschlossen, dass es zu Verlusten gekommen war. Niemals hätten wir gedacht, dass eine mafiöse Bande …«

»Naja, mafiös, mafiös … Das ist vielleicht zu viel gesagt, oder?«

»Madame, wenn Sie sich die Straftatbestände und Kriminalitätsstatistiken anschauen, werden Sie wie ich feststellen, dass auch Kindsmörder, Vergewaltiger und andere Meuchler hilfloser Rentner klein angefangen haben. Wie heißt es so schön im Volksmund, und es braucht bloß Ihren gesunden Menschenverstand, nicht Ihre Moral, die schließlich über jeden Zweifel erhaben ist, sonst stünden Sie nicht hier, um die gesamte Wahrhaftigkeit des klugen Sprichworts zu erkennen, heißt es nicht in Wahrheit: Wer einmal aus dem Blechnapf fraß … Na? Meine Damen?«

»Das Wiederkommen nicht vergaß!«

Der Satz kam auf verschiedene Weise aus den Mündern der anwesenden Personen, gemurmelt, gerufen, gemurrt, gestammelt, gestottert:

»Genau, meine Damen. Wer einmal aus dem Blechnapf fraß, das Wiederkommen nicht vergaß!«

Nabila, die dem Gespräch nicht hatte folgen können, beugte sich zu ihrem Sohn:

»Du hast aus dem Blechnapf gegessen? Warum? Du kriegst doch zu Hause zu essen, oder etwa nicht?«

Madame Leverbe, den Rücken gestärkt von der Autorität und der Macht, die ihre Mitstreiter ihr verliehen hatten, wollte die Unterredung beenden:

»Na dann, Ende gut, alles gut. Wir entschuldigen uns und geben zurück, was uns nicht gehört.«

»Es tut mir Leid, meine Damen, aber es gibt da noch ein kleines Problem. Aufgrund der nicht mehr vorhandenen Verpackungen können wir die Sachen auf keinen Fall zurücknehmen, außerdem sind sie benutzt, wie wir sehen können, und manche, um nicht zu sagen viele, sind sogar richtiggehend abgenutzt, und so werden auch Sie einsehen, dass wir sie unmöglich in unseren Auslagen zum Verkauf anbieten können … Sie taugen noch nicht einmal mehr fürs Schaufenster. Sie würden mir sicher zustimmen, dass eine Ansammlung von Autowracks in unseren Auslagen angesichts der nahenden Sommerferien ein äußerst negatives Bild abgeben würde. Nicht wahr?«

Die Jungs erinnerten sich das Autobahnspiel mit der supergenialen Massenkarambolage, bei dem sogar das Feuerwehrauto mit der langen, batteriebetriebenen Leiter in Flammen aufgegangen war.

Eine ganze Prozession von Engeln flog vorbei, während die Eltern sich ihrer misslichen Lage bewusst wurden. Der Direktor lachte sich ins Fäustchen und fügte mit theatralischer Geste hinzu:

»Bitte folgen Sie mir … Die Kasse befindet sich gleich nebenan. Bitte, hier entlang.«

Groß und klein folgte dem Mann wie die Verdammten dem Teufel ins Höllenfeuer. Der Direktor leerte eine Tüte nach der anderen auf dem Verkaufstresen, und die Autos stapelten sich zu einer traurigen Deponie:

»Sieh an, sieh an … Wir teilen dann alles durch sechs, nicht wahr?«

Das Geschrei hätte aus einem Schwurgericht zum Zeitpunkt des Todesurteil über einen Unschuldigen stammen können:

»Nein, mein Sohn hat nur die vier da.«

»Meiner hat nur eins gestohlen.«

»Einer von denen da, ich weiß nicht mehr welcher, hat meinem Sohn das Batmobil geliehen … Es kommt nicht infrage, für die anderen draufzuzahlen.«

Breit lächelnd säuselte der Direktor:

»Das klären Sie dann später unter sich, einverstanden?«

Der Teufel ist Zeuge, er ließ es sich nicht nehmen, hinzuzufügen:

»Na, Kinder, habt ihr sonst noch etwas geklaut?«

»Nein!!!«, antworteten die Eltern im Chor und brachten ihre kleinen Schreihälse mit einer Hand, einem Blick oder einem Fußtritt zum Schweigen. Die Bälger, schuldig bis ins Mark, schienen bereit, alles zuzugeben und sich in ihren Beichten sogar noch zu überbieten, um das Unverzeihliche wieder gutzumachen. Sicher war Gott nicht weit, wo er doch vom Jenseits bis ins Diesseits für seine Vorliebe fürs Richten bekannt ist, und wer weiß, welche perverse Boshaftigkeit den Direktor ritt, als er fragte:

»Apropos, wer ist eigentlich der Chef?«

Die überrumpelten Kinder antworteten wie ein Militärchor:

»Sie sind der Chef, Monsieur.«

»Nein, nein, wer ist bei euch der Chef?«

Fünf kleine Zeigefinger, vom Adrenalin gestärkt, richteten sich auf Fafa:

»Er war's.«

Von allen verlassen, versuchte Fafa es mit einem:

»Äh …«, als seine Mutter ihn mit einem Hieb auf die Nase unterbrach:

»Zu Hause kannst du was erleben.«

Der Herr Direktor amüsierte sich köstlich über diese Herde redlicher Dummköpfe, rieb sich die Hände und verkündete die Summe, die es durch sechs zu teilen galt: enorm. Die Eltern leisteten eine Anzahlung und versprachen, wieder zu kommen, um den Rest zu bezahlen. Als letzte Erniedrigung verlangte der Herr Direktor die Personalausweise, um die Namen und Adressen zu notieren, und eine Unterschrift auf dem Kassenzettel, mit der sie ihre Schulden anerkannten. Nabila malte ein schönes Kreuz. Die Summe war in Anbetracht der Beute nicht übermäßig groß, manche Familien hatten angesichts der Spielsachen wohl geahnt, dass dieses oder jenes eine Stange Geld wert war. Manche Autos fehlten.

Sie sammelten sich auf dem Gehsteig, schworen, einander niemals wiederzusehen, und wehe, wenn dein Sohn meinen besucht, deiner mit meinem spricht, einer mit dem anderen spielt und umgekehrt. Sie schüttelten einander die Hände, lächelten verkrampft, und jeder kehrte, die Frucht ihrer Leiber, ihr eigen Fleisch und Blut hinter sich herzerrend, zurück in sein Leben. Die Kinder würdigten sich keines Blicks. Der Direktor des Monoprix schaute ihnen nach und dachte daran, dass diese Leute, dieses soziale Grüppchen, sich in Zukunft niemals wiedersehen würde, außer vielleicht aus Zufall, wenn sie gezwungen sein würden, in denselben Gefängnissen zu denselben elenden Besuchszeiten bei ihren Kindern vorbeizuschauen.

Verraten, gedemütigt, geschlagen, von den Seinigen verlassen, den echten Seinigen – den Freunden –, war Fafa die Ehrlichkeit für immer vergällt. Er hasste die ganze Welt. Sein Ohr brummte. Seine Nase tat höllisch weh und, wenn er sich schnäuzte und mit aller Kraft versuchte, das Stückchen Zwiebel hinaus zu befördern, das in seiner Nasennebenhöhle festzustecken schien, kam nur getrocknetes Blut. Das Schlimmste für Fafa war, sich unverstanden zu fühlen. Er hatte geklaut? Ja. Er leugnete es nicht. Er hatte es sogar zugegeben. Er hatte die Autos abgegeben, die seitdem verschwunden waren, obwohl der Direktor sie nicht zurückgenommen hatte. Sein Vater musste sie weggeworfen haben. Fafa wusste, warum er klaute, und er wusste, dass er damit recht hatte. Wie sonst hätte er er sich die Liebe seiner Eltern beweisen sollen, als zu klauen, was sie ihm hätten schenken sollen? Bei seinen Klassenkameraden erfand Fafa falsche Weihnachten und Placebo-Geburtstage, er lieferte sich Geschenkwettbewerbe, hangelte sich von Lüge zu Lüge und musste manchmal den Wahrheitsgehalt seiner Aussagen durch Tatsachen belegen. Fafa klaute also, um auf dem Pausenhof heimlich seinen Ranzen zu öffnen und den anderen Kindern die wunderbaren Dinge zu zeigen, die er, Faraht, von seinen Eltern zum Geburtstag oder Namenstag bekommen hatte. Natürlich passten manche Geschenke nicht in den Ranzen, zu dick, zu groß, zu zerbrechlich. Wie der kleine Affe, den der Emir ihm aus Saudi-Arabien mitgebracht hatte. Ja, ein lebendiger, kleiner Affe. Ein Zwerggorilla. Ja echt, den gibt's nur einmal auf der Welt. Da konnten die anderen Kinder nichts mehr sagen. Die Geschichte mit dem Affen funktionierte so gut, dass sogar die Klassenlehrerin ihn gefragt hatte, ob er ihn nicht mal in den Naturkundeunterricht mitbringen wolle. Aber leider, eine vergiftete Banane, am Vortag … Fafa bewies also, dass seine Eltern ihn über alles liebten, wie die anderen, nur noch besser, und dass die Zuneigung, in der er sich sonnte, eigentlich sehr einfach, bescheiden, um nicht zu sagen gewöhnlich war, weil er in Wirklichkeit der Enkel eines Wüstenprinzen war, der eigentlich König sein müsste und nur Fafas Volljährigkeit abwartete, um ihm seinen Platz zu überlassen. Selbstverständlich würde er seine Freunde zum Kamelreiten in seine Sahara einladen. Vom Lügner brachte Fafa es zum Dieb. Was hätte er auch tun sollen? Seine Erfahrungen mit organisiertem Raub waren nicht schlecht, Fafa verstand an diesem Tag, dass man allein oder im kleinen Kreis stehlen musste, zu dritt, mehr nicht. Fafa tat sich wieder mit Léo zusammen, bis ein gewisser Jésus zu ihnen stieß.

In der Schule sprach die alte Bande nicht mehr miteinander. Bleischuh warf seinen Freunden traurige Blicke aus seinen Karibuaugen zu.

In seinem neunten Lebensjahr wechselte Fafa den Vornamen, zu Hause nannte man ihn nur noch:

»Rowen …«

Komischerweise wurde bei den Bounoura seit dieser Sache Weihnachten gefeiert. Benamar machte einen auf europäisch. Sicher konnte er sich nicht der allgemeinen Begeisterung über die erleuchteten Schaufenster, dem Freuden-, Festtags-, Glückstaumel entziehen und hatte entschieden, dass auch er den himmlischen Kindern eine Gunst erweisen wollte: nämlich seinen eigenen. Es sei denn, dass Fafas Straftat Fragen aufgeworfen hatte und einer seiner Freunde, die er um Rat fragte, ihm etwas von Integration ohne die Verleugnung der eigenen Wurzeln erzählt hatte:

»Muss man schauen, wo man lebt. Wenn du nicht das Fest der *Garouis* feierst … fällst du auf und dann hast du die *rlha* (Scheiße)! Alle sagen, die Araber verstehn nix vom Leben. An Weihnachten machst du Geschenke für alle, und alle sind zufrieden. Und *y a haye, Sidna Issa,* den gibt es auch bei uns! Dieser Jesus Christus steht auch in unsrem Buch! Ganz vorne! Auf der ersten Seite!«

»Okay, aber Jesus ist nicht der Sohn Gottes …«

»Du weißt doch, die Franzosen, mit der Freiheit, die ihre Frauen haben … Wissen sie nie, wer der Vater von wem ist! Ist normal, dass sie glauben, dass Gott der Vater von Jesus ist. Das kommt, weil sie sich Hörner aufsetzen lassen von ihren Frauen.«

»Bist du schon lange in Frankreich?«

»Kennst du einen *Harki*, der noch nicht lang da ist? Hundertvierunddreißig Jahre, Benamar! Und immer noch sticht mir die Kälte Frankreichs in die Augen, deswegen denken alle, ich weine die ganze Zeit.«

»*Zed a they?*«

(Nimmst du noch einen Tee?)

»*Zed …*«

»Zwei Tee mit Minze, bitte.«

Benamar Bounoura strengte sich an. Ganz auf sich gestellt, versuchte er, kein Idiot zu sein. In seinem Heft stand das ABC schon von A bis Arsch. Um Mitternacht weckte er Kim, Nadou, Nono und … Rowen und versammelte sie im Esszimmer. Dann eilte er ins Elternschlafzimmer und kam, gefolgt von Nabila, mit vier Päckchen zurück. Den Kindern stand der Mund offen. Er rief den Ältesten zu sich. Ängstlich stand Nono auf, um vom Vater ein kleines Päckchen überreicht zu bekommen, das eine Tonne wog:

»Das ist aber schwer …«

Nono öffnete es. Es war ein Werkzeugset mit allen erdenklichen Schraubschlüsseln für große und kleine Radmuttern. Nono verzog den Mund, um sich zu bedanken, und wagte sich sogar für eine Umklammerung in die geöffneten Arme seines Vaters. Die drei anderen betrachteten ratlos Nonos Geschenk.

»Karima.«

Nabilas Stimme ließ Kim aufspringen. Sie reichte ihr ein flaches, in Packpapier gewickeltes Rechteck:

»Danke …«

Der Vater überließ der Mutter die Geschenke für die Mädchen. Er kümmerte sich um die männlichen Nachfahren:

»Faraht.«

Kim packte aus, während Rowen einen verbeulten Schuhkarton entgegennahm. Er wagte nicht, ihn zu öffnen, und schaute zu Kim, die einen in grünliches Kunstleder eingeschlagenen Kalender (ihre Agenda 21 2 29,7) auspackte, auf dem in goldenen Lettern stand

– VARDOÏÉ & CO –
BAUUNTERNEHMER

»Für dein Studium.«

Seufzend öffnete Rowen seinen Schuhkarton:

»Das sind ja meine Autos …«

Für acht Monate hatte Benamar die geklauten Autos verwahrt, um sie jetzt seinem Sohn zu schenken.

»Nadia!«

Nadou stand seufzend auf und nahm ihr Päckchen von der Mutter entgegen. Ein kugelförmiges, mit Zeitungspapier umwickeltes Päckchen. Fafa, der sich vor lauter Nervosität vor Lachen nicht mehr einkriegte, schrie:

»Ich wette, das ist ein Blumenkohl!«

Nein, es war nur ein abgetrennter Kopf. Ein Modellkopf, an dem junge Mädchen das Frisieren üben konnten. Ein blonder Kopf mit künstlichen Haaren und einem nach unten offenen Hals, an dem man ihn auf einem Sockel bewegen konnte, um sich dann stundenlang die Arme für die perfekte Föhnfrisur zu verrenken.

Benamar wollte einen Elektriker als Sohn und eine Friseuse als Tochter. Punkt. So sollte es sein. Bezüglich Kim und Fafa war er noch unschlüssig. Eine Hausfrau und ein Soldat? Eine Buchhalterin und ein Beamter? Mal sehen. Jedenfalls musste Nadia im Januar in der Rue de Sèvres eine Ausbildung bei einem Friseur namens Tollenbändiger beginnen. Benamar träumte von einem Haus in Algerien inklusive Friseursalon, wo die Frauen sich im Domizil der Bounoura Haare *made in Paris* machen lassen würden, während ihre besseren Hälften sie ohne Kopftuch, aber in den sicheren Händen einer guten Familie wüssten. Der Kopf wurde dann nur benutzt, wenn Fafa damit Guillotine oder, trotz seines Gewichts, Fangbecher spielte. Die Kinder machten gute Miene zum bösen Spiel und umarmten Nabila und Benamar. Das war immerhin ein Fortschritt … Fafa hatte von einer Werkstatt geträumt, und er bekam einen Autofriedhof. Einen Schrottplatz. Mit Tränen in den Augen flüsterten alle vier:

»Frohe Weihnachten.«

Benamar breitete noch einmal seine Arme aus, um das Quartett an sich zu drücken. Fafa hatte nicht ganz gelogen, es gab schon einen Gorilla bei den Bounoura. Kurz dachte er:

Meine eigenen Autos …

An diesem Tag legitimierten die Eltern Bounoura in Fafas Augen den Diebstahl.

Es kehrte wieder Alltag ein, und das Schuljahr wurde von der abendlichen Jagd aufs Geld bestimmt. Einzige Neuheit, Fafa und Léo wurden Eigentümer. Sie verfügten über eigene Transportmittel. Fafa hatte eines dieser großen, roten Fahrräder mit Trommelbremsen und einem großen Gepäckträger vorne und Léo ein Rennrad mit mindestens drei Gängen. Léonard wusste sich zu helfen und besaß zwei besondere Schätze. Zwei Schlüssel. Einen, um Fahrradschlösser zu öffnen, den anderen, um heimlich die Flipper zu knacken und die Anzahl der Spiele zu erhöhen, ohne zu zahlen. Monsieur Pédro gab den Kindern etwas mehr Arbeit und bat sie, große Kisten vorne und hinten auf die Gepäckträger ihrer Räder zu montieren, um Metrotickets zu sparen und die Lieferungen in einem Viertel zusammenzulegen. Sie lieferten in ganz Paris und lernten die Hauptstadt Straße für Straße, Sackgasse für Sackgasse auswendig. Die Kunden mochten die beiden netten Jungs, die ohne Umschweife ihr Trinkgeld forderten:

»Wir gehen zur Schule …«

»Wir müssen davon leben …«

Nach Ladenschluss rannten die beiden zu Léo nach Hause.

Monsieur Joachim Da Costa kaufte Kekse in Fünf-Kilo-Beuteln für weniger als zehn Francs. Daraus bereiteten sie sich mit Milchkaffee einen Brei oder leerten den Beutel und besprachen ihr Lieblingsthema, ihre Alten. Fafa verstand nicht, warum Monsieur Da Costa morgens mit dem Rad zur Arbeit fuhr:

»Um Autos zu bauen?«

»Ja.«

»Mit dem Rad?«

»Ja.«

»Mit dem Rad zum Autobauen?«

»Ja, bei Citroën.«

»Und warum geben sie ihm keins, wenn er sie doch baut?«

»Ja, warum? Keine Ahnung.«

»Ist doch komisch, Autos zu bauen und mit dem Rad zu fahren.«

»Und dein Alter?«

»Der ist beim Bau.«

»Er baut Häuser?«

»Ja.«

»Der baut Häuser und hat selbst keins.«

»Noch nicht.«

»Der baut Häuser und wohnt selbst in ’ner Sozialwohnung!«

»Ja, okay, aber er fährt nicht mit dem Rad, mein Vater.«

»In Portugal haben wir schon ein Haus.«

»Kannst ja mit dem Rad in dein Stinkfisch-Portugal fahren … Wir haben ein Auto, einen Simca 1000, und da können wir drin schlafen, aber ihr könnt nicht auf einem Rad pennen, oder?«

»Komm, wir gehen lieber in Montparnasse flippern, statt zu streiten.«

»Mit dem Rad?«

»Zu Fuß.«

Weil ihm sein Fahrrad schon wieder geklaut worden war, musste Fafa neben Léos Rad herlaufen, wenn sie Polypen sichteten oder eine gefährliche Kreuzung überqueren. Alle Hundert Meter musste er auf den Gepäckträger springen und wieder absteigen und so weiter, bis sie ihr Ziel erreicht hatten. Bis Léo ihm ein neues für die Lieferungen klaute, erhöhten die beiden ihre Stundenzahl bei F&P, den Lebenshändlern.

Léo ging wirklich schlecht mit den Tieren um. Es gefiel ihm, den Hunden in ihren Käfigen Angst einzujagen. Anstatt sie einzeln aus ihren Käfigen zu holen, um die Boxen mit dem Wasserschlauch auszuspritzen, zielte er wie ein teuflischer Feuerwehrmann mit Hochdruck in die Käfige, ohne sie herauszulassen. Die Tiere schrien vor Angst, winselten vor Kälte und kauerten sich zitternd in der hintersten Ecke des gekachelten Käfigs zusammen. Wenn die Ware krank wurde:

»Léo, kümmer dich darum.«

Befand sich das Tier in einem der Schaukästen im Laden voller Augenzeugen, nahm er es auf den Arm, streichelte es, redete ihm gut zu und gab ihm sogar kleine Küsschen, während er es in den Keller brachte. Unten ließ Léo seinen sadistischen Zügen freien Lauf und Fafa, der nichts dagegen sagte und unternahm, seiner Feigheit. Unempfänglich für sein jämmerliches Jaulen, nahm der Folterknecht den Welpen an den Hinterläufen und schleuderte ihn mehrmals mit voller Wucht gegen eine Kante, ein echtes Monster. Taub gegenüber dem schwächer werdenden Winseln, ging er mit immer größerer Gewalt vor und wunderte sich über die Widerstandskraft des Viehs. Das Tier wollte nicht sterben. Der beleidigte Herr Léo fuhr schwere Geschütze auf. Er füllte einen Eimer bis oben hin mit Wasser und tauchte das sich windende Kuscheltierchen mit dem Kopf zuerst hinein, legte dann entweder einen Mülleimer oder einen Deckel darüber und setzte sich darauf. Nach der Hinrichtung des Todgeweihten:

»Für einen Kranken war er ziemlich gesund.«

Höchst zufrieden verstaute Léo sein kleines Opfer in einem dafür vorgesehenen Plastikbeutel. Wortlos beobachtete Fafa seinen Freund beim Morden und machte sich durch sein Schweigen zum Komplizen. Er wagte es nicht, etwas einzuwenden, stillschweigend und schuldiger als Léo selbst, denn im Gegensatz zu ihm mochte Fafa Tiere. Dann tauchte Léo wieder an die Oberfläche und ließ sich von F&P den Blutpreis auszahlen:

»Meine zwanzig Kröten.«

Der Job war nicht leicht. Einfach, aber hart. Je heftiger Léo war, desto netter wollte Fafa sein, und in gewisser Weise waren sie die beiden Seiten desselben Schwamms, rau und weich. Wenn die kleinen Gefangenen gefüttert, ihre Streu sauber und Stroh und Sägespäne gewechselt waren, gingen Fafa und Léo mit den Müllbeuteln voll Scheiße und dem darin versteckten kleinen Totensack nach oben, um sich den Arbeitsplan für den nächsten Tag zu holen. Im Keller von F&Ps Laden passierte dasselbe wie anderswo auf der Welt, ein typisches Phänomen. Humanitäre Arbeit ging mit Unterdrückung einher und umgekehrt. Der Keller war nichts anderes als ein Gefängnis des Leids, der Angst, der Isolation. Fabrice und Patrice tranken in ihrem Büro ein Gläschen mit ihnen, und als sie die Termine des folgenden Tages auflisteten, erfuhr Fafa, dass er das apricotfarbene Hündchen von Mademoiselle X shamponieren würde und deshalb seine Badehose mitbringen musste, um sich mit dem *Raubtier* unter die Dusche zu stellen:

»Okay.«

»Können wir Lubelle über Nacht behalten?«

F&P waren einverstanden, und nachdem die Kinder ihr Geld bekommen hatten, zerrten sie auf allen Vieren Lubelle hinter sich her, die träge durch ihre großen, blutunterlaufenen Augen blinzelte. Lubelle übernachtete in

Léos kleiner Bude, wenn ihre Arbeitgeber es erlaubten. Sie hatte zwei Leinen, und auf ihren Spaziergängen hielt jedes Kind eine und klammerte sich mit der anderen Hand an Türgriffe von Autos und Straßenschilder, oder eins von ihnen nahm beide Leinen wie beim Wasserski und das andere ging nach vorn, um sich gegen die quadratische Schnauze dieser Hundert-Kilo-Dogge mit dem schmutzig beigen Fell zu stemmen. Überdurchschnittlich groß für ihre Rasse und ihr Geschlecht. Vier krumme Beine. Der klobige Rumpf knapp überm Boden. Schwerer und größer als viele Männchen. Nicht besonders graziös. Absolut undiszipliniert. Lubelle, genannt Lulu, war der Quasimodo unter ihren Artgenossen, und ihr Sanftmut war legendär. Fafa liebte sie so sehr, dass er sie sogar Benamar vorstellte:

»Was ist das für ein Kalb?«

»Lubelle.«

Benamar mochte Tiere, aber in seinem muslimischen Haushalt hatte eine Hundeschnauze nichts zu suchen, er trat einen Schritt vor die Tür und nahm es ausnahmsweise in Kauf, seine Waschungen noch einmal zu erledigen, nachdem die Hündin ihm, Pfoten auf den Schultern, das Gesicht abgeleckt hatte. Bei dem Monstrum wurde selbst Benamar schwach, und zum ersten Mal machte er Fafa eine Art Kompliment:

»Es ist gut, eine Arbeit zu haben.«

»Muss sie zurückbringen.«

Unten an der Treppe wartete Léo auf seinen Kumpel. Während Lubelle ihn die Treppe hinunterzerrte, hörte Fafa seinen Vater:

»Pass auf, dass sie dich nicht frisst …«

Benamar überprüfte trotz allem diese Sache mit dem Job, und nachdem er sowohl mit Monsieur Pédro als auch mit F&P debattiert hatte, gab er seine Erlaubnis, dass Fafa jeden Abend nach der Schule arbeitete, Donnerstag und Samstag eingeschlossen. Durch seine grausamen Einsätze verdiente Léo ein wenig mehr als Fafa, aber weil sie ihr Geld zusammenlegten, spielte es keine Rolle. Begierig musterte Léo mit seinem Herodes-Blick die kleinen Unschuldslämmer in ihrer mit Stroh ausgelegten Krippe:

»Dieser Chow-Chow da, der sieht nicht gut aus, oder? Der ist bestimmt nicht gesund.«

»Quatsch, dem geht's blendend.«

»Seine Zunge is ganz blau.«

»Klar, wie bei allen Chow-Chows.«

»Ach so. Und der Köter, der die ganze Zeit winselt?«

»Na, der träumt, Léo. Der schläft und träumt.«

»Die träumen, die Viecher?«

Fafa erlebte eine kurze, glückliche Zeit, vor allem, weil er am Wochenende nicht mehr Benamars Baustellen-Sklave war. Manchmal schob Monsieur Pédro seine Oberlippenbartvisage durch die Tür des Hundezwingers, rümpfte die Nase und holte eins der Kinder für eine dringende Lieferung:

»Fafa, Pédro ist da …«

»Nein, Léo! Ich will Léo, der hat mehr in den Waden, und das muss ruckzuck gehen.«

Fabrice und Patrice waren homosexuell, verhielten sich den Kindern gegenüber aber niemals anstößig. Nicht einmal eine Andeutung. Selbst Benamar war nichts aufgefallen, als er ihnen breit lächelnd abwechselnd die Hand geschüttelt hatte. Monsieur Pédro hingegen, ganz der brave Familienvater mit den mannhaften Zügen eines mexikanischen Revolutionärs:

»Nur ein Stückchen, Léonard. Lass mich ihn dir nur ein Stückchen reinstecken. Hundert Francs für dich allein. Nur ein kleines Stückchen. Hundert Francs.«

Wer weiß, warum Monsieur Pédro davon träumte, den zehneinhalbjährigen Léonard Da Costa in den Arsch zu ficken. Das verstehe, wer mag! Léo konnte sich vor Lachen kaum halten, als er Fafa von Monsieur Pédros Vorschlag erzählte:

»Der meinte, ich hab 'nen runden Po.«

»Hat nichts mit deinen Waden zu tun?«

Léo war freizügig und kannte weder Schamgefühl noch Moral. Er war nicht schamlos oder unmoralisch, er hatte vor den Zusammenkünften in der Kirche einfach nichts davon gewusst. Er war ein Draufgänger und nahm alle Überraschungen mit, die die Kindheit zu bieten hatte. Eine echte Kindheit. Ohne Sorgen und Komplexe, ganz im Gegensatz zu Fafa, der in sozialen Angelegenheit immer über diese beiden Schlingen stolperte.

Bevor sie in der Hausmeisterwohnung lebten, hatten Léos Eltern in einem Dienstmädchenzimmer gewohnt. Ihr ältester Sohn lebte in Portugal, hatte schon eine eigene Familie und kam selten nach Paris. In der ganzen Zeit, die diese Kinderfreundschaft hielt, bekam Fafa ihn nicht zu Gesicht. Er dachte sogar, dass Léos großer Bruder für die Familie Da Costa das sei, was der Zwerggorilla für seine war.

Abends vorm Schlafengehen zogen die Eltern eine Matratze unter dem Ehebett hervor und darauf schlief, träumte und furzte Léo. Es gab Zärtlichkeiten und Liebe. Die Eltern lasen die Bibel und lehrten sie dem Kleinen in aller Ruhe. Dieses Leben schien aus Léo einen ausgeglichenen Menschen zu machen, und die nur allzu durchschaubare Privatsphäre wurde unnötig. Léo war mit sich selbst im Reinen. Das erklärte seine Art. Ihm war nichts zu schmutzig, er stolperte mit offener Hose aus dem Plumpsklo, ohne die Tür hinter sich zu schließen, trotz der Kälte, die in diesem Windfang von Innenhof heulte. Während er sich mit Fafa unterhielt, der im Türrahmen lehnte, beugte sich Léo voller Neugier nach unten, zog seinen Hoden Richtung Bauchnabel und beobachtete, wie die längliche, kompakte Kotwurst, die er als wohlgenährtes Kind täglich ausschied, seinen Körper verließ. Mit einem zufriedenen Lächeln lauschte er dem fröhlichen Plumps, als seine Kacke in das Loch fiel:

»Tor!«

»Du bist echt eklig.«

Niemals hätte Fafa so natürlich sein können. Hätte die Kühnheit besessen, so sehr hatte man ihm eingebläut, mit seinen schamhaften Körperteilen Versteck zu spielen. In seinem Innenhof versuchte Léo vergeblich, Fafa von den Freuden der Masturbation zu überzeugen. Als richtiges, kleines *halouf* grunzte er, wenn er kam. Außer Atem, Kiefer angespannt, Augen geschlossen, Nasenlöcher weit aufgesperrt, erklärte er mit zusammengebissenen Zähnen den sexuellen Ablauf:

»Es kommt … Es kooommt.«

Léo beschleunigte bis zum:

»Verdammte Scheiße, aaaah!«

Sagte Fafa, dass nun er an der Reihe sei:

»Nein.«

»Aber es ist echt schön.«

»Nein. Das ist böse.«

»Böse? Wegen Gott? Der guckt doch nicht ins Klo.«

Fafa und Léo, der eine Zeuge Jehovas, der andere Moslem, diskutierten oft über Theologie. Zusammen suchten sie Antworten auf Fragen, die kein Imam oder Zeuge je gestellt hätte. Oft versuchte Léo, Fafa in seinen Religionsunterricht mitzunehmen:

»Du brauchst nur gucken und zuhören. Wenn du da bist, ist mir nicht so langweilig. Und man kann sich was dazuverdienen.«

»Ich kann nicht. Ich hab meinen Gott.«

»Jehova hat die heiligen Schriften verfasst.«

»Und Allah hat sie ihm diktiert.«

»Quatsch.«

Die Kinder beschlossen, ihr Gespräch in der geheizten Hausmeisterwohnung bei einem Aperitif aus Joachim Da Costas Vorräten fortzusetzen. Léos Kopf drehte sich so schnell wie Fafas Magen und lallend kamen sie überein, Crêpes zu machen … mit Olivenöl:

»Meinst du, das schmeckt?«

»Äh … probier mal.«

Die Kinder aßen und tranken und waren sich nicht über ihren Zustand im Klaren. Da musste erst Monsieur Joachim Da Costa von der Arbeit kommen:

»Tschuldigung, M'sieur!«

Vater Da Costa schaute auf seine Hosenbeine und Schuhe. Glücklicherweise trug er noch seine Fahrradklemmen. Fafa hatte ihm seinen Mageninhalt vor die Füße geleert. Ein Liter Sangria, in dem statt der Früchte eine Marmelade aus nach Olivenöl stinkendem Crêpeteig schwamm:

»Schaffst du es bis nach Hause?«

Das war die Reaktion des Portugiesen. Der rundliche, kleine Mann mit der Glatze und den dicken, muskulösen Waden machte kein Drama daraus. Er warf seinem Sohn einen Blick zu, der sogleich verstand, wo er das Scheuertuch, einen Eimer mit warmem Wasser und den Schrubber zu suchen hatte. Fafa kroch quasi auf allen Vieren nach Hause. Joachim erinnerte Fafa nie wieder an seine Kränkung, seine Schande. Léos Mutter ließ es sich nicht nehmen:

»Der Argelino.«

Eine stets in Schwarz gekleidete Spitzmaus. Sie war eine der ewig Kränklichen, die hundert Jahre alt werden, runzelig und teuflisch fromm, und konnte den besten Freund ihres Sprösslings nicht leiden, der ihrer Meinung nach nichts Gutes in sich trug. Zur Bekräftigung ihres Bauchgefühls war es in einem widerlichen Schwall aus Fafa hervorgebrochen:

»Sie haben die Hausbar leer getrunken.«

Die Freunde hatten panische Angst vor dem Tag, an dem die Da Costa und die Bounoura einander offiziell kennenlernen würden. Sie stellten sich vor, wie ihre Familien um einen Tisch sitzen und die Taten und Untaten ihrer Kinder besprechen würden, während sie unter dem

Tisch die Ohren spitzen würden. Die Jungs improvisierten mögliche Gesprächsverläufe und lachten vor Angst. Die Bounoura trafen niemals die Eltern vom »Fuchs«.

Und die Da Costas niemals die vom »Argelino«.

Überhaupt konnten diese Leute einander nicht verstehen, weil auf beiden Seiten die Beherrschung der französischen Sprache Schwierigkeiten bereitete. Wenn es zu einem Gipfeltreffen gekommen wäre, hätten Fafa und Léo als Dolmetscher herhalten müssen:

»Ist besser so, wenn alle nur so viel reden, wie sie verstehen.«

»Babel, Kumpel. Babel!«

»Klar, da war ein Genie am Werk, der liebe Gott nämlich.«

»Und was ist mit den Stummen? Wieso gibt's welche, die stumm sind?«

»Keine Ahnung. Vielleicht waren die aufm Klo, als Gott die Sprachen verteilt hat. Oder die waren krankgeschrieben, als der Turm in Babel gebaut wurde.«

»Und dann sind sie stumm geblieben?«

»Oder die sind eher so für Pantomime.«

»Und was haben sie vor Babel geredet?«

»Nix.«

»Oder die haben nicht mit Wörtern geredet, nur so mit den Augen.«

»Wie gute Kumpel?«

»Ja, wie wir.«

»Willst du noch 'nen Crêpe?«

Benamar glaubte nicht an Fafas Schilderung der Ereignisse:

»Ich hab Rumkuchen gegessen.«

Sein Kopf wurde von Benamars Vor- und Rückhand von rechts nach links geschleudert, aber er spürte nichts. Als guter Säufer wiederholte er seine Schilderung:

»Geburtstag … Rumkuchen, Papa.«

Benamar verfolgte die Sache nicht weiter und warf Fafa fluchend in sein Zimmer, damit er ausnüchtern konnte. Monsieur Bounoura hatte andere Sorgen: Algerien. Er bereitete den Heimaturlaub vor.

Beim Kolonisieren hat Europa gestern
das Elend importiert.
Beim Abschieben exportiert es
heute Verzweiflung.

Wie jedes Jahr musste Fafa auf einer Doppelseite von seinen Ferien erzählen. Er erinnerte sich nur, dass er nicht wusste, wohin mit seinem Arsch, so beschissen war es ihm auf den Plumpsklos von Marokko bis Algerien ergangen. Seine Urlaubserinnerungen waren für ihn untrennbar mit Krämpfen, Muskelkater und der Suche nach Klopapier verbunden, weil er sich weder an die arabische Küche noch an die widerliche Angewohnheit gewöhnen konnte, sich den Hintern mit Wasser abzuspülen. Für Fafa bestanden die Ferien aus Scheiße. Koliken. Durchfall. Und als Sahnehäufchen: eine Scheißlangeweile. Um vier Uhr morgens weckte Benamar die vier, während Nabila schon seit einer Stunde damit beschäftigt war, die Thermoskannen mit Kaffee und den Korb mit Lebensmitteln zu füllen. Benamar vertraute jedem Familienmitglied einen Koffer an, und dann rannten alle wild zwischen Wohnung und Auto hin und her. In den Jahren der Autofahrten ging die Familie in Paris pinkeln und hielt erst wieder zum Kacken in Madrid. In den Jahren der Schiffsreisen in Marseille. Benamar durchquerte Frankreich und hielt nur an, um zu tanken oder einen Happen zu essen. Auf der Rückbank versuchten die Kinder, den Ohrfeigen auszuweichen, wenn sie beim Spielen zu laut waren. Ohne die Straße aus den Augen zu lassen, griff Benamar nach hinten und erwischte das erste, das nicht schnell genug weg war. Die Kinder, wie die Sardinen in der Dose, gaben einander unabsichtlich Kopfnüsse. Nabila schaute auf die Straße und drehte sich nur zu ihren Kindern um, um sie zur Ruhe zu bringen. Benamar übertrug Nono und Kim die schwerwiegende Verantwortung, die Straßenschilder Richtung Bayonne zu lesen. Das rote Kunstleder der Rückbank klebte an ihren Hintern und Schenkeln. In seiner kurzen Hose fürchtete sich Fafa vor Spanien und der bleiernen spanischen Sonne, die die Sitze aufheizte und ihm die Schenkel verbrannte.

Wenn sie nach fünfzehn Stunden auf der Landstraße Spanien erreichten, gönnten sie sich ein Hotel, das alles andere als ein Spielplatz war. Kaum hatten sie gegessen, mussten sie schlafen gehen, um am nächsten Tag zur selben Zeit Richtung Marokko aufzubrechen. Die Bounoura besichtigten nie etwas. So hielt Fafa die riesigen Werbetafeln in Form von schwarzen Stieren auf den Hügeln lange Zeit für echte Stiere.

Sie kannten aus Spanien nur das *Agua* und das Brot, das ihnen ungenießbar erschien:

»Dieses Brot! Ein Land, das kein Brot zustande bekommt, lohnt keinen Besuch.«

Erst in Marokko wurde Benamar langsam menschlicher. Endlich war es so weit, er konnte in seiner eigenen Sprache nach dem Weg fragen. Endlich konnte er aus dem Auto steigen und sich strecken. Endlich konnte er den Touristen aus Francia spielen, seine Sonnenbrille auf der Stirn tragen, die Ärmel bis über die muskulösen Unterarme hochkrempeln und sich im mobilen Hammam seines schweißgetränkten Hemds entspannen. Benamar verwandelte sich. Die Sonne von Marokko ließ seine Schranken schmelzen. Sein eisiges Herz verwandelte sich in eine kleine Oase. Monsieur Bounoura wurde schön und lachte mit den Leuten, die ihm über den Weg liefen. Die kleine Familie vertrat sich die Beine und genehmigte sich eine eisgekühlte Limonade, Honiggebäck und, oh Wunder, Benamar öffnete seine Geldbörse und verteilte marokkanische Dinar in großen Scheinen wie Flugblätter. Er fühlte sich reich, mächtig, schön. Und in Fafas Augen war er das auch – und noch mehr. Fafa wunderte sich über den Respekt, den die Marokkaner seinem Vater entgegenbrachten, und er bemerkte den begeisterten Unterton, wenn die Menschen laut lasen:

»Ah, 75! Ah, Paris!«

Das Nummernkennzeichen des Simca 1000.

Ab Marokko pfiffen Fafas Gedärme. Setzte sein Sprint zum Klo ein. Hortete er jedes Stückchen Papier in seinen Hosentaschen. Fafa lauschte die ganze Zeit seinem eigenen Orgelkonzert, so sehr fürchtete er, sich einzuscheißen. Der kleinste Furz konnte verheerend sein. Zwischen Casablanca und Oujda via Fez hinterließ er genug, um die Kanalisation von Paris zu verstopfen.

Nach der Entspannung in Marokko setzte Benamar wieder seine strenge Maske auf. Kaum hatten sie die Grenze nach Algerien überquert, schienen die Ferien zu Ende zu sein. Nabila, mit ihrem schönen, geblümten Kopftuch und ihrer Sonnenbrille, machte dasselbe Gesicht wie ihr Mann. Die Kinder hielten den Atem an. Auf in den Ring. Die Armen kamen zurück, mit der Aura von Emigranten. Benamar hatte Francs in der Tasche. Ein Auto auf seinem

Namen. Eine Wohnung im Herzen von Paris. Vier Kinder und eine Frau. Und er war entschlossen, der algerischen Familie das alles ins Gesicht zu schleudern. Einen ganzen Koffer voller Geschenke. Der Arbeiter konnte sich zwanzig Tage als Herr aufspielen. Durch den Rückspiegel warf er Nadia und Faraht böse Blicke zu:

»Benehmt euch!«

»Ruhe.«

Die Kinder hatten immer Angst, etwas falsch zu machen. Sie wussten, was das bedeutete. Die von Nabila geforderte Ruhe war die von *Achtung, Aufnahme!* Sie ließ den Film ihrer Rache vor sich ablaufen und schrieb das Drehbuch, in dem jeder seine Rolle zu spielen hatte, mit der Rasierklinge. Die von Benamar geforderte körperliche und moralische Haltung war würdig und militärisch. Die Familie trat an, den familiären und sozialen Erfolg unter Beweis zu stellen. Zu zeigen, dass sie gut daran getan hatte, wegzugehen und nur wiederzukommen, um alle zu blenden, die auf sie herabgeschaut hatten. Sie zu blenden, bis ihr Herz vor Wut und Neid brannte. Bis sie die großzügigen Geschenke, das Parfüm, die Kosmetika, die Markenkleider und Stoffe, annehmen mussten. Benamar trug in seinem Inneren einen schlummernden Vulkan, Nabila einen überkochenden Geysir. Nourredine, Karima, Nadia, Faraht glühende Kohlen, unter der kalten Asche ihrer Kindheit und Jugend. Die ganze Familie landete bei Cousins, die ihnen die Türen zu ihren herrlichen Villen öffneten, unter deren Dach Enkel und Urgroßväter zusammenlebten. In der Villa der Belkacem, die eine Kaffeerösterei betrieben und den ganzen Maghreb belieferten, lebten ständig dreißig Personen. Das Zimmer für die Bounoura war vorbereitet, ein großer Raum, in dem sich die Matratzen in der einen und die Decken in der anderen Ecke stapelten. Die Biologie des Grauens hatte Fafa weiter fest im Griff. Aus seinem rechten Ohr liefen Blut und Eiter. Sein Anus entzündete sich und warf die Honigmelone, die Wassermelone und die Trauben aus, wie er sie gegessen hatte. Kurz abgespült, hätte man Fafas Ausscheidungen wieder servieren können, ohne dass jemand ihren Weg erahnt hätte. Die Familie verbrachte zwei Wochen in Tlemcen, mit Ausflügen nach Oran, wo sie Verwandte der Belkacems besuchten, mit denen die Bounoura so wenig zu tun hatten, dass sie dort eher das fünfte Rad am Wagen waren. Mit ihnen mieteten sie sich für fünf Tage eine Hütte am Meer:

»Deine Tochter ist am Strand …«

»… im Badeanzug.«

Wütend rannte Benamar los, um Nadia zu holen, die sich nichts ahnend mit ein paar Jungen beim Volleyball amüsierte. Manchmal brachte einer der Cousins die schreiende Nadia zurück:

»Lass mich in Ruhe, du Wichser!«

Und übergab sie Benamar, der sich veranlasst sah, sie noch härter als in Paris zu bestrafen. Fafa verbrachte seine Zeit am Strand, zusammengerollt, den Kopf auf Nabilas Schenkel, die in das schmerzende, entzündete Ohr ihres Sohns einen Löffel Olivenöl träufelte, das sie vorher über der Flamme eines Streichholz erwärmt hatte. Manchmal nahm Nabila das Olivenöl zur Abwechslung auch in den Mund, behielt es dort eine Weile und pustete es dann mit Hilfe eines Strohhalms in ebendiese Ohrmuschel. Fafa musste liegen bleiben und sich das Ohrläppchen reiben, damit das Mittel wirken konnte. Erst sehr spät untersuchte ein Arzt aus Oran Fafas Gehörgang:

»Sein Trommelfell ist geplatzt.«

»Das kommt vom Meerwasser!«

»Das kommt von seinen ständigen Mittelohrentzündungen.«

»Das kommt von einem Wattestäbchen … Er hat es zu weit reingesteckt.«

»Das ist nicht so schlimm …«

Fafa konnte an diesen Ferien nur zwei Vorteile entdecken. Sein Bruder Nono konnte ihn nicht mehr Zwerg nennen, weil er bei jeder Rückkehr ein paar Zentimeter gewachsen war, und sein Alter erlaubte es ihm, noch mit den Frauen ins Hammam zu gehen. Das war für Fafas Augen das größte Glück. Sie waren nicht nackt, aber wenn sie sich durch den Raum bewegten, um je einen Eimer mit kaltem und warmem Wasser zu füllen, ließen ihre durchsichtigen Hüfttücher viel Haut sehen. Umgeben von echter und einfacher Nacktheit, lernte Fafa Körper jeden Alters kennen. Dieser Anblick bereitete ihm, ganz im Gegensatz zur Masturbation, Lust:

»Wenn ich das Léo erzähle …«

Die Nachteile erwuchsen neben den Darmgeschichten daraus, dass sie niemanden aus ihrer näheren Familie trafen. Fafa hätte gern eine Großmutter gehabt, die zwischen ihren öligen Handflächen Griesbällchen formte oder mit bloßen Händen brennend heiße Brotfladen in einem mit getrocknetem Kuhdung gedeckten Lehmofen wendete. Er hätte das Dörfchen Koudia gemocht, ohne Strom und Wasser, umgeben von Kakteen voller stachliger Kaktusfeigen. Einen Großvater, der Geschichten erzählte. Einen starken Onkel, der ihn auf die Schultern genommen hätte, um ihm die römischen Ruinen zu zeigen. Alles war tot. Alle waren tot. Blieben die Belkacem und ihre Dinare. Ihre Millionen von Dinaren, die die FLN-Regierung in geschlossenen Kreisläufen zirkulieren ließ, was sie dazu zwang, hohe Verluste in Kauf zu nehmen, um an Francs zu kommen. Benamar hatte sie. Er, der Arme. Der Arbeiter. Der Ehemann des Waisenkinds. Der Exilant. Der Pariser. Er, der Sandwichmann, der sein Arabisch-Sein auf dem Bauch und sein Entwurzelt-Sein auf dem Rücken herumtrug. Er hatte eine der drei mächtigsten Familien der Stadt in der Hand:

»Wenn du dich vor der Schlange fürchtest und zur Seite springst … pass auf, dass du nicht auf den Skorpion trittst.«

Reglos verharrte Benamar zwischen der Schlange und dem Skorpion. Wartete ab, bis beide gezähmt waren:

»In ein paar Jahren gehen wir zurück und haben, *inschallah*, unser eigenes Haus …«

»Wir sind da, um dir beim Bauen zu helfen, Benamar … Sag uns, was du brauchst.«

»Geld.«

»Haben wir. Geld? Geld ist kein Problem. Entschlossenheit ist wichtiger als Geld. Und dir steht die Entschlossenheit ins Gesicht geschrieben, Benamar. Wie viel willst du?«

»Das hat noch Zeit.«

Der Rückweg nach Paris führte in umgekehrter Richtung über dieselbe Route. Wenn er die Wohnung betrat, küsste Fafa vor Erleichterung die Wände. Von drüben behielt er keine gute Erinnerung, und wenn er passen musste vor der leeren Seite, lag das nicht an mangelnder Inspiration, sondern daran, dass er sich nicht vorstellen konnte, seiner Lehrerin in einem Aufsatz die skatologische Seite seiner Ferien darzulegen. Unter dem Titel *Meine Sommerferien* schrieb er: »Dieses Jahr keine Ferien.«

Als sie die Aufsätze einsammelte, konnte es sich die Lehrerin ihren Kommentar nicht verkneifen:

»Na, wie's scheint, kann man auch in Paris braun werden! Aber das ist bei Ihnen ja das ganze Jahr so, Bounoura.«

Zwischen ihr und ihm herrschte seit dem ersten Schultag kalter Krieg:

»Wir bringen Ihnen einen Ihrer Schüler zurück.«

Erstaunt schaute die Direktorin die beiden Polizisten in Zivil an, die einen ihrer Schüler hereinführten. Es war ihr erster Tag auf dieser Stelle, und sie kannte dieses braunhaarige Kind mit dem bösen Blick und dem trotzigen Ausdruck noch nicht:

»Er wurde erwischt, als er bei Gilbert Jeune Platten klauen wollte. Und weil er sich weigert, uns seine Adresse zu verraten … Wir mussten ihn behalten, bis er uns gesagt hat, dass er auf diese Schule geht. Deshalb kommt er zu spät. Wir überlassen es Ihnen, seine Eltern zu informieren. Wir haben genug von ihm, und bei ihm geht niemand ans Telefon. Er hat gewartet, bis seine Eltern bei der Arbeit sind, um … Na, sehen Sie selbst.«

Fafa hatte die Zähne zusammengebissen, um sicherzugehen, dass sein Vater ihn nicht auf dem Polizeirevier abholen würde. Dass auch Nabila nicht erscheinen müsste. Nachdem er die Polizei zu einem knappen Dutzend falscher Adressen geschickt und jedes Mal einen erfundenen Namen angegeben hatte, einigte er sich mit dem Kommissar und ließ sich, unter dem Vorwand, keinen Schlüssel zu haben, was auch stimmte, direkt bei der Schule abliefern:

»Ich muss zur Schule.«

Fafa besorgte seinen Klassenkameraden alles, was sie bestellten. Die berühmten Waterman-Trios, Füller, Kugelschreiber, Filzstift für dreißig Francs. Makeup, die beliebten Duftöle, Patschuli mit Vanilleöl, Tücher und die Platten der Stones, Floyd, Zappa und anderer Stars der siebziger Jahre. Die Direktorin brachte ihn in seine Klasse und übergab ihn, nach einem Gespräch unter vier Augen, an Madame Dakenne, die in Personalunion ihre Englisch- und Französischlehrerin war. Sie setzte sich neben ihn und versuchte es mit Pädagogik:

»Was haben Sie sich dabei gedacht?«

»Weiß nicht. Hatte zu viel getrunken.«

»Getrunken?«

»Ja. Ich trinke, wie mein Vater, und manchmal lässt er mich die ganze Nacht draußen.«

»Wie bitte?«

»Dann mache ich Dummheiten, ohne dass ich es will.«

Madame Dakenne wusste nicht, was sie sagen sollte. Sie schaute dem Kind in die Augen, während sich ihre mit Tränen füllten. Als sie aufstand, streichelte sie Fafa über die Mähne, der schnell den Kopf zurückzog. Verständnisvoll seufzte sie angesichts seiner heftigen Reaktion. Während sie zurück zur Tafel ging, drehte sie sich noch einmal zu Fafa um, und ab dem Zeitpunkt war es Hass. Ihre Augen begegneten denen des Kindes, und sie las darin so viel Verachtung, so viel Ironie, dass sie verstand, dass dieses Kind eine einzige Lüge war. Ja. Er hatte sie für dumm verkauft … was sie auch war.

Faraht Bounoura kam in die gemischte siebte Klasse des Collège François-Villon in der Rue Saint-Benoît mitten in Saint-Germain-des-Prés. Eine kleine Straße zwischen den berühmten Cafés Le Flore und Les Deux Magots. Sein Gesicht hatte sich verändert, es war härter, viel härter geworden. Faraht Bounoura sah langsam aus wie der Ganove, der er war. Ein Jahr hatte genügt. Das sechste Schuljahr in der Rue du Pont-de-Lodi im Viertel Saint-André-des-Arts, am Ende der Rue Dauphine. Faraht Bounoura hatte, als er von der Grundschule aufs Collège gewechselt war, die Kindheit gegen die Hölle getauscht. Niemals würde er der Welt dieses Jahr verzeihen. Schon das Ende der Grundschulzeit verhieß für seinen Übergang in die fünfte Klasse nichts Gutes:

»Oh.«

»Ah …«

»Oha!«

Vom tiefen Brummen bis zu spitzen Schreien, außer Léonard Da Costa schienen alle Kinder der Klasse zu denken, sie müssten ihre persönliche Note hinzufügen. Alle Augen richteten sich auf Fafa. Léo legte ihm die Hand auf die Schulter und drückte sie leicht. Die Lehrerin zeigte auf ihn und rief durch die ganze Klasse:

»Bounoura hat sein Zeugnis selbst unterschrieben.«

»Oh.«

»Ah …«

»Oha!«

Léo flüsterte seinem Freund ins Ohr:

»Ich hab ein super Rad für dich gefunden.«

Fafa war blass geworden, beobachtete seine Klassenkameraden, und der Wunsch, sie anzuspucken, stieg ihm aus den Eingeweiden bis in die Augen, er hätte Spucke weinen können. Kurzerhand wurde er ins Büro der Direktion verfrachtet. Dort stand er:

»Nimm bitte die Hände aus der Tasche.«

Man forderte ihn auf, seine Tat zu erklären:

»Ist doch normal, M'sieur.«

»Wie das? Du unterschreibst dein Zeugnis selbst und findest das normal?«

»Klar. Wer soll es denn sonst unterschreiben?«

»Deine Eltern, Frahat.«

»Faraht, M'sieur. Nicht Frahat …«

»Ja, ja. Es geht jetzt um dein Zeugnis, nicht um deinen Vornamen.«

»Was solln sie denn unterschreiben, meine Eltern?«

»Na, dein Zeugnis.«

»Und wofür?«

»Damit sie sehen, dass du miserabel bis mangelhaft bist.«

»Und dann?«

»Dann unterschreiben sie das, wie alle Eltern.«

»Wolln Sie damit sagen, dass meine Eltern Sachen unterschreiben solln, die sie nicht lesen können?«

»Wie bitte?«

»Meine Eltern können nicht lesen und schreiben, wie solln sie dann unterschreiben?«

»Na, du liest es ihnen vor.«

»Ich les ihnen vor, dass ich miserabel bin?«

»Na ja, ausreichend. Mit ein wenig Anstrengung …«

»Und wie solln sie unterschreiben?«

»Sie machen ein Kreuz. Das ist legal. Das ist erlaubt … ein Kreuz.«

»Ein Kreuz? Sie werden wohl kaum meinen muslimischen Vater, der weder lesen noch schreiben kann, dazu bringen, ein Kreuz unter mein Zeugnis zu setzen, statt seinen Namen, so wie alle Eltern. Sie wollen ihn demütigen.«

»Ganz und gar nicht, Frahat, äh, Faraht. Ganz und gar nicht. Du hast das Glück, lesen und schreiben zu können, also kannst du den Namen von deinem Papa oder deiner Mama daneben schreiben, die alles dafür getan haben, dass du zur Schule gehen kannst. Es ist schließlich auch deiner, und du kannst stolz auf ihn sein …«

»Genau das hab ich gemacht.«

»Na, das erklärt alles.«

»Sie können es nachprüfen, M'sieur.«

»Und was ist mit dem Vertrauen? Wozu gibt es denn Vertrauen? Wie du weißt, Bounoura, bin ich schon lange an dieser Schule. Ich sehe, wenn ein Schüler in Schwierigkeiten ist. Auch wenn er lügt oder eben nicht. Jetzt habe ich verstanden, warum du unterschrieben hast. Um deinen Eltern nicht wehzutun?«

»Genau, M'sieur. Genau so war es mit meinem Zeugnis. Genau wie Sie gerade gesagt haben.«

Die Klingel besiegelte das Unentschieden, der Gong rettete den Direktor mit seinem triefenden Taschentuch, nicht etwa von Tränen der Rührung, sondern vom Schweiß. Trotz dieses schrecklichen Verbrechens, dieser planetarischen Katastrophe wurde Fafa wie Léo versetzt. Ganz leicht war die Versetzung nicht, denn es schien, mehrere Lehrer hätten in ihren Beurteilungen geraten, die beiden eher in Richtung Handwerk zu orientieren. Der Weg zum Erfolg ähnelte einer Rutsche …

Sechsen auf dem Abschlusszeugnis
und als Fälscher praxistauglich.

Weil sie nicht im selben Bezirk wohnten, wurde Léo nach Montparnasse und Fafa nach Odéon geschickt, um sich allein weiterzubilden und es zu etwas zu bringen. Was sie nicht davon abhielt, sich jeden Abend bei Pédro oder F&P zu treffen:

»Und was ist mit dem neuen Fahrrad?«

»Hinter dir.«

»Wow, ein Mini.«

»Und was machen wir jetzt?«

»Bois de Boulogne.«

»Die Enten?«

»Ein riesiges Omelette nur für uns!«

Wenn sie keine anderen Dummheiten vorhatten, radelten sie freihändig und untergehakt zur Porte d'Auteuil Richtung Boulogne, um den Nachmittag im Wald zu verbringen. Dort angekommen, legten sie ihre Räder ins Gras und rannten zum Wasserfall, um die Vogelnester aufzuspüren. Sie sammelten die Enteneier ein, über die Léo eines Tages in seinem Kochbuch schreiben wollte, gleich hinter dem Rezept für die Crêpes mit Olivenöl. Auf den grasbewachsenen Hängen rauften sie wie junge Hunde, kratzten, bissen und versuchten, den anderen zu Boden zu bringen. Fafa, der oben lag, hielt plötzlich inne und rümpfte die Nase:

»Riechst du nichts?«

»Nein?«

»Wart mal, ich schwör, es stinkt.«

Léo, der immer noch mit dem Kopf im Gras lag, schnupperte in alle Richtungen:

»Du hast recht, es mieft …«

»Hab ich doch gesagt.«

Sie standen auf, um die Ursache für den Gestank zu finden:

»Glaubst du, hier liegt ’ne Leiche?«

»Nein, es stinkt wie …«

»Wie Scheiße?«

»Ja, genau. Es riecht nach Scheiße.«

»Ey, Léo.«

»Was denn?«

»Du hast das was! Am Kopf.«

Reflexhaft griff Léonard Da Costa hinter sich, fuhr mit der Hand über seinen Nacken, seinen Hinterkopf und über die Stirn bis zu den Augen und betrachtete angewidert die Handfläche vor seiner Nase:

»Das da ist 100-prozentig echte Scheiße.«

»Verdammt!«

Während Fafa sich vor Lachen nicht mehr halten konnte

und sich auf einem sauberen Stück Wiese hin und her wälzte, brach Léo in Tränen aus:

»Verdammt, verdammt …«

Sie machten sich auf die Suche nach einem Bach, und Léo begann, ein Fuß auf jeder Seite, die Scheiße heulend auf seinem ganzen Kopf zu verteilen:

»Das ist mal 'ne tolle Haarspülung!«

»Halt die Klappe.«

Er funktionierte eine Socke zu einem Waschlappen um, dann die zweite, die dritte, die vierte:

»Ist da noch was?«

Fafa, der wie Léo jetzt barfuß in seinen Schuhen war, versuchte, in der Dunkelheit etwas zu erkennen:

»Ich kann nix sehen, Léo, aber es stinkt immer noch.«

Mitten im Winter schrubbte Fafa mit halb sauberen Socken Léos Haare, während der vor lauter Verzweiflung seinen Kopf ganz ins Wasser steckte. Eine ganze Zeit später saßen sie auf einer Bank, schleuderten die Socken über ihren Köpfen durch die Luft, um sie zu trocknen, und beobachteten das Hin und Her der Autos, die einander Lichtzeichen gaben:

»Was machen die?«

»Weiß nicht.«

»Boah, guck mal die Tussi da!«

»Welche?«

»Die gerade in die fette Karre einsteigt.«

»Ich seh nix.«

Fafa kniff die Augen zusammen, um besser zu sehen, die gelben Scheinwerfer der Autos blitzten immer nur kurz auf:

»Komisch, ich schwör, ich hab gesehen, wie ein Mädchen in das Auto gestiegen ist, und jetzt seh ich sie nicht mehr.«

In diesem Winter ließen sie das Rätsel der Mädchen fressenden Autos noch auf sich beruhen und kamen spät nach Hause. Auf dem Fahrrad vertraute Léo Fafa seine abergläubischen Befürchtungen an:

»Ich darf keine Viecher mehr umbringen, Fafa. Darf ich nicht mehr, weil sie sich an mir rächen. Das ist ein Zeichen.«

»Das Mädchen im Auto?«

»Nein. Die Hundescheiße auf meinem Kopf.«

Fafa glaubte nicht recht an die heimtückische Rache der abgemurksten Welpen. Lächelnd trat er in die Pedale:

»Léo?«

»Was?«

»Ich bin froh.«

»Dein Vater wird dich umbringen, und du bist froh?«

»Ich bin froh, dass du keine Hunde mehr töten willst.«

Léonard Da Costa, der Hundeschlächter, hielt Wort. Als sie zu Hause ankamen, rochen sie nach einer Mischung aus Hundekot und Schmierfett, weil sich die Ketten ihrer Räder auf der Fahrt ständig verklemmt hatten. Benamar brachte Fafa um. Die Grippe erledigte den Rest. Er erstand von den Toten auf:

»Hat ja gar nicht wehgetan!«

Als Kind haben mich die Menschen
an der Kindheit zweifeln lassen …

Sein Minirad versteckte er in den Büschen in der Nachbarschaft und holte es gegen sieben Uhr morgens hervor, um zur Schule zu fahren. Seine neue Schule. Das Collège. Er fuhr die Rue de Sèvres bis zur Rue du Four hoch, überquerte den Boulevard Saint-Germain, nahm dann an der Kreuzung die Rue de Buci und fuhr anschließend entweder auf der Rue Saint-André-des-Arts, auf der Verlängerung der Rue de l'Ancienne-Comédie, genannt Rue Mazarine, oder auf der Rue Dauphine bis zum Pont-de-Lodi, wo er sein Rad anschloss und die Schule betrat. Er ahnte noch nichts von der *Generation BBCR*. Niemand hatte ihm davon erzählt. Kein Wort. Ein Tabu.

*

Bicot. Bougnoule. Crouille. Raton. Fafa steht am Marterpfahl, lauscht dem Abzählreim und versucht, die Kinder zu verstehen, die im Kreis um ihn herumtanzen. Zwei Kinder führen das Spiel an, Pascale Grégoire und Olivier Vignal. Fafa lächelt seinen neuen, unbekannten Freunden zu, sie rempeln ihn an, schubsen ihn herum. Nicht weiter schlimm, bis der erste Schlag kommt:

»Dreckiger Araber.«

Wieso dreckig? Faraht Bounoura weiß, dass Araber sauber sind, schließlich waschen sie sich fünf Mal am Tag zum Beten und haben das Hammam und den Bimsstein erfunden, der dir die Haut sauber schrubbt, bis die neue darunter zum Vorschein kommt.

Faraht hatte geglaubt, endlich zu den Großen zu gehören, und mein Gott, was ist er klein.

*

Völlig verständnislos lernte Fafa, dass er anders war:

»Schwanzlutscher.«

»Kein Zutritt für Hunde und Araber.«

»Hast du mal 'ne Rasierklinge?«

Benamar, Nabila, Nourredine, Karima, Nadia hatten ihm nichts gesagt. Nichts hatte ihn auf diese Tortur vorbereitet. Absolut nichts. Sein Vater hätte ihm hinter vorgehaltener Hand von den erschossenen Ertrunkenen vom Oktober 1961 erzählen können. Die Eltern und der Zweite Weltkrieg, die Großeltern und der Erste, seine Generation und der Indochinakrieg. Monsieur Benamar Bounoura hatte nichts weitergegeben. Er schickte seine Kinder zur Schule, ohne sie dafür zu rüsten. *Nur keine Geschichten* schien die Devise der Bounora. Beide Augen zum Boden das Wappen. Aber kein Schutzschild, nichts, noch nicht mal eins aus Papier. Auch in den Ferien kam das Thema nicht zur Sprache. Nichts, er wusste von nichts. Die Kinder in der Schule, aus bürgerlichen und halb bürgerlichen Familien, kannten diesen Krieg ohne Namen. Manche hatte einen großen Bruder, einen Onkel, einen Cousin, der von drüben nicht zurückgekehrt war. Fafa konnte nichts dafür, dass Scharen von jungen Leuten losgezogen waren, mit einer dieser

Melodien auf den Lippen, die die Idioten ins Massengrab lockt. Die anderen Kinder, die wie Fafa von nichts wussten, machten mit und spielten auch Rassismus. Die einen rissen die anderen mit, und so stand Faraht Bounoura auf dem Pausenhof allein seinen Lynchmördern gegenüber. Weit und breit kein Léo. Léo war nicht da. Ohne seine Freunde musste Fafa ihnen allein entgegentreten. Mit dem Rücken zur Wand bot Fafa der Meute die Stirn und kam nicht ohne Bisswunden davon. Am Marterpfahl bekam er seine Strafe, ohne zu wissen, was er verbrochen hatte.

Die Lehrer und die Aufsichten saßen im Warmen am Fenster, beobachteten die Kinder auf dem Schulhof und kommentierten … die Gladiatorenspiele. Die Fensterscheiben halfen nicht gegen ihre Kurzsichtigkeit:

»Seht doch, wie schnell der kleine Bounoura rennen kann.«

»In Sport hat er gute Noten.«

»Er ist Marokkaner, oder?«

»Nein, Algerier, Araber …«

»Wie Coluche sagen würde: Ein Araber, schon das Wort amüsiert mich.«

»Mögen Sie diesen Komiker?«

»Ein wenig vulgär ist er schon …«

»Ja, schon, aber recht hat er.«

»Na ja.«

Pascale Grégoire und Olivier Vignal waren die Schlimmsten. Abends, nach Schulschluss, schmissen sie Fafas Ranzen auf den Boden und kippten den Inhalt in den Rinnstein. Faraht redete nicht darüber, er behielt dieses schreckliche Jahr für sich. Was hätte das Kind sagen sollen? Es hatte oft genug gehört:

»Das ist deine Schuld.«

»Ihr Araber sprecht immer nur von Rassismus.«

»Ihr versucht doch gar nicht, euch zu integrieren.«

Sogar Léo und Jésus, dem neuen Freund, sagte er kein Wort. Gefangen zwischen zwei Spielarten der Gewalt, der von Innen und der von Außen, formte sich in ihm, der verriegelten Auster, langsam, hasserfüllt, eine schwarze Perle. Eine Perle, die nur darauf wartete, im richtigen Moment zu zerspringen, mit einer Gewalt, die auch er nicht kontrollieren konnte. Faraht Bounoura hasste. Aus Angst und Abscheu kauerte er sich über sein Leben und ließ keine Emotion und kein Gefühl mehr durch.

Gefangen zwischen diesen beiden Fronten, diesen beiden Feuersteinen, der Familie und der Schule, wurde der Druck so groß, dass er Fafa auf die Straße katapultierte.

Die riesigen Rolltreppen in der Gare Montparnasse waren Rutschen, die sie direkt in die Spielhalle beförderten, wo bei den ersten Videospielen Tennisbälle durch die Luft geschossen und Wände aus Ziegeln eingerissen wurden. Léo und Fafa begnügten sich mit dem elektrischen Billard. Am Kicker verpasste der amtierende Meister des 14. Arrondissements seinen Gegnern eine Abreibung nach der nächsten:

»Neun zu null. Wer küsst meinen Arsch?«

Léo und Fafa beobachteten den Älteren manchmal beim Spielen. Von Zeit zu Zeit schaute Jésus hinter dem Qualm seiner filterlosen Gauloise auf:

»Na, ihr Hosenscheißer.«

Jésus war dreizehn. Er trug eine Perfecto-Lederjacke und ein Paar Cowboystiefel. Er war Spanier und lebte mit seinen Schwestern und seiner Mutter in einem winzigen Verschlag in der Rue de Vaugirard. Der Dreifuß Léo, Jésus, Fafa fand sein Gleichgewicht. Drei war die richtige Zahl. Jésus war groß für sein Alter, mager, krumm, sicher vom Kickern, und ein Ganove:

»Nachts geh ich auf Beutezug.«

»Was?«

»Nachts dreh ich ’ne Runde und schlag zu.«

»Wen schlägst du?«

»Ich schlag zu, wenn’s was zu holen gibt. Ich mach Geschäfte. Kohle. Ich klaue.«

»Wo klaust du?«

»Na, wenn ich auf der Straße einen seh, der Geld hat oder schöne Klamotten, nehm ich sie ihm ab. Ich lass ihn strippen und nehm mit, was mir gefällt.«

»Und die Polizei?«

»Was ist mit der Polizei?«

»Na, schnappt sie dich nicht?«

»Die können gar nicht so schnell gucken, wie ich meine Dinger dreh.«

»Und du machst das ganz alleine?«

»Bisher schon … Habt ihr Lust?«

»Wir müssen nach Hause.«

»Wir haben ’nen Job …«

»Na, dann bis bald mal. Ich bin eh immer hier. Ich bin Jésus, aber alle nennen mich Kiki.«

Fafa und Léo fuhren mit den Rädern zurück. An einer roten Ampel an der Kreuzung Montparnasse stürzte sich ein etwa Zwanzigjähriger auf sie und griff mit seiner Eisenfaust nach dem Lenker von Fafas Mini:

»Das ist mein Rad!«

»Nein, meins.«

»Das ist seins.«

»Ach ja? Dann schauen wir mal unter den Sattel, ich hab's sogar gekennzeichnet.«

Wie ein Rind beim Rodeo wurde das Rad auf den Rücken gedreht, und vor den Augen der beiden Fahrraddiebe erschien ein gelb glänzendes Schildchen, auf dem zu Lesen war:

»Jean-Pierre Journiac. Das bin ich.«

»Sehr erfreut.«

Der junge Mann schaute erst Léo, dann Fafa an und sah den Angriff zu spät kommen. Léo schlug ihm die Faust mitten ins Gesicht. In seiner Panik trat Fafa Jean-Pierre die Beine weg. Der junge Mann ging zu Boden, und Fafa und Léo stürzten sich auf ihn, einer auf die Beine, der andere auf den Oberkörper. Léo boxte ihm ins Gesicht, während Fafa seine Rippen bearbeitete. Dann sprangen sie auf und traten noch ein paar Mal nach ihrem Opfer, bevor sie wegrannten und die Räder zurückließen:

»Warum hast du dem Idioten deine Faust nicht ins Maul gestopft?«

»Man soll nicht ins Gesicht schlagen, Léo.«

»Was?«

»Man soll nicht ins Gesicht schlagen, und außerdem ist es sein Rad. Wusstest du, dass es solche Schilder mit

Namen und allem gibt?«

»Nee, sonst hätte ich den Scheiß doch abgemacht.«

»Weißt du was, Léo?«

»Was denn?«

»Wir hätten ihn ausnehmen sollen, den Arsch.«

»Gehst du nach Hause?«

»Ja.«

»Bis dann.«

Immer noch rennend, machten sich beide auf den Heimweg. Fafa ging nicht zu seiner Familie, er lief gleich zu Monique Caldérini, der italienischen Nachbarin, die die Bounoura-Kinder in Krisennächten beherbergte. Die tolle Frau tat alles dafür, um Nabila zu emanzipieren. Sie wagte es sogar, Benamar ihre Meinung zu sagen, als der sich mit ihrem Mann unterhielt:

»Ihrer Frau scheint es nicht gut zu gehen. Ja, die Erschöpfung. Wird das noch lange dauern?«

Benamar senkte den Kopf ein wenig und kratzte sich verlegen an den Haarbüscheln, die ihm aus dem Hemdskragen quollen:

»Eine Woche, länger nicht.«

Sechzehn. In einem Flugzeug. Auf einen Schlag. Sechzehn Personen, Frauen, Männer und Kinder. Sechzehn Menschen in der Wohnung der Bounoura. Monique Caldérini, Zeugin der Invasion, nahm die vier Kinder bei sich auf. Sie waren überall, die Alians, in allen Zimmern der Wohnung. In den Schlafzimmern, im Wohnzimmer, in der Küche, auf dem Klo, in den Fluren: überall! Die Familie Bounoura wurde von einer Flut aus Körpern aus Tlemcen und Oran überschwemmt.

Die Betten und ein Teil der Möbel mussten in den Keller verfrachtet werden, um Platz zu schaffen. In den Schlafzimmern blieben nur die Matratzen und Decken. Die Koffer wurden in einer Ecke bis zur Decke gestapelt. Der Herd lief nonstop, die ganze Wohnung verwandelte sich in eine Art Orientshop mit breitem Angebot. Die Bounoura-Kinder schauten morgens vorbei, gingen zur Schule, kamen aus der Schule nach Hause und gingen abends wieder weg. Das Oberhaupt der Belkacem, eine dicke Blonde mit blauen Augen, saß von morgens bis abends in ihrem perlenbestickten rosa-blauen Kleid auf dem Boden. Mit einer Hand fächelte sie sich Luft zu, während sie mit der anderen eine Gebetskette bearbeitete. Sie unterhielt sich lautstark mit den anderen Frauen und erteilte ihnen mit gebieterischer Stimme Befehle, ohne sich von der Stelle zu rühren, außer für eins der fünf Gebete oder um an der *Mida* Platz zu nehmen, einem niedrigen, runden Tisch für bis zu zehn Personen. Der Tisch, ein Geschenk aus der Heimat, ließ sich in die Ecke rollen und hochkant lagern. Manchmal erhob sich die unangetastete Herrscherin, halb Ameisen-, halb Bienenkönigin, und fiel ins Badezimmer ein. Mehr als einmal bekam Fafa ihren Oberkörper nackt zu sehen, ihre Speckrollen, ihre galertartigen Fettpolster, ihre milchige Haut, es war nicht ganz klar, wie sie sich auf den Beinen hielt. Um aufzustehen, schaukelte sie ihren Oberkörper von vorne nach hinten und schaffte es unter größter Anstrengung, beim letzten Anlauf beide Hände hinter sich auf den Boden zu bekommen. Aus dieser Position hievte sie ihren gewaltigen Hintern in die Höhe und erhob sich aus dem Vierfüßlerstand. Diese Frau konnte bei ausgestreckten Beinen mit den Händen den Boden berühren. Paradoxerweise schien ihre Fettleibigkeit sie zur Schlangenfrau zu machen. Sie richtete sich auf und schüttelte die Kinder ab, die auf dem menschlichen Gebirge, das sie darstellte, herumkletterten. Aus einem Koffer, aus dem tonnenweise Kleider hervorquollen, zog sie ihr Kopftuch, rückte es zurecht und gab den Befehl zum Aufbruch:

»Tati.«

Die Frauen in Schale, die Männer in Aktion und die Herde von Kindern in Zaum, schlug die Stunde der Expedition. Immer war es Fafa, der diese Leute durch das Labyrinth der Metro lotsen musste. Zu seinem großen Unglück konnte er die Metrostationen entziffern. Beim ersten Mal freute sich Fafa, zu Tati nach Barbès zu fahren, er dachte, Tati sei eine Kekstante, der man einen Besuch abstattete. Am Ziel angekommen, wurde ihm das Ausmaß des Unglücks bewusst. Für Fafa war es die Hölle, das Kaufhaus Tati. Gedränge, Geschrei, Gestank, Gefeilsche, Durcheinander, nichts daran gefiel ihm, noch nicht mal das großartige Softeis, das man schnell aufessen musste, weil es sonst in der Hitze schmolz oder im Gedränge auf den Boden fiel.

»Ich komm nicht mit.«

»Und wer liest uns dann die Metroschilder vor?«

Die erste Ohrfeige auf Fafas Wange gab das Signal zum Abwurf von Amar, Ahmed, Ali, Nacéra, Ouaria, Fatima, Ichem usw. Die Nachbarschaft der Bounoura staunte nicht schlecht, als der Dreimaster majestätisch mit vollen Segeln aus dem Treppenaufgang B rauschte. Sie bildeten einen Kreuzer, diese dicht zusammengedrängten Körper, aus dem Fafa als Schiffsjunge und Ausguck hervorlugte. Oder auch ein perfektes U-Boot mit einem Dutzend Periskope, den sichtbaren Augen der Frauen zwischen den Falten des zellenartigen Kleidungsstücks, das sie vom Kopf bis zu den Lederpantoffeln verhüllte. Ohne die Rufe, das Knurren und Gurgeln, die Yallas! (Gehen wir!)!, Nieder mit dem Feind!, Attacke!, Paris, wir kommen!, die den Aufbruch begleiteten, hätte man es auch für ein Geisterschiff halten können.

»Die sind ja alle blond.«

»Nein, da ist auch ein Rothaariger, der Alte da.«

»Barbarossa!?«

Die Nachbarn sparten nicht an Ironie, hatten aber auch einen gewissen Respekt vor diesem wandernden Eisberg. Diese Leute stammten sicher aus dem Mittleren Osten, dem kleinen Kuwait oder dem märchenhaften Saudi-Arabien, nicht aus Algerien, das bekanntermaßen nur schmutzige und animalisch männliche Kraushaarige mit Affenmaul und breiter Nase hervorbrachte.

Man muss diese Völkerwanderung zur Station Saint-Placide gesehen haben, die in die Gänge der Metro strömte und erst auf dem Bahnsteig zum Halten kam. Dort zog das Folkloregrüppchen amüsierte Blicke auf sich. Bei der Fahrt Richtung Porte de Clignancourt fiel die Familie Belkacem erst ab der Station Strasbourg-Saint-Dénis nicht mehr auf. Die Fahrgäste lächelten sie an, und viele kamen sogar, um sich nach der Heimat zu erkundigen.

Es gab den Eiffelturm und dieses Foto, das eine Gruppe von Japanern im Kimono von ihnen machte, die sich ebenfalls fotografieren ließ. Die beiden Völker verbrüderten sich, und es ist nicht ausgeschlossen, dass auf einem japanischen Raumteiler die Familie Belkacem thront, die ganze Champs-Élysées entlang, von der Concorde bis zum Arc de Triomphe:

»Benamar, hast du zehntausend Francs?«

Benamar zog das Geld aus der Tasche und notierte in sein Heft:

»Siebzigtausend Dinar.«

Die Anhöhe von Montmartre blieb unerklommen, und Sacré-Cœur wurde von unten bewundert. Ouria Belkacem, die blonde Gargantua, zählte die Stufen:

»Euer Gott in der Kirche da oben ist für mich unerreichbar.«

»Gut, gehen wir weiter?«

Auf dem Boulevard Rochechouart teilte der Kreuzer Belkacem die Menschenfluten. Ganze Stoffballen, um in der Heimat Kleider, Unterhosen und Büstenhalter im Zwanzigerpack herzustellen, Accessoires, Gürtel, Broschen, die Belkacem füllten den Laderaum mit neuer Fracht, die zum größten Teil als Geschenk an die Daheimgebliebenen gehen würde. Die rot-weiß karierten Tragetaschen von Tati waren in den beiden Afrikas wegen ihrer legendären Reißfestigkeit schon an sich ein beliebtes Geschenk. Sie hingen als Ballast an dem arabisch anmutenden Heißluftballon. Inmitten der Frauen musste Fafa auf die Kleinen aufpassen, die zwischen in den weitverzweigten Gängen der Läden verloren gingen:

»Wo ist Samir?«

Die Rufe der Frauen, Nabilas Gekeife, der Lärm der Männer, die Ohrfeigen, die in Samirs Namen an alle

Gören in Reichweite verteilt wurden, überdeckten die Lautsprecherdurchsage des Ladens:

»Der kleine Samir wartet an Kasse 73 auf seine Mama.«

Samir, drei Jahre alt, klammerte sich von hinten an Ourias Röcke, verschwand darin, um kurze Zeit später wieder aufzutauchen. Ouria trug Zauberröcke, wandernde Kulissen:

»Da ist er.«

Ouria dankte Gott, ließ alles fallen und nahm Samir in ihre ausladenden Arme:

»Und die Pakete?«

»Du bist ein Mann, Faraht, du kannst sie tragen.«

Sie hatte ihren männlichen Nachwuchs wiedergefunden, den wichtigsten von allen, den jüngsten Belkacem. Fafa hätte ihn auf dem Heimweg gern vor die Metro geschubst. Trotzdem hätte er sich gewünscht, dass ihn ein oder zwei Mitglieder dieser Maurenarmee von der Schule abgeholt hätten, die Schönsten in traditionellen Gewändern, Nacera, die schlanke Blonde mit den großen grünen Augen, und der alte Barbarossa mit seiner *Chechia* auf dem Kopf:

»Hab ich's euch doch gesagt! Das sind Sultane, Prinzen, Könige, Kalifen! Und Wesire!«

»*Bougnoules* …«, hätten Pascale Grégoire und Olivier Vignal gespottet.

Zurück in der Wohnung begann das Auspacken, wobei jeder Artikel kommentiert wurde. Es dauerte gut zwei, drei Stunden, bis alles verstaut war und die drei Tische, darunter die *Mida*, aufgebaut wurden. Die Männer aßen im Esszimmer auf Stühlen, die fünf Kinder plus die vier

Bounoura in einem der Schlafzimmer auf dem Boden und die fünf Frauen plus Nabila und die drei Knirpse, die noch nicht alleine essen konnten, an der *Mida* zwischen dem Esszimmer und der Küche. Alle Frauen außer Ouria wanderten zwischen der Fütterung der Raubtiere, dem Puppentee der Kinder und ihrem eigenen Tisch hin und her. Sie trugen das Essen auf, brachten Nachschub, räumten ab, wischten die Tische. Krügeweise Limonade, fermentierte Milch und Wasser tränkten die versammelte Herde, die kaute und sich die Finger leckte, während die von Rülpsern unterlegten Gespräche dem Essen eine animalische Note verliehen. Beim Tee begann für die Bounoura-Kinder die Folter:

»Ist dir Algerien oder Frankreich lieber?«

»In den Ferien Algerien.«

»Sag etwas auf Arabisch.«

»Sing.«

»Tanz.«

»Wir werden dir einen Ehemann finden.«

Einen Monat. Sie blieben einen Monat. Sechzehn … Faraht Bounoura verstand, was maghrebinische Gastfreundschaft bedeutete.

Der Simca 1000 und vier Taxis brachten den bunten Haufen schwer beladen zurück:

»Haben die Pariser Taxis keinen Dachgepäckträger?«

Auf dem Dach seines Autos schien Benamar einen Elefanten zu transportieren, der von dicken Seilen gehalten wurde. Fafa dachte, dass es ein ganzes Flugzeug nur für sie allein bräuchte, um sie auf die andere Seite des Wassers zu bringen:

»Gehen wir jetzt Mama im Krankenhaus besuchen?«

Nabila, die am Tag nach der Abreise der Belkacems ins Krankenhaus eingeliefert worden war, hatte infolge eines schwer zu behandelnden Nervenzusammenbruchs eine Schlafkur verordnet bekommen. Ihr war im September ein Hirngefäß geplatzt, als sie wie in ihrer Kindheit sechzehn Stunden am Tag schuftete, damit alle etwas von ihr hatten.

»Gut, ich bring euch hin.«

Monique Caldérini brachte neben Nadia, Karima, Faraht auch Blumen für Nabila mit, die darüber weinen musste. Ihr erster Strauß. Benamar schlug sein Heft auf. Er hatte fünfzigtausend Francs ausgelegt, und drüben, in der Heimat, würde sein Konto um dreihunderttausend Dinar anwachsen. Genug, um sich nach einem Grundstück für sein zukünftiges Haus umzusehen. Nabila für zwei Wochen außer Gefecht gesetzt, sah Benamar sich in der Pflicht, sich um seine Kinder zu kümmern. In der Badewanne verbrühte er Fafa:

»Das ist zu heiß.«

»Quatsch.«

Benamar hielt seine Hand unter den Duschkopf, fühlte nur lauwarmes Wasser und duschte Fafa mit Lawa. Ein kaltes Grausen fürs Haarewaschen brachte ihn dazu, zwanzig Francs für eine Komplettrasur seines Jüngsten auszugeben. Mitten in Saint-Germain-des-Prés lief Fafa wie ein Sträfling herum, mit einer Mütze auf dem Kopf, die seine Gefangenschaft noch unterstrich. Seine Klassenkameraden mit ihren Mopeds, den Fahrtwind in den langen Haaren, das Päckchen Camels in der Hemdtasche, die Hits der Rolling Stones in den Ohren, die kakifarbene Umhängetasche statt eines Ranzens über der Schulter, würden keinen kahl geschorenen, Fahrrad fahrenden Fafa ohne Geld und ohne Kippen in ihrer Runde dulden. Am Tag vor seiner Versetzung in die siebte Klasse kletterte Fafa aus dem Fenster und fand sich in den nächtlichen Straßen von Paris wieder.

*

Er drückt sich auf der Kreuzung der Rue de Rennes und Saint-Germain-des-Prés in der Nähe des Supermag bei dem Gitter herum, aus dem warme Luft kommt und die Röcke und Kleider der Passantinnen hochfliegen lässt, er stampft mit den Füßen, um sich aufzuwärmen, ballt seine Hände in den Taschen seines Blousons zu Fäusten und beobachtete, wie sein Atem vor seinem Mund dampft. Die Nachtschwärmer haben den Blick auf den Boden gerichtet und beachten ihn nicht. Er könnte betteln, um sich die Zeit zu vertreiben, um eine Stimme zu hören, die ihm sagt, dass es ihn gibt, selbst wenn es nur ein ablehnendes Knurren ist, aber er weiß nicht, was er sagen soll, um ein Leben aufzuhalten. Also biegt er in den Boulevard Saint-Germain, nimmt den Umweg über die Rue du Dragon, nimmt die Rue du Four und ist zurück beim Gitter, beim Grill, bis zur nächsten Runde. Die Nacht wird lang und kalt werden. Er hat seine Mütze auf dem Kopf, er zieht sie sich noch tiefer über Augen und Ohren. Fast wie eine Sturmhaube … fast, noch nicht ganz … Autos fahren vorbei, halten an der Ampel. Grün, orange, rot. Fafa zählt sie wie Farbkugeln und rechnet die Nacht. Er hat keine Uhr und möchte gar nicht wissen, wie spät es ist. Er widersteht der Versuchung, einen Blick auf die Wanduhr zu werfen, die mit den Glockentürmen der Kirche Saint-Germain konkurriert. Rot. Grün. Hupen. Fafa schaut, was los ist. Nichts … Doch, ein Auto parkt, eine schwarze Luxuskarre mit einem Mercedesstern. Fafa kennt die Marke, dieselbe wie beim Spielzeugauto … Nicht daran denken, das bringt nichts. Er dreht den Rücken zur Straße und betrachtet die Auslagen des Supermag. Hinter ihm, eine Stimme:

»Hast du Feuer?«

Langsam dreht sich Faraht um. Er mag es nicht, etwas im Rücken zu haben, überrascht zu werden:

»Entschuldigung. Hast du Feuer?«

Der Mann vor Fafa ist riesig, oder die Kälte hat den Jungen zusammenschrumpfen lassen. In seiner Hand ein Schlüsselbund, der wie ein Hypnosependel an seinem Daumen baumelt. Zwischen zwei Fingern, eine Kippe mit Goldrand, eine lange Dunhill:

»Feuer?«

»Ich rauch nicht.«

»Ah. Kann ich mich ein wenig mit dir unterhalten?«

»Mir egal.«

Der Mann fixiert Fafa, der sich von unten gegen seinen Blick stemmt. Grün:

»Du bist von zu Hause weggelaufen.«

»Nein.«

»Bist du von zu Hause weggelaufen?«

Der Mann führt das absurde Gespräch fort und kramt mit einer Hand in der Tasche seines Mantels herum, als würden seine Finger in ihrem Lederhandschuh einen Ameisenrosenkranz beten:

»Ach, ich bin dumm … Ich hatte doch Streichhölzer.«

Der Mann neigt den Kopf, ohne Fafa aus den Augen zu lassen. Er steckt sich die Zigarette zwischen die Lippen und zündet ein Streichholz am Bart eines Schlüssels an. Rot. Der Rauch hüllt Fafas Atem ein, schmiegt sich an ihn, dominiert, ertränkt ihn:

»Willst du eine?«

»Nein.«

»Ach ja, zu jung zum Rauchen …«

»Nein.«

Fafa macht eine Bewegung in Richtung der Dunhill und schürzt die Lippen, eine Lust zu saugen, eine Lust auf etwas Ernstes. Dieser weiße Dampf stört ihn. Er will ihn auch, diesen grauen Nebel:

»Warum nicht.«

»Hier.«

Faraht nimmt die Zigarette, zieht sie wie ein Mikadostäbchen, sie klemmt im Päckchen, er malträtiert sie ein wenig, zerknautscht sie, aber sie zerbricht nicht. Der Mann macht sich einen Spaß daraus, ihm Feuer zu geben:

»Ziehen, nicht pusten.«

»Ich weiß.«

Blau. Der kalte Wind teilt die Flamme. Die Dunkelheit schluckt sie. Vier Hände formen ein Nest für die nächste. Der Mann macht einen runden Rücken, und Fafa schützt sich in dieser Muschel, schützt das Feuer in sich. Rot und blau. Das Polizeiauto gleitet vorbei, und vier ernste Gesichter wenden sich dem Paar Mann-Kind zu. Die Blicke sind hart, trotz der sanft hochgezogenen Augenbrauen und der Frage in den Mundwinkeln. Grün. Das Auto rast Richtung Rue Bonaparte davon:

»Du bist von zu Hause abgehauen … Hier ist viel Polizei unterwegs. Willst du, dass ich dich nach Hause bringe? Du musst an deiner Zigarette ziehen.«

Fafa atmet tief ein. Hustet. Spuckt auf den Boden. Schnappt nach Luft.

»Mein Auto steht gleich dort.«

Fafa tritt von einem Bein aufs andere, während er den schwarzen Lack des Mercedes betrachtet. Der Simca 1000 schiebt sich dazwischen, verblasst aber gleich wieder. Traurig, zurückgewiesen, schäbig. Fafa schaut dem Mann wieder ins Gesicht und zieht seine Mütze aus. Er ist wütend:

»Die haben mir den Kopf rasiert.«

»Wer?«

»Die Betreuer im Gefängnis, aus dem ich ausgebrochen bin.«

»Du bist ausgebrochen?«

»Ja, und lebend kriegen sie mich nicht mehr.«

»Willst du bei mir unterkriechen?«

»Hm …«

»Es ist schön bei mir. Viel Platz, und es gibt einen Fernseher. Du kannst schlafen, essen und es warm haben. Willst du noch eine Zigarette?«

Fafa nickt und bekommt das Päckchen:

»Du kannst es behalten, ich habe eine ganze Stange.«

Fafa redet, ohne zu wissen, was er sagt, die Ampeln wechseln immer schneller von rot zu grün zu orange. Fafa erinnert sich an die nahe, die sehr nahe Vergangenheit, als er auf der Straße war. Ohne zu wissen, wie ihm geschieht, sitzt er plötzlich in dem Mercedes mit dem Geruch von Leder, der Wärme von Leder, das Glück, das ohne ein Geräusch durch die Stadt gleitet. Der Mann fährt langsam, ohne die Straße aus den Augen zu lassen. Seine Hand dreht am Knopf des Autoradios, und Mick Jagger singt Angie. Fafas Lied, der Slow, den er nicht mit Christiane tanzen kann, die Kleine aus der Schule, nach der er verrückt ist. Sie tanzt immer mit einem, dem die Haare bis zu den Schultern gehen.

»Sie ist schön, deine blaue Mütze.«

»Mein Vater hat sie mir geschenkt. Mein Vater ist Fischer und fährt zur See. Er kommt alle sechs Monate nach Hause, deshalb hat er mich weggegeben.«

»Und deine Mutter?«

»Sie ist gestorben, als ich noch klein war.«

»Das tut mir Leid.«

Es wird still. Faraht Bounoura denkt, dass es schön wäre, wenn ein Hai seinen Vater fressen würde:

»Mein Vater hat einen Hai auf dem Rücken tätowiert.«

»Aha …«

»Hier wären wir.«

Fafa hatte das Ufer der Seine gesehen, die Concorde, die Champs-Élysées, den Arc de Triomphe, die Avenue des Ternes, den Platz mit demselben Namen und jetzt diese unbekannte, kleine Straße:

»Es gibt keinen freien Parkplatz, und ich warte bestimmt nicht im Auto, bis einer frei wird.«

»Ich habe eine Tiefgarage.«

Das Kind fühlt sich wohl. Im Auto ist ihm schön warm geworden, sein Misstrauen blufft, seine Angst macht auf dicke Hose, seine Zurückhaltung trickst:

»Ich mach Geschäfte.«

»Ich auch, also ich bin Geschäftsmann.«

»Du nimmst Leute aus?«

»In gewisser Weise, ich arbeite in einer Bank.«

Jetzt muss er aus dem Auto. Der Mann steigt aus:

»Drück den Knopf auf deiner Seite runter. Hast du Angst?«

»Wovor?«

Ohne auf ihn zu warten, durchquert der Mann mit großen Schritten die Tiefgarage. Fafa folgt dem Echo, setzt lautlos seine Schritte hinein, er rennt fast. Der Mann schaut sich nicht nach ihm um, er hat es eilig. Faraht könnte gehen und folgt ihm trotzdem, hechtet sogar in den Aufzug, schnappt beleidigt nach Luft:

»Entschuldige, ich dachte, du wärst gleich hinter mir.«

Es ist still in der Kabine, der Mann hat die Nummer 5 gedrückt. Fafa scheint eingeschnappt. Kurzes Misstrauen beim Anblick des Rohbetons in der Garage, aber dann kommt das Staunen. Der Mann zieht einen Bund aus der Tasche, und ein seltsamer Schlüssel kommt zum Vorschein, der perfekt in das Schloss des Aufzugs passt:

»Man braucht einen Schlüssel, um wieder auszusteigen?«

»Nein, aber um in meine Wohnung zu kommen schon.«

Fafa kann es kaum glauben, der Aufzug hält direkt im Eingangsbereich der Wohnung, und hinter der Tür beginnt eine unermessliche Weite. Auf der anderen Seite des zweigeteilten Wohnzimmers gibt ein Panoramafenster den

Blick auf einen Terrassengarten frei. Der Mann zieht seine Jacke aus und wirft sie auf den Boden:

»Mach's dir bequem.«

Fafa sieht einen Stuhl und setzt sich. Der Mann lächelt:

»Na ja, wie du willst … Du kannst dich auch gerne umschauen.«

»Und wie heißen Sie?«

»François. Du kannst mich duzen. Und du?«

»Fafa.«

»Das ist ein schöner Name … Bist du Marokkaner?«

»Nein, Algerier.«

»Aha. Algerien kenne ich nicht, nur Marokko.«

Faraht schaut sich um. Teppiche, sogar an den Wänden. Und Poster:

»Schöne Poster hast du.«

»Das sind Lithographien.«

Ein Klavier:

»Spielst du?«

»Ja. Später spiele ich dir etwas vor.«

Ein großer Schrank:

»Was ist das?«

»Der Fernseher.«

Er steht auf, öffnet die Türen des Schranks, und ein großer Bildschirm kommt zum Vorschein:

»Schau dich ruhig um. Da ist die Küche.«

»Wohin gehst du?«

»Unter die Dusche.«

François nimmt die Treppe aus weißem Holz und verschwindet, ruft von oben:

»Im Kühlschrank findest du alles, Essen und Trinken, was du willst. Bedien dich.«

Allein wagt Faraht nicht, sich zu bewegen. Schließlich steht er auf und geht in die riesige, luxuriös ausgestattete Küche. Von oben François' Stimme:

»Sei so gut und bring mir eine Cola.«

»Wo bist du?«

»Oben.«

Fafa nimmt eine Coca-Cola und steigt langsam und schüchtern die Treppe hinauf. Vom Treppenabsatz, einem langen, verglasten Flur mit Blick auf den Garten auf der einen Seite und auf die Straße auf der anderen, sieht er die Dächer der umliegenden Häuser. Fafa öffnet Türen, hinter denen sich die Zimmer befinden, ein Schlafzimmer, ein Arbeitszimmer, die Wände voller Bücher. Ein leerer Raum? Nein, nicht leer, große Spiegel überall, Spiegeltüren, hinter denen sich unzählige Anzüge, verschiedene Kleidungsstücke und Herrenaccessoires verbergen:

»Du hast ja einen ganzen Klamottenladen. Wo bist du?«

»Hier hinten.«

Ein Klo in der Größe einer kleinen Studentenbude. Endlich hört er Wasser, er klopft an die angelehnte Tür:

»Komm rein.«

Mit der Colaflasche in der Hand betritt Fafa die feuchte Wärme des Badezimmers. In der Badewanne planscht François herum, eine Kippe in der Hand:

»Willst du auch duschen?«

»Nein.«

François hebt seinen Arm aus dem seifigen Wasser und streckt seine Hand nach Fafa aus, der sich nicht von der

Stelle rührt:

»Ich hab Durst.«

Fafa, die Augen zu schmalen Schießscharten zusammengekniffen, durchbohrt François mit seinem metallischen Blick, ohne ihm die Flasche zu geben. Der Mann steht auf. Nackt. Ohne dass er es will, wandern Fafas Augen bis zu seinen Geschlechtsteilen. Er hat noch nie so große, beeindruckende, beunruhigende, gefährliche Hoden gesehen. Darüber liegt wie eine Waffe sein großes, leicht hartes Glied:

»Wir sind doch unter Männern.«

Der Mann steigt aus der Wanne, seine schweren Eier schaukeln oder pendeln dabei nicht lächerlich herum, das Wasser spritzt, François greift nach einem Bademantel und wickelt sich darin ein. Er schaut Fafa nicht in die Augen. Lässig zieht er ein dickes Handtuch aus einem weichen Stapel und rubbelt sich über den Kopf, dann die Füße, einen nach dem anderen, und schließlich die Arme:

»Geh schon mal runter, ich komme gleich. Nur eine Minute.«

Faraht flieht. Er stürzt die Treppe hinunter und rennt in die Küche. Er findet eine Packung Kekse, wirft einen Blick auf den Block mit Messern in allen Größen, findet ein Baguette, bricht ein Stück ab. Zurück im Wohnzimmer bezieht er auf seinem Stuhl Stellung, verschränkt die Arme und drückt die Kekse und das Brot an sich. Unter dem Arm sein Getränk. In seinem Strumpf die Kälte des Metalls. Im selben Moment kommt François im Hausmantel die Treppe hinunter und setzt sich, breitet sich aus auf dem riesigen, weißen Ledersofa. Er klopft auf den Platz neben sich:

»Setz dich.«

Ohne sich von der Stelle zu rühren, knabbert Faraht an seiner Brotkante.

»Setz dich neben mich, wir schauen uns einen Film an.«

François schaltet den Fernseher an und sucht einen Sender, der Ton ist leise gedreht. Wieder klopft er auf das Leder neben sich:

»Ich beiße nicht.«

Fafa sieht die nackten Beine des Mannes und beneidet ihn einen kurzen Augenblick um die braunen Haare, die starken Waden, die selbstsicheren Knie. Der Hausmantel ist vorne offen. Das Kind steht auf und hockt sich auf die Kante des Sofas. François kommt näher, um sich einen Keks aus dem Paket zu nehmen, das Fafa, um ihn auf Distanz zu halten, ihm mit ausgestrecktem Arm hinhält. Die Hand weicht dem Paket aus und legt sich auf Fafas Knie, das nicht zurückzuckt. Sein ganzer Körper zieht sich zusammen:

»Kann ich dich streicheln?«

»Was?«

»Kann ich dich ein bisschen streicheln … Ist doch nichts dabei. Wir sind doch jetzt Freunde.«

Fafa spürt François' Atem an seiner Wange, dann auf ihr. Der Mund des Erwachsenen nähert sich Fafas Lippen. Fafa spürt die Feuchtigkeit einer Nacktschnecke. François hat seine Zunge herausgestreckt, reptilienartig schlängelt sich die Spitze in Fafas Mundwinkel. Brav wendet sich Fafa François zu, und seine Augen verschließen sich vor der plötzlichen Unschärfe im Blick des Mannes. François schreit auf und rutscht zurück:

»Warum?«

Er befreit sich von Fafa, der sich nicht von der Stelle rührt, und die Klinge des Küchenmessers rutscht aus dem Oberschenkel, gleitet aus dem Fleisch wie aus einer Scheide. Auf dem nackten Bein ist kein Blut. Nur ein Strich. Ein Strich, der rot lächelt, rot weint, rot sabbert, plötzlich blutet. Die Muskeln des Oberschenkels werden von einem unkontrollierten Zittern erfasst, François bleibt der Mund offen stehen, er scheint keine Schmerzen zu haben, verwundert betrachtet er die Wunde:

»Warum hast du das getan?«

Fafa betrachtet das Blut an der Klinge. Er rührt sich immer noch nicht. Als er aufblickt, weint er. Er ist blass. Ruhig umklammern seine weißen Finger den Griff:

»Du bist eine Schwuchtel. Du bist eine Schwuchtel wie Pédro, der Léo ficken will.«

François hat plötzlich Angst vor der Ruhe des Kindes, Schweiß steht ihm auf der Stirn:

»Leg das Messer weg, Fafa, es tut mir Leid … Ich bring dich nach Hause. Wir sind Freunde, ich tu dir nichts.«

»Jetzt kann mir niemand mehr etwas tun.«

»Okay, okay, behalt das Messer.«

François rutscht mit dem ganzen Körper nach hinten und zieht sein Bein über das weiße Leder des Sofas nach. Hinten stützt er sich auf die Armlehne aus edlem Holz, steht auf und humpelt zu seinem Mantel. Fafa, die Klinge erhoben, folgt ihm im Sitzen mit dem Körper, mit den Augen und der Messerspitze. François kramt fieberhaft in seinem Mantel, schüttelt ihn, fällt auf den Boden. Der dicke Teppich kann das Blut nicht aufnehmen, es bildet sich eine nach oben gewölbte Pfütze. Das Blut wie Merkur unter fester Luft. Endlich findet er sein Portemonnaie, zieht Geldscheine heraus und hält sie Fafa bittend hin:

»Geh jetzt. Bitte geht jetzt, ich sage auch nichts. Es tut mir Leid, verzeih mir. Los, geh jetzt bitte.«

Fafa betrachte das Geld, seine Augäpfel schmerzen. Eine seltsame Müdigkeit überfällt ihn, sein Körper scheint ihm schlaff, eine schreckliche Trägheit. Kurz hat er Lust zu schlafen. Dann springt er auf und rennt zum Ausgang, die Aufzugtür, die sich nicht öffnet:

»Die Tür links, da ist die Treppe.«

Fafa rennt nach rechts, dribbelt und rennt nach links, ein hinter Tapete verborgener Ausgang. Er reißt ihn auf und verschwindet, ohne auf das kindliche Wimmern hinter sich zu hören.

Draußen irrt er umher, bricht in dem Gewirr aus Straßen in Panik aus, bis er auf eine Avenue gelangt. Er sieht den Arc de Triomphe, rennt auf ihn zu, kommt auf den riesigen Kreisverkehr, überquert ihn im Laufschritt, als ob er von der Flamme des unbekannten Soldaten angezogen würde. Um ihn wird gehupt, er wird geblendet, das gelbe und weiße Licht der Scheinwerfer, grüne, rote, orangene Ampeln. Endlich erkennt er die Champs-Élysées. Außer Atem sprintet er auf die Concorde zu. Jetzt weiß er, wo er ist. Die Brücke, das Parlament, der herrliche, wunderbare, unerhoffte Boulevard Saint-Germain-des-Prés. Schon ruhiger geht er zur Rue du Bac. Faraht Bounoura kehrt heim. Er hat den Drachen besiegt. Er denkt an Christiane. Er denkt auch an Nabila und Benamar. Er denkt so stark an sie, dass seine Liebe für sie ihm fast den Atem raubt. Er spürt, dass er weinen muss, er lacht. Er biegt sich vor Lachen, bis es weh-

tut, bis er vor Schmerzen weinen muss, er ertrinkt, er läuft aus und fragt sich, was los ist mit ihm. Er weiß es nicht. Fafa weiß es nicht, und wie in der Schule macht er die universelle Bewegung des Unwissenden, der sich am Kopf kratzt:

»Verdammte Scheiße, meine Mütze!«

Er zuckt zusammen. Versucht zu verstehen, woher das Geräusch kommt. Neben seine Füße fällt das Messer, das er gerade losgelassen hat, und prallt vom Asphalt ab. Vielleicht war es das, was ihn zum Lachen gebracht hat. Gibt es etwas Wahnsinnigeres, als sich in dieser verrückten Welt einer guten mentalen Gesundheit zu erfreuen? Mit der Schuhspitze übergibt er die rötlich braune Klinge dem Rinnstein. Die Abwasser werden sie reinwaschen.

*

An jenem Morgen betrat Faraht Bounoura die Schule erhobenen Hauptes. Er trug seinen rasierten Schädel mit Stolz, trotz des blau-gelben Flecks auf der Wange und der verdächtig aufgesprungenen Lippe. Benamar hatte die Abwesenheit seines Sohns nicht gefallen, und das hatte er ihn auf seine Art wissen lassen. Ohne ein Wort hatte Fafa sich verprügeln lassen, bevor er sich daran machte, seinen Schulranzen zu packen, während Benamar seinen Henkelmann für die Arbeit vorbereitete. Vater und Sohn wandten sich nach dem gewaltsamen Zusammenstoß den Rücken zu. Beide dachten an die Mutter und Ehefrau, und ihre Gedanken trafen sich trotz allem in der Liebe für diese Familie. Nabila fehlte. Zusammen ist es doch am schönsten …

Was meine Jugend dir nicht sagen konnte
Schreibe ich mit Worten, die die Zeit mir schenkte.

Es heißt, eine Frau, die sich hingibt, verliert ihr Geheimnis. Christiane hatte sich Fafa nie mit Leib und Seele hingegeben, der damals auch mit dem Leib der Schönen zufrieden gewesen wäre. Als er sie das erste Mal sah, traf es ihn wie ein Blitz, und wenn er nur an sie dachte, durchzuckten elektrische Stöße seinen Körper. Christiane hatte einen sehr schönen Körper, er vermutete, dass ihre Eltern sie zum Sport schickten und stellte sie sich im Lutétia-Schwimmbad vor. Die kleinen Brüste unter dem Badeanzug verborgen, aber nicht zu übersehen, nach oben gereckt wie ein Füllhorn. Ein runder Po mit zwei Mulden darüber, die ihr Geschmeidigkeit verliehen, lange Beine. Hellbraune Haare, sehr lang und lockig. Die Stirn unter einem Pony verborgen, das ihr bis über die Augen fiel, ein Mund mit vollen Lippen, die fast nie lächelten, die Augen mit dem ungewöhnlich geraden Oberlid schienen immer ein wenig abwesend, eine raue Stimme, die ihn und seine Annäherungsversuche stets abwies:

»Du bist nicht der einzige Junge auf der Welt.«

Fafa liebte alles an diesem Mädchen und besonders die Nase. Eine gerade, kräftige Nase, bebende Nasenflügel, die von der Stirn zum Mund hin abfielen und dort in zwei gerade, kräftige Linien übergingen. Christiane hatte eine Kleopatra-Nase, sodass er diese Nase, dieses Kunst- und Kultobjekt, mit den Nasen der anderen Mädchen verglich, mit den niedlichen Stupsnasen, den sinnlichen Nasen mit den breiten Flügeln, den markanten, aus einem einzigen Knochen gehauenen, den zusammengekniffenen Nasen, die niemanden riechen konnten, den fehlenden, nicht ausgereiften Nasen, Überbleibsel der Kindheit, den runden Nasen, die aus ihren Trägerinnen ewige Clowns machten, selbst wenn sie zu ernsten Persönlichkeiten heranwuchsen, und schließlich Christianes, eine griechische und trotzdem feminine Nase. Instinktiv wusste er, dass der Mund lügen kann, dass die Augen sich schließen und an etwas anderes denken, von einem anderen träumen, sich an einen anderen Ort wünschen können. Er wusste, dass das Auge alles sieht, das schöne und das hässliche, dass der Mund alles rechtfertigen kann, die Lüge wie die Wahrheit, dass der Blick und das Wort alte Komplizen sind. Nicht aber die Nase! Die Nase kann nicht lügen, im Gegensatz zum Rest vom Körper, der spielt, erfindet, übertreibt, lügt. Für Fafa war die Nase das einzige Körperteil, das sich nicht verkaufen konnte. Die Augen konnten desertieren, der Mund fluchen. Die Nase, mit ihrer Art, Ekel und Lust auszudrücken, sagte die Wahrheit, ohne sich zu rechtfertigen. Dieses Organ ließ sich immer wieder überraschen. Faraht beobachtete Christiane im Klassenzimmer, betrachtete ihr erhabenes Profil, für das man Münzfälscher hätte sein wollen, um es auf Goldstücke zu prägen. Fafa tat alles, um ihre Aufmerksamkeit zu erregen, und stellte ihr gerne Fragen, auch wenn er dann als schlechter Schüler dastand. Nach einem Fehltag sagte sie dem Lehrer, dass sie unter Aphonie gelitten habe.

»Aphobie? Wovor hast du Angst?«

»Aphonie nicht Aphobie. Das ist, wenn man keine Stimme hat.«

Manchmal, wenn er sie aufzog:

»Vollidiot.«

Von ihr ließ sich Faraht Bounoura alles sagen, bis auf die unerträgliche Wahrheit:

»Du bist nicht der einzige Junge auf der Welt.«

Sie wohnte in der Rue du Cherche-Midi, und oft ging Fafa hinter ihr her oder begleitete sie nach Hause, ein wenig enttäuscht, dass sie ihn nie zu sich nach Hause einlud, um ihm die Hausaufgaben oder ihr Zimmer oder ihre Sammlung von was auch immer zu zeigen. Sie blieb auf Abstand, amüsierte sich aber über den Knirps mit den Locken, den großen schwarzen Augen und der Nase, die der Zwilling von ihrer war. Die Köpfe zur Seite geneigt, wären die beiden wie dafür geschaffen, sich zu küssen. Sie wollte mit ihm weder ins Café noch ins Kino noch zur Eislaufbahn Michel-Ange-Molitor noch sonst etwas. Ihr einziger und sehnlichster Wunsch war ein eigener Fernseher in ihrem Zimmer. Mit einem dicken Filzstift schrieb Fafa in der TV-Abteilung des Bon Marché auf einen sehr schönen Fernsehapparat: »Defekt.«

»Herrje, der ist doch schwer! Konnte dein Vater nicht kommen, um ihn abzuholen?«

»Leider nicht.«

»Na dann, los.«

»Danke, Monsieur.«

»Du bist ganz schön stark, Kleiner.«

Nach hinten gelehnt, mit gebeugten Knien, den Fernseher auf dem vorgestreckten Bauch, nach Luft schnappend und die Pobacken vor Kühnheit zusammengekniffen, verließ Fafa den Laden durch die große Tür, die der diensthabende Wachmann ihm aufhielt. Er hatte gerade einen nagelneuen Fernseher für seine Liebste geklaut oder vielmehr erschwindelt.

»War nur ein Witz«, war ihre Antwort. Traurig ließ Fafa das Geschenk auf der Straße stehen, für die Müllmänner, oder wer auch immer es haben wollte. Er kam darüber hinweg und wartete ab, dass Christiane einen neuen Wunsch äußerte. Für sie hätte er töten können, problemlos, skrupellos, gewissenlos. Die Geschichte mit François hatte ihm gezeigt, wie leicht sich eine Klinge in einen Körper bohren lässt. Dieses Messer, das im Fleisch gesteckt hatte, war real gewesen, er hatte es nicht geträumt, es bestand kein Zweifel. Die Pfütze, unglaublich rot, war aus einer mühelosen Bewegung hervorgegangen, grausam und barbarisch, aber … natürlich. Fafa brauchte nur die Augen zu schließen, um diesen entstellten, ängstlichen, verletzten, schockierten Erwachsenen wieder vor sich zu sehen, und in seinen Ohren hallte noch die Erinnerung an das Wimmern eines Kindes nach, ohne dass er wusste, ob es von ihm oder von François stammte. Fafa hatte immer noch Ohrenschmerzen, und seine Kopfschmerzen legten sich nur, wenn er freudlos masturbierte oder an die mühelose Bewegung, die Leichtigkeit der Tat und vor allem die Konsistenz der Welt dachte. Diese harte, böse Welt, die durch den Stich mit der Klinge schlaff und feige wurde. Faraht Bounoura hatte verstanden, dass die Welt Angst vor dem Tod hatte, über den er nur lachen konnte. Für Léo und Jésus, seine Freunde, war Diebstahl nur ein nettes Spielchen, das sie beim ersten Ärger aufgeben würden. Fafa aber spielte nicht. Er hatte keine Zeit mehr für die langsamen Tode beim Mittagsschlaf oder in der Nacht. Er würde sich nie wieder hinlegen, oder aber für immer, und auch wenn er müde war, würde er mit weit geöffneten Augen schlafen. Faraht Bounoura hatte Blut geleckt und malte mit seinem eigenen Blut eine Kriegsmaske auf das Gesicht seiner Seele, der neuen, gerade erst entdeckten:

»Schau mal, deine Initialen …«

»Bist du verrückt geworden?«

In den Arm des Verliebten war mit einer Rasierklinge CP in zwei eitrigen, blau geränderten Buchstaben geritzt worden:

»Christiane Plazy.«

Nein, ich liebe dich …

Fafa glaubte, in Christiane seine große Liebe gefunden zu haben, die ihm in die Liebe, die Sexualität einführen würde. Er spürte, dass bei ihm etwas Undefinierbares nicht stimmte. Er sah, dass Léo Spaß an seinen schweinischen Spielen hatte, und versuchte, sich zu lieben, wenn er alleine war, aber es half nichts. Fafa kam zum Orgasmus, wie man Wasser trinkt, weil man Durst hat, ohne Lust, ohne Rausch. Er dachte, dass die fehlende Lust mit seiner Beschneidung zu tun hatte, mit der Reibung der nackten Haut auf dem Stoff der Unterhose, die seine empfindsame Eichel gefühllos gemacht hatte. Er hatte sogar eine Passage in einer wissenschaftlichen Abhandlung darüber gelesen:

Der beschnittene Mann wird unempfindlich, bleibt aber sensibel. Diese Sensibilität erlaubt es ihm, seine Familie zu lieben, ohne sexuell von seiner Ehefrau abhängig zu sein. Daher ist ein guter Muslim in erster Linie ein guter Ehemann und erst in zweiter ein guter Liebhaber, und seine Frau kann ihn nicht über Sexualität beeinflussen. Ein Mann, der sich hingibt, verliert sich, öffnet sich und wird verführbar, offenbart seine Schwachstellen, die die Frau ausnutzt, um die Macht zu übernehmen. Seit eh und je gibt die Frau sich hin, und der Mann nimmt. Durch sexuelle Lust können die Rollen vertauscht werden, die Beschneidung erlaubt es dem Mann von Kindesbeinen an, Herr über seine Sexualität zu bleiben und nicht Sklave seiner Lust und seines Verlangens für die Frau zu werden. Ein Mann, der zum Orgasmus kommt, ähnelt einem Trinker. Eine Marionette, die der Teufel führt. Ein Mann, der seine Sexualität nicht unter Kontrolle hat, hat sein Leben nicht unter Kontrolle.

Faraht sagte sich, dass das die Ursache seiner Lustlosigkeit war und er, Faraht Bounoura, im Gegensatz zu seinen historischen Brüdern Don Juan und Casanova, nur einer einzigen Frau gehören würde, nämlich der, die ihm über seine Frigidität hinweghelfen würde. Und diese Frau konnte nur Christiane sein. Sie würde ihn an die Hand nehmen und auf den Pfad der Liebe führen, auch wenn Fafa hinkte und den Mut verlor, weil er das kreisrunde, tückische, versperrte Ende des Tunnels seiner Libido noch nicht sehen konnte …

Jemanden aus mir zu machen, wenn ich doch
– verdammt nochmal – besser war als jemand …
Ich war das Kind!

Ein Fels, um sich abzustützen, und anstatt einer helfenden Hand ein Ast, um sich festzuhalten. Faraht wartete auf jemanden, auf etwas, um sich aus dem Matsch der Kindheit zu hieven, diesem Treibsand kindlicher Selbstmorde. Die erste schwere Strafe, auf die zu hoffen war: die Volljährigkeit. Fafa schleppte sich durch die Tage, kleiner, unschuldiger Sisyphos, der von Sonnenaufgang bis Sonnenuntergang seinen Alltag wälzte, kleiner Galeerensträfling, der nachts Kiesel mahlte, bis sie zu Staub wurden, so sehr knirschte er mit den Zähnen. Jeden Morgen schulterte er die Bürde seiner Existenz und fühlte sich, als würde er, wie von einem Gummiband gehalten, immer wieder in den Zustand des kleinen Jungen zurückgeschleudert. Barfuß, ohne Siebenmeilenstiefel, um die Hürde zu nehmen und sich mit einem Satz oder einem Lachen vom Kindsein zu befreien. Sein Wachstum stagnierte, sogar körperlich, er wuchs langsam, Bonsai aus gestutztem Fleisch. Manchmal versuchte er, die Eisenfessel um seinen Hals zu sprengen, indem er möglichst viel Blödsinn anstellte, aber sie hielt stand. Er konnte sich denken, dass später die *Erinnerungen an die guten, alten Zeiten* wie Wüstendisteln hier und da sprießen würden, aber auch der Hunger und der Durst bei seiner Durchquerung der Einöde würden ihm im Gedächtnis bleiben, jedes Verlangen versiegen, jede Lust austrocknen und ihn ausgedörrt und tränenlos zurücklassen. Fafa gab sich nicht mehr damit zufrieden, mit angehaltenem Atem zu leben, er öffnete das Ventil, um draußen zu verteilen, was er zu Hause bekam: Schläge. Abends ging er auf Beutezug, überfiel Passanten. Kaltblütig, unter wüsten Beschimpfungen schlug Faraht Bounoura in fremde Gesichter, um die von Benamar und Nabila nicht mehr zu sehen. Diese beiden Gesichter, die seines hervorgebracht hatten. Schlagen, drauflosprügeln, wie man an eine fremde Tür hämmert, wenn die Panik ihre innere Beute jagt – ein aufgeschlitzter Hai verschlingt seine hervorquellenden Innereien, bevor er stirbt, genährt von seinem Hass, seiner Wut. Fafa wurde wieder zu einem kleinen, wilden Tier, verängstigt und hungrig lebte er von einem Lächeln hier und da, aber überlebte, weil er zubiss, sobald man ihm zu nahe kam. Er lebte scheinbar ziellos und verlor dabei sein Alter, verschwendete seine Kindheit und seine Jugend. Die anderen, die Leute, verwirrten ihn, und er gab sich mal als Kind, selten als Erwachsener und immer als Greis. Die traurige Wahrheit war, dass Fafa in einem verschachtelten Sarkophag für Todgeweihte feststeckte.

Als Galeerensklave der Zukunft wartete Fafa, an seinen Banknachbarn gekettet, mit dreißig weiteren Ruderern auf den Hafen und den Freigang am Wochenende. Vor ihm legte sich Christiane an einem anderen Tisch sozial und sportlich mächtig in die Riemen. Als Banknachbar hatte Faraht Bounoura in der siebten Klasse einen Sohn aus gutem Hause mit dem Namen Hugues Vontical, Hugo für seine Freunde.

»Kommst du mich mal besuchen?«

»Okay.«

Hugo lud Fafa zur Essenszeit zu sich nach Hause ein, zwischen zwölf und dreizehn Uhr. Fafa, der nicht Nein sagen konnte, kam pünktlich und segelte der speisenden Familie Vontical gewissermaßen wie das Haar in die Suppe. Monsieur Vontical hatte alles, was man sich wünschen konnte, eine sehr schöne Wohnung in der Rue Delambre in Montparnasse, eine Edelschlosserei, die im Ausland Sicherheitstüren und Tresore verkaufte, ein teures Auto, ein Wohnmobil und ein Motorboot, eine sehr schöne, blonde Frau und zwei Söhne. Ein vom Leben verwöhnter Mann, eine gute Familie, das pure Glück. Fafa saß auf einem Sessel, schaute ihnen beim Essen zu und fragte sich, was er in diesem perfekten Gemälde verloren hatte. Nach dem Essen bot Madame Vontical ihm eine kleine Schüssel mit Nachtisch an, die Fafa auf den Knien hätte essen müssen, was er dankend ablehnte. Fafa hockte da, als würde er zur Einrichtung gehören, und störte alle bis auf Hugo, der seine Inszenierung sichtlich genoss. Monsieur Vontical warf ihm neugierige Blicke zu, Madame tupfte sich irritiert die Lippen, der kleine Bruder aß brav und schaute nur von seinem Teller auf, um Nachschlag zu verlangen, und Hugo kicherte in sich hinein. Die Familie konnte nicht nachvollziehen, warum Fafa einfach aufgetaucht war, ohne in aller Form eingeladen worden zu sein, mit einem Kärtchen, auf dem zu lesen war, wie hocherfreut man über seine Anwesenheit beim Geburtstag vom kleinen Hugues, dem Stolz der Familie, wäre. Beklommen schaute Fafa zu seinem neuen Freund:

»Ich geh in dein Zimmer.«

»Aber nichts anfassen … Ich komme gleich.«

Hugos Zimmer war eine Schatzkammer: eine akustische und eine elektrische Gitarre, eine Musikanlage, die Fafa, dessen Ohr Mono und Stereo nicht unterscheiden konnte, völlig unverständlich schien, eine komplette Taucherausrüstung im Schrank, Hunderte Platten. Das Reichensöhnchen Hugues Vontical hatte alles und noch mehr, denn er hatte Fafa als Spiegel. Hugues Votical hatte einen Diener, einen Sklaven. Er sprach so laut, wie Fafa leise sprach. Er brauchte eine Bühne, und Fafa gab das Publikum und ließ sich vorführen. Hugues Vontical schleppte Fafa hinter sich her wie ein Ritter seinen Knappen:

»Hast du auch nichts angefasst?«

»Nein … Äh doch, die Comics.«

»Gotlib ist wirklich zum Schießen komisch, oder?«

»Äh, ja.«

Hugues schloss sein Zimmer ab, und auf dem Boden sitzend, erstellten sie eine lange Liste der Dummheiten, die noch am selben Tag erledigt werden mussten. Hugues besaß zwei Paar Schlittschuhe, das neuere war gerade angesagt. Das ältere verlieh er an den dankbaren Fafa:

»Wir gehen zu Molitor.«

»Ich hab kein Geld.«

»Kein Problem, du kriechst unter der Kasse durch.«

In der Eislaufhalle Molitor drückte sich Fafa an der Kasse und dem Drehkreuz vorbei, während Hugues und seine Schlittschuhfreunde für Ablenkung sorgten. Später in der Gaststätte der Eishalle saßen sie bei einer heißen Schokolade zusammen. Mit seinem nassem Arsch, durchgefroren, ohne Handschuhe und Schal saß Fafa daneben, ohne etwas zu bestellen:

»Wir gehen ins Kino.«

»Ich hab kein Geld.«

»Kein Problem, ich mach dir den Hinterausgang auf.«

Fafa schlüpfte in den dunklen Saal und robbte zwischen den Sitzreihen herum. Hugues wartete nie in der ersten Reihe auf ihn, sondern immer mitten im Saal, und amüsierte sich köstlich über Fafa, der wie einen Regenwurm auf dem Boden herumkroch und vor Angst starr wurde, wenn der Kartenabreißer vorbeikam:

»Wenn du eine Tasche auf dem Boden siehst, nimm sie mit.«

»Das funktioniert nicht mehr, sie zeigen jetzt diese Warnung.«

»Es gibt immer eine, die dämlich genug ist, ihre Tasche auf den Boden zu stellen.«

Faraht Bounoura machte den Fehler, Hugues Vontical zu sich nach Hause einzuladen. Benamar war wegen seiner Algerienaufenthalte immer seltener da und übertrug Nabila die Erziehung der drei Kinder. Er brachte Neuigkeiten und Fotos von Nourredine bei der Armee mit, auf denen der Bruder einen mannhaften, braunen Oberlippenbart trug. Benamar schaute sich außerdem nach Ehemännern für seine Töchter und Ehefrauen für seine Söhne um. Er ahnte nicht, was in Paris los war. Nabila verliebte sich mit ihrer ganzen Mutterliebe in Hugues, den Sohn, den sie hätte haben wollen. So höflich, so schön, so elegant und niemals ohne Gastgeschenk. Echte Pralinen, nicht dieses zuckrige Zeug, das so geschmacklos war wie die grelle Zeichnung oder das vulgäre Foto auf dem Deckel, sondern sorgfältig ausgewählte Stückware, unter die sich niemals etwas Alkoholisches schmuggelte. Für Nabila war Hugues der Maßstab der Dinge, die jugendliche Vollkommenheit. Die Freundschaft mit Fafa, die Großzügigkeit ihrem Sohn gegenüber, der dank ihm ins Kino und in die Eislaufhalle ging und sogar einmal übers Wochenende wegfuhr. Wenn sie lange genug »Was ist hier anders?« und »Finde den Unterschied« zwischen Hugues und ihrem Sohn gespielt hatte, ließ Nabila Fafa gehen. Faraht arbeitete nicht mehr, war völlig pleite, folgte Hugues' Befehlen und dachte manchmal an Léo, den traurigen Léonard, dem ein Reichensöhnchen den Freund ausgespannt hatte. Hugues hasste Léo und tat alles, um zu verhindern, dass Fafa sich seinem Freund aus der Kindheit wieder annäherte. Faraht Bounoura suchte sich in Hugues. Wenn der etwas an ihm fand, konnte er nicht ganz schlecht sein. Hugues fiel alles leicht, Sport, Schule, Scheiße bauen. Das Einzige, was Fafa ihm vorwerfen konnte, ohne es jemals zu tun, war diese fiese Angewohnheit, ihn am Mittag zu sich einzuladen:

»Faraht, Hugues ist am Telefon.«

Fafa nahm Nabila den Hörer aus der Hand:

»Er hat mich schon um Erlaubnis gefragt. Ich habe Ja gesagt.«

Nabila hatte lange mit Hugues gesprochen, bevor sie ihren Sohn gerufen hatte. Die beiden hatten sich auf einen Kinobesuch geeinigt, der vor Mitternacht zu Ende sein sollte:

»Ja? (…) Okay.«

Nabila sah Fafa zu, wie er sich anzog, und redete auf ihn ein, dass er sich an Hugues ein Beispiel nehmen sollte, ein gutes. Sie trafen sich am Place de l'Odéon, wo Hugues es sich unter der Danton-Statue bequem gemacht hatte. Er war aufgedreht, hatte seine Armeetasche umgehängt und trug seinen dicken, halblangen Lammfellmantel verkehrt herum:

»Ich hab mich vom Acker gemacht.«

»Was?«

»Ich bin ausgerückt.«

»Wie bitte?«

»Ich bin bei meinen Alten abgehauen!«

»Geh wieder nach Hause, Hugo …«

»Auf keinen Fall, du musst mir helfen. Ich hab Shit und ein bisschen Kohle. Auf ins Abenteuer, Kumpel.«

Hugues schimpfte über seine Eltern, nannte seine Mutter Hure und seinen Vater Arschloch, er tat verschwörerisch, als er den staunenden Fafa über die Gründe seiner Flucht aufklärte. Fafa konnte nicht nachvollziehen, warum dieser Vollidiot das familiäre Paradies aufgegeben hatte. Bei Fafas Ungläubigkeit platzte Hugues der Kragen:

»Sie wollen mir die 125er Yamaha nicht kaufen!«

»Du bist noch nicht alt genug. Man muss sechzehn sein.«

»Mir doch egal! Dann kaufen sie sie halt, damit ich auf Landstraßen oder Parkplätzen üben kann.«

Hugues war stolzer Besitzer eines tollen orangefarbenen Mopeds, mit Blinkern, einem Doppelsitz, um seine Freundin mitzunehmen, einer Kette mit Schloss, einer Versicherung gegen alles und einem stets gefüllten Tank:

»Was willst du denn noch?«

»Du musst mir helfen …«

»Wie denn?«

»Ich brauch einen Pennplatz.«

Fafa gab auf und klapperte mit Hugues die Freude und Freundinnen ab, deren Adresse die Eltern Vontical nicht kannten und die ein Dach, eine Mahlzeit, Unterhaltung und, was am schwierigsten war, ein offenes Ohr für sein Geschwätz über seine Folterknechte von Eltern zu bieten hatten. Léo wollte ihn nicht in seinem Dienstmädchenzimmer:

»Soll er selbst gucken, wo er bleibt, Fafa. Dieser Typ macht nur Ärger.«

Claire, die dreißig Francs für eine nie gelieferte Platte der Floyds bezahlt hatte, musterte das Duo vor ihrer Tür:

»Bringt ihr mir meine Kohle?«

Sie bewohnte eine Einraumwohnung in einem Mietshaus ihrer Eltern:

»Meine Platte?«

»Du weißt doch, dass die mich erwischt haben. Nur Geduld, die kommt schon noch …«

»Und warum hat er das Geld schon eingesteckt?«

Hugues kicherte in seine Jacke:

»Mach dir mal keine Gedanken wegen der Platte, okay?«

Die Tür schlug zu, und Fafa wandte sich zu Hugues:

»Du hast ihr Geld eingesteckt?«

»Ich hab's gebraucht … Für den Shit.«

Faraht hatte wieder mit dem Klauen angefangen, für Hugo, der den Kram in der Penne weiterverkaufte. Als Unterhändler ging Hugues kein Risiko ein, außer dass er Fafa begleitete und ihn sabbernd vor Aufregung aus der Ferne beobachtete:

»Krass, fünf auf einmal!«

Zwischen den beiden Rolltreppen im FNAC stopfte sich Fafa die LPs von hinten unter die Jacke, die er vorne offen ließ und nur unten zuknöpfte, damit sie um die Hüfte eng schloss und die Platten nicht rausfallen konnten:

»Die komplette Woodstock …«

Claire hatte mit ihrer Bestellung kein Glück gehabt, ein überdurchschnittlich schlauer Wachmann hatte Fafa bei Gilbert Jeune freundschaftlich auf den Rücken geklopft, nachdem er seine Tasche durchsucht hatte, um zu sagen: »Nichts für ungut, Junge, du kannst gehen.«

Wieder einmal lieferten die Bullen Faraht Bounoura in der Schule ab, wo die Direktorin ihn ihr endgültiges Urteil wissen ließ:

»Versager.«

Karima hatte ihm das Fell gerettet, indem sie ans Telefon gegangen war und die Sache für sich behalten hatte. Die Ordnungshüter, als sie endlich seine Adresse herausgefunden hatten:

»Der beehrt uns bald wieder, das seh ich ihm an.«

Faraht Bounoura hatte sich tatsächlich verändert. Aus dem netten Jungen von nebenan war ein Teufelsbraten mit psychotischen Tendenzen geworden:

»Bleibt noch der große Mick.«

»Was?«

»Träumst du, oder was? Ich hab gesagt, dass nur noch Mick übrig ist.«

»Michaël Noir?«

»Wer denn sonst?«

Um dreiundzwanzig Uhr klingelten Fafa und Hugo an

der Flügeltür eines prachtvollen Wohnhauses in der Rue des Francs-Bourgeois. Mick machte ihnen auf, während sein Vater etwas rief, das klang wie:

»Wem fällt es ein, um diese Uhrzeit hier aufzutauchen?«

Vor seinem Vater machte Mick sich klein, vor den beiden Streunern blähte er sich auf. Nicht ganz einfach, bei seiner Fettleibigkeit. Er verhandelte mit seinem Vater, der sich darauf einließ, sie für einen kleinen Imbiss und ein paar Anrufe in die Wohnung zu lassen:

»Nicht lange, ist das klar?«

Hungrig, hastig besprach das Trio eine Bestellung, ein Set Waterman, Füllhalter, Kugelschreiber, Filzstift:

»Dreißig Francs für alle drei?«

»Ich lade euch ein, und ihr macht mir keinen Freundschaftspreis?«

»Okay, nächste Woche.«

»Wir sind blank, kannst du uns das Geld nicht vorstrecken?«

»Das muss ich erstmal mit Claire besprechen.«

Als Hugo Fafa das Ergebnis seiner Anrufe mitteilte, blieb dem der Mund offen stehen:

»Bei dem Arschloch?«

»Wo denn sonst? Er hat sich verändert. Er hat sogar gesagt, dass es ihm Leid tut, und dass er sich schämt, wenn er bloß dran denkt.«

»Sein Vater hat in Algerien gekämpft.«

»Na, meiner auch, und er findet dich super.«

Also machten sie sich auf den Weg zu Pascal Grégoire. Fafa wurde über die Absprachen unterrichtet, und nachdem sie die Metro ohne Ticket genommen hatten, empfing sie die ferne Vorstadt mit ihren offenen Armen aus grauem Beton:

»Na ja, ich hab gesagt, dass meine Eltern übers Wochenende weg sind und dass ich alleine in Paris bin und meine Schlüssel verloren hab und nicht nach Hause kann und dass mein Arschloch von Vater …«

»… und deine Hure von Mutter …«

»… nicht erreichbar sind, weil das Wohnmobil keine Funke hat und sie irgendwo am Arsch der Welt sind.«

»So wie wir.«

»Solln wir die da hinten fragen?«

»Mach ruhig, wenn du barfuß und ohne Mantel bei Grégoire ankommen willst.«

Hugo blieb abrupt stehen und sah sich ängstlich um:

»Wo sind wir überhaupt?«

»Malakoff.«

»Ist es noch weit?«

»Keine Ahnung.«

Schließlich fanden sie das Hochhaus, in dem Pascal Grégoire wohnte, und dann, in der Eingangshalle, Hugo:

»Hab ihm nicht gesagt, dass du mitkommst …«

»Es ist ein Uhr morgens.«

»Ja, aber du weißt doch, wie er ist …«

»Ja. Als du ihm die Schlittschuhe gegeben hast, die du sonst mir leihst, musstest du ihm schwören, dass ich sie nie anhatte.«

»Gut, ich geh mal hoch … Ich meld mich.«

»Ach ja?«

Hugo stieg in den Aufzug, und kurz bevor die Türen zugingen, schrie Fafa:

»Gib mir wenigstens Kohle!«

»Kann ich nicht. Ich muss auch schauen, wo ich bleibe … Fürs Essen und so.«

Die Tür schloss sich, und Fafa, allein in der Eingangshalle, die kalt war wie ein Leichenschauhaus, mit den Briefkästen als Kühlzellen, stellte sich die Nacht von Hugues Vontical vor. Die beiden, wie sie breit grinsend ihren Joint rauchen und leise Musik hören. Hugo, wie er durch seine dicken Brillengläser schielt und bis in den letzten Winkel der Bronchien inhaliert, mit vernebeltem Blick und Gedanken, die abdriften, in die Umlaufbahn des eigenen Nabels, in Richtung Nirgendwo, zu der Endhaltestelle am Nullpunkt. Fafa kannte Hugos innere Reisen, weil er immer zurückkehrte, wie er aufgebrochen war: randvoll von seinem eigenen Nichts. Fafa rauchte nicht, nahm keine Drogen. Bei Partys nuckelte er an einem Bier, ließ den Stapel Mäntel in einer Ecke nicht aus den Augen und lauerte auf den Höhepunkt der Feier, um sich aus dem Staub zu machen und die Taschen zu filzen. Er war die Ruhe selbst, auch wenn ihm die komischsten Dinge durch den Kopf gingen. Als er wieder an den Jugendlichen vorbeikam, schnorrte er sich eine Kippe, um ins Gespräch zu kommen:

»Kein Problem, Bruder.«

Der Jugendliche nahm ein Päckchen aus der Tasche und gab Fafa eine Zigarette:

»Wo kommst du her?«

»Paris.«

»Und was machst du hier?«

»Ich hab jemand besucht.«

»Wir kennen hier jeden. Bei wem warst du?«

»Pascal.«

»Wie sieht er aus?«

»Klein, kräftig, blond. Pascal Grégoire.«

»Kennen wir. Sein Vater ist Nazi, und er selbst wird auch einer …«

»Das ist dein Kumpel?«

»Nein. Ich hab einen Freund begleitet, der nicht wusste, wo er schlafen soll.«

»Und du?«

»Ich geh nach Hause.«

»Wenn du einen Rat für deinen Kumpel willst, sag ihm, dass er sich von Pascal fernhalten soll, der schießt sich ganz schön weg.«

»Mein Kumpel raucht auch …«

»Hier geht's nicht um Hasch, sondern um Heroin.«

»Wie komm ich am schnellsten nach Paris?«

»Immer geradeaus bis Porte de Vanves. Wie heißt du eigentlich?«

»Faraht, aber alle nennen mich Fafa. Und du?«

»Tayeb.«

»Tschüss.«

In dieser Nacht probierte Hugues harten Stoff und nickte zustimmend, als Pascal seine rassistische Sprüche machte und anbot, ihm beim nächsten Mal Keta zu besorgen. Fafa beeilte sich und kam um vier Uhr morgens zu Hause an. Auf seiner Wanderung bereute er es mehr als einmal, nicht mit Hugues getürmt zu sein. Wäre fast umgekehrt, um Pascal zu überzeugen, ihn auch für die Nacht aufzunehmen … Er dachte an die Messer, die diese

Leute zu Hause haben. Das Bild löste sich auf, und Fafa klingelte an der Tür, Treppenaufgang B, erster Stock geradeaus.

*

Nabila öffnet die Tür. Nabila mit wutverzerrtem Gesicht. Allein mit den Mädchen, die im hinteren Zimmer schlafen. Die Nabila von früher ist wieder da, gebeugt, geduckt. Um ihre Faust hat sie ein Verlängerungskabel gewickelt, der Stecker aus schwarzem Plastik mit den beiden Metallzähnen baumelt nach unten. Ein langes, Furcht einflößendes Kabel, dünn und robust. Die Nabila der schlechten Tage, der vergangenen, fast vergessenen. Boshaft, giftig. Das Sprechen fällt ihr schwer. Die Laute scheinen direkt aus ihren Eingeweiden zu kommen, ihre Lippen bewegen sich fast nicht. Ihr Bauch spricht, das Tier in ihrem Bauch spricht:

»Wo ist er?«

»Wer?«

Fafas schreckliche Zerrissenheit, wenn er Nabila vor sich hat. Er hat Angst vor ihr. Er ist feige und weiß es. Er kann es alleine mit einer ganzen Horde aufnehmen, aber vor einer einzelnen Person, die stärker ist als er oder die er für stärker hält, kuscht er und macht sich klein. Aus einem unbewussten, fast politischen Mut heraus bietet er der Überzahl, den Mächtigen, der vielgesichtigen herrschenden Ordnung die Stirn und schlägt zu, wenn es sein muss. Er begeht sozialen und moralischen Selbstmord, auch gegen eine einzelne Person, wenn er hinter ihr die Meute der Institutionen vermutet. Er hat keine Angst vor den Bullen, den Lehrern, den Parkwächtern, aber wenn sich ein Mensch vor ihm aufbaut, ihn in den Schatten stellt, löst Fafa sich auf, außer, wenn er in die Enge getrieben wird wie … bei dem Typen. Dem Herrn mit dem Mercedes, dem Fernseher, dem Dachgarten. Gegen Nabila verteidigt er sich nicht. Er macht einen Schritt, dann noch einen, drei Schritte, und steht mitten im Wohnzimmer. Er haut nicht ab. Läuft nicht um den Tisch. Nabila folgt ihm, so gebeugt, dass sie fast auf allen Vieren zu gehen scheint:

»Wo ist er?«

Fafa leugnet nichts und gibt nichts zu. Er schweigt, und als Nabilas Arm sich hebt, ausholt, um die Peitsche zu schwingen, rollt er sich zu einer Kugel zusammen. Er presst die Lippen aufeinander. Die Jacke federt den Schlag ab. Mit einer Hand greift sie nach dem Kragen und zerrt daran. Er hilft ihr, indem er das Kleidungsstück loslässt, er weiß, dass sie sich sonst gegen sich selbst wendet, und er möchte sie nicht entstellt und nackt sehen. Der zweite Hieb zerschneidet sein Hemd wie eine Rasierklinge. Er beißt die Zähne zusammen, als beim nächsten Hieb die Haut aufplatzt. Aus seinem Hals steigt ein Name auf, ein Ort, aber er schluckt ihn wieder runter, zusammen mit dem Schmerz. Nadou, Nadia, seine kleine Schwester taucht mit blutenden Füßen vor ihm auf. Er lächelt, als er an sie denkt. Nabila bemerkt sein Lächeln und schlägt fester zu. Fafa konzentriert sich auf Nadias Gesicht und genießt die Geißelung fast. Der alte Verrat liegt vor ihm, und er spürt, wie die Tränen seine Wangen hinunterlaufen, ohne dass er weint. Tränen ohne jeden Kummer, ohne jede Traurigkeit, ohne jeden Schmerz. Tränen wie die, die ihm die Sonne in die Augen treibt, wenn er sie anstarrt, wenn der Glutball ihm beibringt, vor seinem Vater die Augen nicht zu senken. Er weiß, dass es Folter ist, eine Art von Folter und eine Frage:

»Wo ist er?«

Fafa verpetzt niemanden, verrät nichts. Nie wieder wird er einen Namen nennen. Nur daran denkt er … Er, der nie auf die anderen zählen konnte, weiß, dass er sich in dieser Nacht, wie ein Kaiser die Krone, selbst den Orden der Freundschaft verleihen wird. Nabila schlägt mit aller Kraft, Fafas Wange platzt auf, er rollt sich zusammen, um ihr nur seinen Rücken und seinen Nacken, seine Schultern und seine Rippen zu überlassen. Das Kabel pfeift durch die Luft und geht nieder, es tut nicht weh, wenn es ihn trifft, der Schmerz kommt, wenn es wieder weggleitet, sich zurückzieht, bevor es wiederkommt. Nabila ist nicht Benamar, ihr Arm wird schwer. Ihre Hand läuft rot an, die Peitsche hat ihr die Handfläche verbrannt. Fafa betrachtet seine Mutter von unten. Nabila sieht verstört aus, taumelt nach hinten und lässt sich in den Sessel fallen, ihre Arme hängen über die Lehnen, das Verlängerungskabel liegt auf dem Boden. Ungläubig starrt sie Fafa an, der auf dem Boden sitzt, ihr zugewandt, seiner Mutter zu Füßen, er schaut sie an, fragend, neugierig. Nabila blickt ihrem Jungen in die Augen, und dabei kommt etwas in ihr ins Rutschen und findet dann wieder zu seinem Platz im Ungleichgewicht. Sie redet. Fafa hat die Knie unter das Kinn gezogen, die Arme darum gelegt, zusammengerollt wie ein Fötus, schaut er seine Mutter an und hört ihr zu. Sie spricht mit der Kugel, die ihr Sohn ist, als ob sie in ihm, durch ihn das Geheimnis ihrer Innereien, das Rätsel, das sie geboren hat, entziffern könnte. Sie spricht von Hugues Eltern, die in Tränen aufgelöste Hure und das ernste Arschloch. Sie sagt, dass sie gebettelt haben. Dass sie befohlen haben. Dass sie sogar gedroht haben, nicht ihr, ihm. Faraht würde ernste Schwierigkeiten bekommen. Sie sagt, dass sie morgen wieder kommen, gleich schon. Ja, sie nehmen den Weg auf sich, die Eltern des Wunderkindes. Sie werden die Eltern Bounoura nicht in ihre Wohnung zitieren, sondern selbst den Weg auf sich nehmen. Zum ersten Mal. Sie kommen, um die Angelegenheit zu klären. Nabila spricht von ihrer Scham, ihren Fehlern, ihrer Ehre, ihrer unfreiwilligen Beihilfe und diesem Morgen, der sich schon in den Kacheln der Küche spiegelt:

»Wo ist er?«

Karima und Nadia sind aufgestanden. Von der Tür des Esszimmers betrachten sie das Standbild mit Fafa und Nabila, die sich gegenseitig belauern. Kim kommt näher und gibt Fafa ein Zeichen, dass er verschwinden soll. Nadou kniet sich vor ihre Mutter und bringt sie behutsam dazu aufzustehen. Sie führt die bald alte Frau in ihr Zimmer, um sie ins Bett zu legen. Fafa schaut zu, ohne jede Wut auf seine Mutter, ein Blick voller Liebe, weil es ihm scheint, als wäre es der letzte. Ein Blick bis zum letzten Tropfen, er ist leer. Die endgültige Verwandlung des Kindes? Weil er nichts gesagt hat? Nachdem sie ihn zur Welt gebracht hat, hat sie ihn unter Schmerzen zum Widerstand ermutigt. Von diesem Tag an wird Faraht Bounoura seine Mutter nicht mehr lieben, weil er sie niemals mehr so lieben wird wie in dieser Nacht des

Bluts und der Initiation. Auf seinem Rücken eingraviert, eingeritzt, unhörbar:

»Nein.«

*

Vater Drohung und Mutter Gebet hatten vereinbart, Fafa in die Enge zu treiben, ihn auszuquetschen, ihm ein Geständnis abzuringen. Madame Vontical würde den Hausbesuch übernehmen, wohingegen Monsieur zu gegebener Zeit anrufen würde, damit Fafa auf der einen Seite den Anblick der *Mater dolorosa* hätte und auf der anderen die Tonspur mit der tobenden Off-Stimme Gottes. Unter Tränen würde die Mutter sich einen Hinweis angeln und mit ihrer mütterlichen Intuition das Versteck des entflohenen Sohns finden. Sie würde telepathische Kräfte entwickeln, ihre Eierstöcke wie eine Wünschelrute ausstrecken. Sie würde an Fafas Mitleid appellieren, an seinen Stolz, sein Verständnis, seine Pflicht. Sie würde schreckliche Bilder heraufbeschwören, wie der Junge bei Schnee und Eis an Lungenentzündung stirbt oder alle Perversen aus *Paris by night* auf die leichte Beute lauern:

»Und es wäre alles deine Schuld, Frahat.«

»Faraht.«

Er hörte zu, überlegte kurz, dass Hugo schon einem Perversen mit Zoophilie über den Weg laufen müsste, um das sexuelle Interesse eines verrückten Sadisten zu wecken. Dieser braune Lockenkopf mit der großen, schiefen Nase, genetisches Merkmal, vom Vater zum Sohn vererbte Handschrift der Chromosomen der Vonticals. Diese französische Nase dekadenter Adeliger, eine identische, sicher mit Rosazea durchnummerierte Nachbildung, die die Männer der Familie über Generationen als Aushängeschild trugen. Seine Maulwurfsaugen hinter Teleskopen, ohne jedes Licht und Geheimnis, auch wenn sie schielten oder auf einer Drogenwolke ins Nirgends glitten. Nein, bei alldem war Hugos Arsch nicht in Gefahr, rektumisiert zu werden, außer vielleicht von einem Tritt mit dem Cowboystiefel. Außerdem hatte er einen Buckel, nicht aufgrund einer Wirbelsäulenverkrümmung, sondern weil ihm das Mark in den Knochen fehlte, und den verschlagenen Ausdruck von einem, der am Wochenende um sein Taschengeld fürchtet:

»Er ist mein Freund, Madame, ich möchte nicht, dass ihm etwas zustößt, aber ich weiß nicht, wo er ist.«

Die Gluckenmutter durchbohrte mit ihren wässrigen Augen Fafas Körper, um die Lüge aufzuspüren. Sie dachte mit aller Kraft an ihren Mann, der sie immer mit seinem Algerienkrieg genervt hatte. Sie hätte sich ohrfeigen können, dass sie ihm kein Gehör geschenkt hatte. Dass sie linke Ansichten vertreten hatte, obwohl ihr Mann von der Willensschwäche, der Niederträchtigkeit, der Unehrlichkeit der Völker des Maghrebs berichtet hatte. Sie dachte so fest an ihren Mann, dass das Telefon klingelte. Nabila hob ab und reichte wortlos den Hörer an Fafa weiter:

»Unser Gespräch wird aufgezeichnet. Die Polizei ist eingeschaltet. Neben mir sitzt sogar ein Kriminalinspektor, du hast eine Minute, um mir zu sagen, wo mein Sohn ist! Eine Minute oder …«

Fafa, das Ohr am Hörer und die Augen auf Madame Vontical gerichtet, verzog verächtlich das Gesicht und musste zur Überraschung der beiden Frauen lachen. Sein Rücken schmerzte, aber er fühlte sich stark genug, um allen Hass der Welt zu tragen. Sein Lachen erstarb, mit kalter, klarer Stimme schleuderte er ihnen seine ganze Verachtung für die billige Inszenierung ins Gesicht:

»Ihr Sohn wird nach Hause kommen, M'sieur. Er wird kommen, weil sein Bauch leer ist. (…) Nein, M'sieur, bestimmt hat er was gegessen, aber der Mumm kommt nicht beim Essen. Der hält nicht lange durch auf der Straße. (…) Der braucht seinen Papa und seine Mama, Ihr werter Sohn. Ich weiß nicht, wo er ist, aber selbst wenn ich es wüsste, M'sieur … Selbst wenn, würde ich es Ihnen nicht sagen.«

Fafa legte auf, ohne eine Antwort abzuwarten, und wandte sich an Madame Vontical:

»Ich bin sein Freund, Madame, aber er ist nicht meiner.«

Würdig und unter ihrer bürgerlichen Fassade bebend vor Wut, stand Madame Vontical auf, ohne Nabila eines Blickes zu würdigen, die entschuldigend buckelte und ihre Machtlosigkeit zum Ausdruck brachte:

»Ihr Sohn ist ein guter Junge …«

»Das kann man von Ihrem nicht behaupten!«

Am nächsten Tag tauchte Hugo wieder auf. Von seinen Eltern geschickt, um bei Madame Bounoura Abbitte zu leisten, brachte er einen Strauß Blumen mit:

»Meine Eltern wollen mit Faraht sprechen. Ist das möglich?«

Nabila nickte, die Nase zwischen den Blumen, und Fafa folgte Hugues, der ihm zuzwinkerte:

»Sie steht in der Garage.«

Bevor sie in die Wohnung gingen, schauten sie in der Tiefgarage vorbei, wo eine 125er Yamaha mit all ihren Zündkerzen den vorgezogenen sechzehnten Geburtstag von Hugues Vontical feierte. Angesichts der labilen Psyche ihres Sprösslings hatten es die Eltern Vontical nicht für gut erachtet, Fafa das Besuchsrecht zu entziehen. Hugues erzählte sein vierundzwanzigstündiges Abenteuer und Fafa seinen verkrusteten Rücken. In der Wohnung sahen Monsieur und Madame Vontical dem Besuch des Freundes ihres Sohns furchtlos entgegen. Hugues, schwer beeindruckt von Fafas Enthüllungen, bat ihn, seinen Pullover hochzuziehen, um die Stigmata der Geißelung zu präsentieren. Das Paar fiel aus allen Wolken, und als Madame Vontical wieder aufschaute, stieß sie mit Tränen in den Augen hinter vorgehaltener Hand aus:

»Wenn ich das gewusst hätte. Mein Gott, wenn ich das gewusst hätte …«

Faraht hatte ein Déjà-vu. In seinem Ohr rauschte es, und das Echo seiner Erinnerung warf die Worte zurück:

»Mein Gott, wenn ich das geahnt hätte …«

Der Papa hatte schon ganz andere Dinge gesehen. Den Krieg! Er stand auf, näherte sich dem Jungen, zog den Bauch ein, richtete seinen Gürtel, straffte sein Hemd und reichte ihm schließlich seine männliche, entschlossene Hand:

»Ich habe immer gedacht, dass du eine Memme bist, Fahrat …«

»Faraht.«

»Äh, ja … Wie dem auch sei, ich habe mich geirrt.«

Während er Fafas Hand kräftig drückte, warf er seinem Volltrottel von Sohn einen verächtlichen Blick zu:

»Ab mit dir, Hosenscheißer.«

Hugo schlug vor, ins Kino zu gehen, und nachdem er sich einen Hundertfrancschein aus dem Portemonnaie des Arschlochs eingesteckt hatte, küsste er die Hure und legte seinem Freund den Arm um die Schultern:

»Aua.«

»Tschuldigung.«

Auf dem Weg wälzte Hugo Rachepläne, weil Fafa ihm die Achtung und den Respekt seines Vaters streitig gemacht hatte. Dinge, die ihm zustanden, auf die er qua Blutsbande Anspruch hatte:

»Solln wir uns noch mal die Maschine anschauen?«

Zurück in der Tiefgarage nahm Hugo eine Zigarette, leerte sie aus, ohne die dünne Hülle zu beschädigen, mischte den Tabak mit einem gelben Pulver und befüllte sie wieder:

»Hier, rauch das. Das ist kein Shit.«

»Nein, ich weiß.«

»Was weißt du?«

»Dass es kein Shit ist.«

»Dann zieh …«

»Es ist Heroin.«

Fafa gab das Zeichen zum Aufbruch, gefolgt von Hugues:

»Warte, wo willst du hin?«

»Zum Bahnhof, meine Freunde besuchen und ein bisschen flippern.«

»Ich komm mit.«

An der Gare Montparnasse war Jésus, genannt Kiki, in ein Gespräch mit Léo vertieft. Während Fafas Abwesenheit hatte sich Léo mit dem kleinen Ganoven angefreundet. Die Freunde begrüßten sich und würdigten Hugues keines Blickes, der seinen Hunderter aus der Tasche zog. Kiki beschlagnahmte ihn und holte Getränke. Während sie die Flaschen kreisen ließen, wollte Hugues sich wichtigmachen:

»Ist vielleicht besser, du gehst jetzt wieder nach Hause zu deiner Mama, du Pisser.«

Nach einem kurzen Streit packte Hugues seine plombierte Kippe weg und trollte sich. Fafa beachtete ihn nicht. Er rieb sich die Wange, die Hugues mit einem Faustschlag erwischt hatte, den Fafa unbeantwortet ließ. Auch seinen Freunden verbot er, etwas zu unternehmen. Hielt Léo zurück, der sich prügeln wollte:

»Deine Mama wartet.«

»Das ist ein Freund von dir?«

»Gut, dass du den Typen los bist.«

»Und was machen wir jetzt?«

»Ärger!«, lachte Léo, der froh war, seinen Freund wiederzuhaben.

Die Justiz schöpft ihre Macht
aus dem Anfangsverdacht.

»Ein *Tos*! Ein *Espingoiun*! Ein *Raton*! Eine feine Truppe haben wir da!«

Der Kommissar der 6. Gebietsbrigade schüttelte betrübt den Kopf und überließ es seinen Männern, die drei Jugendlichen, zwei Vierzehnjährige und einen Sechzehnjährigen, im Gewahrsam zum Reden zu bringen. Nach der Feststellung der Personalien wurden Hausdurchsuchungen und Gegenüberstellungen mit den Opfern eingeleitet. Die 6. Brigade war auf einer Brache im 15. Arrondissement stationiert. Umgeben von einem Bretterzaun thronte dort ein einstöckiges, T-förmiges Gebäude in Fertigbauweise. Im kurzen Balken des Ts waren die Zellen untergebracht, fünf insgesamt. Der lange Flur, von dem links und rechts die Büros der Beamten abgingen, führte zum Ausgang. In die winzigen Gewahrsamszellen von der Größe eines Telefonhäuschens passte nur eine einzelne Person, auf der Bank sitzend oder wie ein Hund auf dem Boden zusammengerollt. Die Plexiglasscheibe in der Tür erlaubte es den Festgenommenen, sich am Kommen und Gehen der Polizisten zu erfreuen. Fafa drückte sich die Nase an der Scheibe platt und versuchte, mit Kiki und Léo zu kommunizieren, die sich an beiden Enden des Zellentrakts befanden. Von seiner Zelle überblickte er den Flur und an dessen Ende: AUSGANG. Léo hatte sich auf dem Boden zusammengerollt, seine Jacke unter den Kopf geschoben und suchte in den beengten Verhältnissen des Raums die bequemste Position. Legte die Beine auf die

Bank, unter die Bank, quer darüber. Über der Anstrengung war er eingeschlafen. Kiki saß da, den Kopf in die Hände gestützt, und dachte an seine Familie, seine Mutter und seine Schwestern, die ihn brauchten, weil er, der Fleischerlehrling, seit Kurzem zum Lebensunterhalt der Familie beitrug. Seine Familie lebte zu fünft in einem Raum. Obwohl er sich seinen Kumpeln verbunden fühlte, sprach Jésus Giménez nicht über sein Leben oder seine Familie. Er war verzweifelt, seine harte Schale bekam Risse. In seinem Unglück wurde Kiki schweigsam wie ein Autist. Er sah sich schon im Straflager, fern seiner Lieben. Die Polizisten, die seinen Zustand bemerkten wie Geier, die den baldigen Tod ihrer Beute riechen, versuchten ihn weichzukochen:

»Du bist der Älteste, du wirst alles abbekommen.«

Kiki sagte nicht viel, gab bloß die Fakten zu, gestand seine Beteiligung und bestätigte die Version der Polizisten:

»Ihr verfolgt euer Opfer, und sobald euch niemand sieht, stürzt ihr euch auf es und raubt es aus?«

»Ja.«

»Ihr bringt es hinter einem parkenden Autos zu Boden, damit die Passanten euch nicht sehen?«

»Ja.«

In ihren Zellen spitzten Léo und Fafa vergeblich die Ohren. Der Wache schiebende Polizist brachte sie beide mehr als einmal zur Toilette und trieb sie auf dem Rückweg vor sich her:

»Hier wird nicht geplaudert!«

Fafa starrte auf den Flur und wägte seine Fluchtchancen

ab. Er wartete darauf, abgeholt zu werden, um dann, sobald sich die Tür öffnete, die beiden Bullen, die Kiki zurückbrachten, zur Seite zu schubsen und zum Ausgang zu sprinten. Dreißig Meter? Die Chancen standen gut, sie zu überrumpeln und nicht abgefangen, gestoppt, gefasst zu werden. Er würde über die Bullen hechten, sich zwischen ihnen hindurchschlängeln, dribbeln und … Dass man auf ihn schießen könnte? Daran dachte er noch nicht mal! Das wäre gegen die Regeln … oder? Ohne seine Freunde anzuschauen, die sich die Nasen an der Scheibe platt drückten, ging Kiki zurück in seine Zelle,:

»Und jetzt der *Tos*!«

Léo stellte sich auf die Bank, trat wild um sich und brüllte wie am Spieß:

»Was soll der Affenzirkus?«

Einer der Bullen, ein Schrank von zwei Metern, schnappte Léo am Fußgelenk und schleifte ihn hinter sich her, bis Fafa ihn nicht mehr sehen konnte. Léo zappelte auf dem Boden wie ein Fisch auf dem Trockenen. Die Tür des Büros schloss sich hinter ihnen. Eine gute viertel Stunde lang hörte Fafa Léo schreien, bevor er mit zerzausten Haaren und zerknitterten Klamotten wiederkam, ihm fehlte ein Schuh. Bei der Leibesvisitation hatte man ihnen allen dreien die Schnürsenkel, die Gürtel und Uhren abgenommen … Vielmehr die ihrer Opfer. Léo zwinkerte seinen Freunden aufmunternd zu, was Fafa mit einem scheuen Lächeln beantwortete. Die Bullen ließen Bounoura erst einmal in Ruhe, dank Léo, der sie fertiggemacht hatte:

»Ja. Nein. Warum? Danke schoin.«

Léonard Da Costa beantwortete die Fragen der Polizisten auf Deutsch, was diese zunächst erstaunte und dann ziemlich nervte, als der Jugendliche ihnen in perfektem Französische erklärte, dass er sich auf ihr Niveau begeben wolle und deshalb ihre Sprache, die der Faschisten, spreche. Und dass das Deutsche für immer das Desperanto der Nazis bleiben würde, auch wenn man nicht alle Germanen über einen Kamm scheren könne. Léo fügte noch hinzu, dass ihm solche historischen Zusammenhänge donnerstagabends bei den Treffen der Zeugen Jehovas erläutert würden, und zwar von Intellektuellen, die in der portugiesischen Gemeinde hoch angesehen seien. Und dass es nett von ihnen wäre, davon abzusehen, ihn einen *Toast* zu nennen. Dann begann Léo wie am Spieß zu schreien.

»Schnauze!«, donnerte die Stimme der Ordnung.

»Wir sind auch Menschen …«, protestierte Fafa.

»Das ist Kindesmisshandlung!«, überbot Léo.

Der Wache schiebende Bulle stellte keine weiteren Fragen, alles, was er wusste, stand in den Büchern der Regeln und Gesetze. Der Uniformierte unterband die Kontaktaufnahme zwischen Angeklagten nach Artikel X des Strafgesetzbuchs:

»Scheißgesetzbuch, M'sieur«, rief Léo.

»Schnauze!«

»Scheißgesetzbuch! Strafgesetzbuch! Ist doch dasselbe, ist für'n Arsch!«

»Klappe halten, Schluss jetzt! Bitte!«, grinste jetzt der Bulle und erlaubte den kleinen Monstern, eine Zigarette zu rauchen. Doppelmeter und sein Kollege kamen Fafa holen, der sich erkundigte:

»Kann ich die Kippe behalten?«

Die Schließer warfen einen verwunderten Blick auf die Gitane ohne Filter, schauten fragend zu ihrem Kollegen, hatten aber keine Zeit für Erklärungen. Fafa nahm Anlauf, schubste sie zur Seite und rannte, den Oberkörper parallel zum Boden, das Gewicht nach vorne verlagert, wie es ihm der Sportlehrer in der Schule beigebracht hatte, mit rudernden Armen, offenem Mund und lauten Anfeuerungsrufen für sich selbst Richtung Ausgang.

»Verdammte Scheiße!«

»Die Ratte haut ab!«

Fafa schlitterte zehn Meter bäuchlings über den Boden, bevor ihn eine eiserne Faust an den Haaren packte und nach oben zerrte. Die beiden überrumpelten Bullen kamen ihrem Kollegen zur Hilfe, er biss einen von ihnen, der ihm daraufhin die Königin der Ohrfeigen verpasste. Jeder schnappte sich einen seiner ausgestreckten Arme, und sie schleiften ihn ins Büro. Drei Stühle, der Schreibtisch, eine Schreibmaschine, Metallschränke.

»Wo ist die Lampe?«, war Fafas erste Frage, fast beleidigt, dass es nicht aussah wie in seinen Lieblingsfilmen.

»Der Porto spuckt uns an und der hier beißt uns! Drehen diese Bälger völlig am Rad?«

»Das kommt vom verdammten Kino!«

*

Die geschlossene Tür des Büros. Der Koloss setzt sich mit einer Pobacke auf den Schreibtisch und signalisiert seinem Kollegen, dem Schmächtigen, dass er loslegen soll. Faraht lässt seinen Blick durch den Raum wandern und sieht das verriegelte, vergitterte Fenster. Der kleine Bulle kommt näher und stupst ihn an:

»Na, hat es dir jetzt die Sprache verschlagen?«

Fafa streckt die Brust ein wenig raus, nicht zu sehr, nur ein wenig, um zu zeigen, dass er sich nicht beleidigen lässt. Plötzlich legt der Bulle seinen Unterarm um Fafas Hals und drückt zu, er stößt ihn gegen einen der Schränke, der mit allen seinen Schubfächern nachhallt:

»Hast du sie so festgehalten? Du kleiner Scheißer. Du wirst schon sehen, was dir blüht.«

»Sachte, sachte …«, *brummelt der andere Bulle, der nicht mehr ganz bei der Sache scheint.*

»Hurensohn!«, *flüstert Fafa dem vereidigten Kläffer ins Gesicht. Dem bleibt der Mund offen stehen, und er wendet sich Hilfe suchend an seinen feixenden Kollegen:*

»Hol die anderen … Das ist ein ganz Harter!«

Der Koloss steht auf, öffnet die Tür und brüllt auf dem Flur nach seinen Kollegen. Zwei junge Typen in Zivil betreten das Büro. Jetzt sind sie zu viert. Der kleine Bulle packt Fafa an den Haaren und zwingt ihn, sich hinzusetzen:

»Leg deine Hand auf den Tisch. Ausgestreckt. Aber schnell.«

»Und wozu?«

»Leg deine Hand dahin, hab ich gesagt!«

Der große Bulle drückt von hinten auf Fafas Schultern, während einer der Jungen Fafas Handgelenk nimmt und seine ausgestreckte Hand auf die Tischplatte drückt. Fafa versteht nicht, was vor sich geht und lässt es geschehen. Der andere junge Bulle reißt ihm den Kopf an den Haaren nach hinten, bis Fafa mit überstrecktem Hals dem großen Bullen ins Gesicht schauen kann, der seine Schultern loslässt und ihm den anderen Arm auf den Rücken dreht. Der kleine Magere setzt sich ihm gegenüber auf einen Stuhl und spannt ein Blatt Papier für das Protokoll in die Schreibmaschine. Als das erledigt ist, zieht er eine Schublade auf, und Fafa sieht nichts. Nichts, bis auf Farbstifte in allen Größen, achteckige. Das kommt ihm merkwürdig vor. Seine Haltung, die offene Schublade, von der keine Gefahr auszugehen scheint, machen ihm Sorgen. Seine flache, fixierte Hand. Der Kräftige hinter ihm, der seinen Arm bis zu den Schulterblättern hochzieht. Der sadistische Blick des Trikolore-Zwergs vor ihm. Benamar, wenn er über Diebe spricht:

»Nicht die Hand abschneiden!«, *schreit er zur großen Überraschung der Bullen. Faraht windet sich mit solcher Kraft, dass die jungen Bullen ihn loslassen und ihrem Kollegen einen fragenden Blick zuwerfen. Der Kräftige hat plötzlich eine sanfte, fast zärtliche Stimme:*

»Hier werden keine Hände abgeschnitten.«

Sofort beruhigt Fafa sich und, mit einem Lächeln:

»Macht ihr mir jetzt die Fingernägel, oder was?«

Faraht sieht die Lachfältchen des großen Bullen und legt seine Hand selbst wieder hin. Die Handfläche fest auf der Tischplatte, die Finger gespreizt. Der kleine Bulle nimmt einen Stift, zerrt an Fafas Hand und befiehlt einem der jungen Typen, sein Handgelenk und seinen Unterarm festzuhalten und nach unten zu drücken. Fafa lässt es geschehen und schaut ihnen neugierig zu. Der Stift ist groß, dick und hat acht Kanten. Der Bulle klemmt das Ende des

Stifts in den ersten Zwischenraum, wo sich die Haut zwischen den Fingern spannt, die Spitze nach oben. Nachdem er die Haut sorgfältig unter dem Stift platziert hat, drückt er die beiden Finger zusammen. Dann fängt er an, den eingeklemmten Stift zu drehen. Fafa wird blass, seine Finger sind blutleer, er verzieht vor Schmerzen das Gesicht und versucht, seine Hand freizubekommen:

»Verdammter Scheißstift!«

Ein Schlag auf den Kopf:

»Stillhalten!«

Der Stift bohrt sich zwischen die Fingerknochen, die Kanten schneiden ins Fleisch, der Herr Kommissar dreht in alle Richtungen, zuerst in die eine, dann in die andere, verändert die Neigung zur einen und zur andere Seite, zum Handrücken, zu den Fingernägeln:

»Wie viele hast du ausgenommen?«

»Einen, M'sieur.«

»Lügner! Es gibt mehr Anzeigen.«

»Wir wissen, dass du es warst.«

»Bloß einen? Und wie es der Zufall so will, haben wir euch gleich auf frischer Tat ertappt?«

»War das erste Mal, M'sieur.«

Fafa spricht mit zusammengebissenen Zähnen, er schwitzt und atmet erst auf, als der Stift herausgezogen und zurück in die Schublade geräumt wird. Eine kurze Atempause, Rollenwechsel, ein noch dickerer Stift wird hervorgeholt und in den nächsten Zwischenraum platziert. Von Zeige- und Mittelfinger wandert er zu Mittel- und Ringfinger. Faraht Bounoura begreift, was sie mit ihm machen. Was sie mit ihm vorhaben, und er lächelt schwach und verlässt seinen Körper. Er schaut ihnen zu und sieht sich selbst von außen. Er antwortet nicht mehr auf ihre Fragen, überhört fast das ungläubige:

»Tut dir das nicht weh?«

Er ist woanders und wehrt sich auch nicht, als sie die Hand wechseln. Den Knochen wird übel zugesetzt, die Haut ist wund, fast aufgerissen. Jedenfalls verbrannt. Die drei Bullen haben ihn losgelassen, ohne dass er es bemerkt hat, und der kleine Bulle spielt alleine weiter Drehorgel. Plötzlich hält der Schmächtige inne. Er kann dem Beschuldigten nicht mehr in die Augen schauen. Fafa hat sie geschlossen, den Kopf nach vorne gebeugt, fast andächtig lächelt er:

»Also?«

Die Stimme des mickrigen Bullen ist brüchig. Sicher muss er wieder an seine Psychologiekurse denken, Kapitel 1: Stand der Gnade – Der Beschuldigte vertraut sich an und erleichtert sein Gewissen. Liebt seinen Beichtvater. Gesteht. Der unbeschreibliche Moment, in dem das Wort an die humanistischen und verständnisvollen Ohren des Ordnungshüters dringt, der es aufnimmt und wie ein verletztes, aber noch lebendes Vögelchen auf die weiße Seite der Aussage setzt. Eine falsche Bewegung, und es ist vorbei. Eine einzige falsche Note, und der Hals geht zu, der Blick wird panisch, der Wahnsinn lauert, die Weigerung entlädt sich in Unschuldsbehauptungen:

»Also?«

»Ich rede nicht mit Arschlöchern, M'sieur …«, *flüstert Faraht Bounoura, der weder die Augen geöffnet noch das Lächeln aufgegeben hat. Er spürt, wie das Gewitter aufzieht und sich über ihm entlädt. Die vier Musketiere legen los. Fußtritte. Faustschläge. Beleidigungen. Fafa liegt auf dem Boden und versucht, ihnen auszuweichen. Er schreit nicht. Weint nicht. Er drückt sich in eine Ecke und tritt um sich. Er verliert seine Schuhe. Er hört sie, die Hüter der Ordnung:*

»Scheiß *Bougnoule*.«

»*Crouillat*.«

Er verzeichnet sogar ein:

»Dreckiger *Youpin*!«

Und:

»Kleine Schwuchtel.«

Der Kommissar öffnet die Tür und steckt den Kopf ins Zimmer:

»Lasst gut sein, Jungs. Okay?«

Er verschwindet. Die Bullen lassen von Fafa ab. Der Kräftige hebt ihn auf und setzt ihn wieder auf den Stuhl. Er stellt sich an die Tür, nachdem die beiden Jüngeren den Raum verlassen haben. Fafa gesteht nur, wofür er schon überführt wurde. Er bestätigt die Fakten. Nennt ohne Probleme seine Adresse, weil Benamar in Algerien ist. Er lernt, dass man ihnen nicht Diebstahl, sondern Raub mit Gewaltanwendung vorwirft. Er hat niemanden geschlagen. Nur einen Erwachsenen mit einem Aktenkoffer mit Zahlenschloss festgehalten, das sie aus Zeitmangel noch nicht einmal geknackt haben. Und seine Uhr und sein Portemonnaie genommen, in dem er hundertfünfzig armselige Francs zusammengekratzt hat. Ach ja, und den Gabardinemantel. Der Mann hat alles wiederbekommen, und seine Aussage deckt sich mit der der Jugendlichen. Der kalte Schweiß hat ihm auf der Stirn gestanden, aber niemand hat ihm ein Haare gekrümmt:

»Mit dem Schrecken davongekommen.«

Klar erstattet er Anzeige. Auf dem Weg zurück zur Zelle, regt sich die kleine Memme über Fafa auf:

»Wie der uns beschimpft hat!«

»Na ja, wenigstens kann er Französisch.«

*

Léonard Da Costa ließ ein paar Haarbüschel, die ersten Anzeichen für eine spätere Glatze. Faraht Bounoura hielt den Kugelschreiber zwischen den Handflächen, als er das Ende seines Gewahrsams unterschrieb. Jésus Giménez stand unter Schock, schaute nicht nach links und rechts und ließ sich wie ein Ochse zur Schlachtbank führen. Der Arme war schon sechzehn. In einem Gefangenentransporter mit winzigen Einzelzellen wurden die drei zum Palais de Justice von Paris gebracht.

Der Transporter klappert die Polizeireviere ab und sammelt eine ganze Ladung schmieriger Kleinkrimineller ein. In seinem Minikäfig denkt Fafa an die Hausdurchsuchung, sie haben nur sein Zimmer gefilzt und nichts Verdächtiges finden können. Nabila hat sich aus Scham versteckt, und Kim hat die Polizisten herumgeführt. Sie haben nichts kaputtgemacht, nur das Bett durcheinandergebracht. Sehr erstaunt über die Wohnung mitten im 6. Arrondissement:

»Dir fehlt es an nichts …«

Sie verstehen Fafas Entgleisung nicht und denken wieder einmal, dass es sich um einen Ausrutscher handelt, der sich nicht wiederholen wird. Faraht Bounoura hat nichts eingepackt, weder seine Zahnbürste noch Wechselklamotten. Er ist zurückgekommen, wurde verhört und ist nun auf dem Weg ins Gerichtsgewahrsam. Der Gefangenentransporter hält, und die Zellen öffnen sich eine nach der anderen. Die Fuhre des Tages findet sich in einem großen, schmutzigen, gelb gestrichenen Raum wieder. Dreißig Personen unterschiedlichen Alters. Es sind auch Frauen darunter, sie werden bei Ankunft von den anderen getrennt und Furcht einflößenden Nonnen überlassen, bösartig in Worten und Taten. Männer mit blauen Hemden nehmen die Gefangenen in Empfang und rufen sie einzeln auf. Die drei Komplizen sind zum ersten Mal seit ihrer Festnahme zusammen, aber sie reden nicht, was sollten sie auch sagen? Jésus, Léo, Fafa betrachten die Szenerie, in die sie geraten sind, von allen Seiten. Ein Mann ist auf der Suche nach Zigaretten, ein anderer nach Geld:

»Ich werd sicher verknackt, und ich hab keinen Pfennig.«

Manche kommen sich schnell näher, sie kennen die Zeremonie und schließen sich zusammen, um auch später zusammenzubleiben. Von der Gittertür der Sammelzelle aus, die das Büro der Gerichtskanzlei und den langen Flur mit den mittelalterlichen Verließen verbindet, können die Kinder alles überblicken. Die Gefangenen werden einer nach dem anderen durchsucht und müssen alles abgeben, was sie in den Taschen haben, was einen Wert, eine Identität hat. Nackt lassen sie einer nach dem anderen die Leibesvisitation über sich ergehen. Arme über den Kopf, Mund auf, Fußsohlen zeigen, Haare mit den Fingern durchwühlen, Anus präsentieren und husten. Manche weinen und verdecken ihre Genitalien, manche lachen spöttisch und lassen die Hüfte kreisen, viele sind gleichgültig. Dann stellen sie sich in einer Reihe auf, um ihre Fingerabdrücke abzugeben, bevor sie nacheinander auf einem großen Holzstuhl Platz nehmen, der aus der Ferne mit einem Hebel bedient wird. Dort wird Fafa zuerst von vorne fotografiert, dann dreht sich der Stuhl, um sein Profil festzuhalten. Seine Größe und besonderen körperlichen Merkmale werden notiert. Faraht lässt sich von Station zu Station durch diese Furcht einflößenden Kulissen führen. Dann bekommt jeder eine dicke Scheibe Brot und ein Stück Schmierkäse Vache Gros Jean für den Geschmack. Ein Stück Obst und zwei hart gekochte Eier. Sie werden für die Nacht eingeschlossen, die Zelle ist ein Alptraum, kein Bett, kein Fenster, eine vergitterte Decke, eine Glühbirne verbreitet nonstop ein schwaches, gelbliches Licht, das die triste Umgebung noch trostloser wirken lässt. Fafa ist mit Léo und einem Dutzend Unbekannter in einer Zelle. In sicherer Entfernung zu den Wachmännern und ihrem »Ruhe!« lösen sich die Zungen. Ein alter Wiederholungstäter um die zwanzig singt:

Das ist die Gala der Ganoven,
das Konzert der Gangster!

Ein anderer, der krank ist, bearbeitet die Tür mit Fußtritten, um seine Medikamente zu bekommen:

»Ein Junkie«, kommentiert ein alter Mann verächtlich aus seiner Ecke.

Die Zelle ist widerwärtig. An den Wänden niedrige Holzbänke, nicht breit genug, um darauf zu schlafen, außer auf der Seite und kerzengerade. Nicht genug Platz für alle. Manche stopfen sich ihre Jacken als Kissen unter den Kopf und legen sich mit angezogenen Beinen in größtmöglicher Entfernung zum Stehklo schlafen, das ohne Sichtschutz in eine Ecke gebaut wurde. Léo und Fafa stellen Fragen zum Gefängnis. Man sagt ihnen, dass es kein Gefängnis ist, sondern nur das Gerichtsgewahrsam, wo sie auf eine Anhörung beim Richter warten müssen, um entweder in eine Haftanstalt gebracht oder auf freien Fuß gesetzt zu werden. Nach dieser ersten Bestandsaufnahme stellen sich die beiden Jungs das Gefängnis wie die Hölle vor. Ein junger Typ beruhigt sie:

»Ihr seid minderjährig. Morgen seid ihr wieder draußen.«

»Und ich?«

Jésus hebt den Kopf. Das Trio erklärt allen ihre Lage. Ein widerlicher Kerl schreit, dass er mindestens zwanzig Jahre kriegt und dass man ihn besser in Ruhe lässt, wenn er schlafen will, sonst gibt's was zu erleben. Dass er nichts mehr zu verlieren hat und auf der Stelle jemanden kaltmachen kann. In einer Ecke der Zelle wird geflüstert. Jésus droht der Knast. Er ist bleich vor Schreck. Nicht wegen ihm, sondern wegen seiner Mutter und seinen Schwestern.

Am nächsten Morgen ist dann wieder großer Trachtenumzug angesagt. Das Trio wird geschlossen abgeholt. Handschellen klicken um die Handgelenke, und dann zieht jeder Gendarm seinen Häftling an einer Eisenkette, an einer Leine durch das Labyrinth der Mäusefalle hinter sich her. Es ist saukalt in den Eingeweiden des Palais de Justice. Die Kinder laufen im Gänsemarsch hinterein-

ander her, jeder am Arsch seines persönlichen Büttels. Sie werfen einander Blicke zu und grinsen gequält. Die Arme ausgestreckt, den Kopf in den Nacken geworfen. Wortlos zerren die Gendarmen sie wie ungehorsame Welpen hinter sich her. Eine Treppe hinter mehreren Holz- und Eisentüren, die ein weiterer Bulle vor ihnen aufgeschlossen hat, um sie durchzulassen und hinter ihnen wieder abzuschließen. Aus dem dunklen Loch der Wendeltreppe gelangt das Grüppchen an eine Tür, hinter der sie ein langer, lichtdurchfluteter Flur erwartet. Ein Gendarm hinter einem Pult setzt einen Haken hinter die Namen Bounoura, Da Costa, Giménez. Auf der einen Seite des Flurs, die Büros der Richter. Die Türen sind rot gepolstert. Vor einer nimmt das Trio Platz, einen Gendarm in ihrer Mitte, steif wie ein großes I, das Käppi auf dem Knie. Die Tür geht auf, und eine Frau erscheint, um die vierzig, sehr schön in ihrem Hosenanzug. Durch ihre runden Brillengläser mustert sie streng die drei Penner, die das Gewahrsam ihr vor die Tür geschissen hat. Seit zwei Tagen keine Dusche, keine Zahnbürste, keinen Spiegel und beim Schlafen immer auf dem Boden im Dreck gelegen:

»Frau Richterin Geneviève Poisson?«

»Ja.«

Der Dialog zwischen ihr und dem Obergendarmen ist kurz:

»Bringen Sie Giménez rein.«

Der für Jésus zuständige Polizist steht auf, Jésus folgt ihm ängstlich. Die gepolsterte Tür schluckt sie ohne ein Geräusch, wie von Zauberhand … oder mit schwarzer Magie. Léo und Fafa suchen einander über ihren Aufpasser hinweg mit den Augen, finden einander aber nicht, weil jeder ein Spiegel für die Sorgen des anderen ist. Eine Zeit vergeht. Zwei. Drei. Ein Kribbeln steigt die Beine der kleinen Sträflinge hoch. Die Statuen der öffentlichen Sicherheit rühren sich nicht von der Stelle. Stoisch warten sie darauf, das Kinderfleisch bei der Menschenfresserin abzuliefern. Die schöne Menschenfresserin. Die Tür öffnet sich, und Jésus wird von seinem Polizisten herausgeführt. Sie verschwinden in die Richtung, aus der sie gekommen sind, während Léos Gendarm aufsteht und seinem Gefangenen ein wenig Leine lässt. Léo stellt sich ebenfalls hin, die Richterin schüttelt den Kopf, und das unnatürliche Paar nimmt wieder Platz. Die Tür schließt sich wieder vor dem Geheimnis der Justiz. Eine Zeit. Zwei. Drei. Die Tür geht wieder auf:

»Léonard Da Costa.«

Das Ballett beginnt von Neuem, Léo streckt sich und tritt mutig über die Schwelle der roten Tür, die ihn verschlingt, ihn und sein Herrchen. Um seine Angst zu überspielen, spricht Fafa den Schönling der Eskorte an:

»Das ist also deine Familie, Gérard?«

Der Gendarm ist überrascht und schaut in sein Käppi, wo ein Familienfoto bereitliegt, um sich an den Haarkranz seiner zukünftigen Glatze zu schmiegen, sobald er es aufsetzt:

»Ja. Aber woher weißt du meinen Namen?«

»Der ist in dein Goldarmband eingraviert.«

»Psst, hier wird nicht geredet.«

Endlich geht die Zaubertür wieder auf, und Léo kommt weinend mit seinem betretenen Gendarm heraus. Unschlüssig, was er mit dem heulenden Kind anfangen soll:

»Musst du in den Knast?«, schreit Fafa.

»Nein. Aber Jésus …«, schluchzt Léo. Die Richterin steckt den Kopf aus der Tür:

»Bounoura. Da Costa bleibt im Flur, bis er sich beruhigt hat … Sie gehen dann zusammen zurück.«

Léo ringt um Atem, sein Hals ist vor Kummer wie zugeschnürt, es läuft ihm aus den Augen, dem Mund, der Nase. Seine Körperflüssigkeiten vermischen sich, der Ärmel, mit dem er sich die Nase abwischt, kann nicht viel ausrichten. Der Gendarm hält es nicht länger aus, legt ihm den Arm um die Schulter, und Léo lässt den Kopf auf die ausstaffierte Schulter sinken. Der Polizist wendet sich seinem Kollegen zu, dann der Richterin und lächelt entschuldigend:

»Ich hab einen in seinem Alter.«

Die Tür verschluckt Fafa.

Die Sache war schnell erledigt. Weil sie zu jung fürs Gefängnis waren, wurden Fafa und Léo dem Jugendrichter vorgeführt, der entschied, dass man sie zwei Betreuern der Schutzaufsicht überlassen sollte. Monsieur Follereau für Da Costa und Madame Daguenet für Bounoura. Die Auflagen blieben damoklesisch:

»Ihr dürft euch nicht sehen.«

»Ihr müsst erscheinen, wenn ihr vorgeladen werdet.«

»Ihr müsst gute Ergebnisse in der Schule vorweisen.«

»Ja, Monsieur.«

»Ja, Madame.«

Der Jugendrichter stand auf, beugte sich über seinen Schreibtisch und musterte lange die kindlichen Gesichter, dann die müden Gestalten der Betreuer:

»Im Polizeibericht sind bei einem Widerstand gegen die Staatsgewalt und beim anderen ein Ausbruchsversuch vermerkt.«

»Es tut mir Leid.«

»Mir auch.«

»Bitte, Herr Richter?«

»Ja?«

»Wo ist unser Freund Jésus?«

»Raus mit ihnen!«, brüllte der Richter. Die Betreuer brachten sie zurück durch die Gänge der Mausefalle bis zur Gerichtskanzlei, wo sie ihre Sachen und obendrein noch eine schöne Vorladung für in zwei Wochen abholten. Fafa und Léo verglichen ihre Termine. Gleicher Tag. Gleiche Zeit. Gleiche Etage. Büro 32 für Léo und 33 für Fafa. Benachbarte Büros:

»Wird nicht so einfach, uns nicht zu sehen.«

Boulevard du Palais, die kalte Luft überraschte sie. Die Rotzbengel in ihren Quasi-Lumpen fädelten ihre Schnürsenkel wieder ein und rückten die Gürtel zurecht. Sie waren schmutzig und immer noch Kinder:

»Gut, ich geh mal nach Hause … Begleitest du mich?«

»Bringst du mich dann noch ein Stück?«

»Klar.«

Wie früher nahmen sie in der Schule des Verbrechens ihre alten, freundschaftlichen Gewohnheiten wieder auf:

»Und Jésus?«

»Er kommt nach Fleury-Mérongis, in die Vollzugsanstalt für jugendliche Straftäter. Um den brauchen wir uns keine Sorgen machen, er ist stark, er kann sich verteidigen.«

»Aber die Bullen haben gesagt, dass man da von den anderen Gefangenen vergewaltigt wird.«

»Das haben die gesagt, damit wir alles zugeben, was wir gemacht haben.«

»Ja, aber wenn es stimmt?«

»Na … dann muss Kiki da durch.«

»Was würdest du machen?«

»Wenn nix mehr geht?«

»Ja.«

»Ich würd mich entspannen. Damit's nicht so wehtut …«

»Hast du unsere Betreuer gesehen? Follereau! Daguenet … Wer heißt denn so?«

»Die sind richtig durch, die beiden.«

Der Vatermord – die Folge
eines versuchten Kindsmords.

Mit Benamar musste Faraht sich bei dessen Rückkehr aus der Heimat auseinandersetzen. Nabila erzählte ihm alles. Die Polizei, den Überfall, das Gefängnis, die Nachbarn an den Fenstern, die zugesehen hatten, wie der kleine Bounoura aus dem Treppenaufgang B, erster Stock geradeaus in Handschellen abgeführt wurde. Bounoura setzte seinem Sprössling so sehr zu, dass er es selbst mit der Angst zu tun bekam, als er kapierte, dass sein Sohn jetzt in den Händen der Justiz war und eine Vorladung für in zwei Wochen hatte. Er hörte auf, Fafa zu schlagen, der sich freute, so glimpflich davongekommen zu sein: ein gebrochener Arm. Faraht schwor seinem Vater, dass er seine Lektionen gelernt hatte, das Gerichtsurteil und die Prügelstrafe. Er versprach, brav zu sein, keine Dummheiten mehr zu machen und bei Benamars nächstem Aufenthalt in Algerien das Haus zu hüten. Ein wichtiger Aufenthalt, denn Nono, Nourredine, Nordine wurde als Oberleutnant aus der Armee entlassen.

Faraht wechselte die Schule und ging jetzt ins Collège Bab El-Oued City, das von seinen Schülern aufgrund seiner kosmopolitischen Ausrichtung so getauft worden war. Das Collège befand sich im 17. Arrondissement, aber das arabische Siebzehnte, naher Cousin und doch sozial sehr weit entfernt vom römischen Siebzehnten. Auf der Avenue de Saint-Ouen mischte sich Fafa unter alle möglichen Nationalitäten, Schwarze, massenweise Araber, Asiaten, Hindus, hier und da ein paar bonbonrosa und aspirinweiße Einsprengsel. Hier sollte er entweder mit einer Fachhochschulreife glänzen, oder trübe den beruflichen Befähigungsnachweis bestehen, als Buchhalter oder eben als Hilfsbuchhalter. Fafa fand diese Zukunftsaussichten zum Kotzen, schon wenn er daran dachte, wurde ihm schlecht. In weniger als drei Monaten und nach einem Dutzend Disziplinarausschüssen wurde er der Schule verwiesen.

»Diese Scheiß-Gerichte, die ausgerechnet an Schultagen über die Freunde verhandeln wollen.«

Fafa und Léo schwänzten die Schule, um Jésus beizustehen, der einen Monat nach der Tat zu einem Jahr Gefängnis, davon elf Monate auf Bewährung, verurteilt wurde. Die beiden Freunde hatten ihren Dienst bei Pédro Blumen und F&P Hunde wieder aufgenommen. In der Zwischenzeit besserten sie ihr Einkommen mit Beutezügen auf. Léonard war auf eine weiterführende Schule im 15. Arrondissement versetzt worden und sollte Elektromechaniker werden. Wie Fafa war er wenig begeistert und verstand, dass sein Horoskop für den Rest seines Lebens in der Rubrik Beruf nicht zutreffen würde. Wie mit Gott schloss Léo auch mit dem Kapitalismus einen Pakt:

»Das wird sich zeigen, wenn ich tot bin.«

Die beiden meldeten sich weiter bei ihren jeweiligen Betreuern und brachten von dort ihr wohlverdientes Taschengeld mit nach Hause. Zusammen erschienen sie zur Vorladung, zählten bis drei, klopften zur selben Zeit an die Tür und öffneten gleichzeitig die Türen 32 und 33, wenn Follereau und Daguenet ihr »Herein« gebrüllt hatten.

Dann setzten sie sich und gaben ihre Zirkusnummer der kleinen, von den Dompteuren ewig unverstandenen

Raubkatzen zum Besten. Die Sozialarbeiter prüften die Antworten auf ihre Fragen niemals nach. Tür an Tür wurde dasselbe Stück aufgeführt, mit einem kleinen Unterschied:

»Triffst du dich noch mit dem kleinen Da Costa?«

»Nein.«

»Siehst du den kleinen Bounoura noch?«

»Nein.«

Sie versicherten, dass die Schule ihnen keine Schwierigkeiten bereitete. Dass ihre Eltern sie von ganzem Herzen liebten. Dass sie undankbare Söhne gewesen waren. Dass man nicht jeden Unsinn mit irgendwelchen Dahergelaufenen anstellen durfte, nur weil man arm war. Dass sie wussten, dass sie bald sechzehn werden würden und dass dann notfalls das Gefängnis sie zurechtbiegen würde. Sie stimmten allem zu:

»Aber …«

»Ja?«

Alles war gut in der schönsten aller Welten, bis auf … na ja … Die beiden Komplizen trafen sich auf dem Gehsteig vor dem Gerichtsgebäude wieder:

»Wie viel?«

»Wie immer, fünfzig Tacken.«

Alle zwei Wochen, dann einmal im Monat, führten sie ihre Telepathie-Duett auf, um dann zuzusehen, wie die beiden Betreuer – im Herzen des Palais de Justice – aus einem dreifach verschlossenen Eisenschrank eine geizhälsige Schatulle mit dem Emblem des Justizministeriums hervorholten und ihr eine mickrige Summe entnahmen. Dann hielten sie ihren schlimmen Kindern ein paar Münzen oder einen Schein vor die Nase:

»Für die Eislaufhalle, M'sieur Follereau.«

»Für's Kino, Madame Daguenet.«

In aller Seelenruhe kauften die Sozialarbeiter die Kinder. Insgeheim wussten sie schon, dass sie dem Moloch namens Gefängnis geweiht waren. In ihrer elenden Schatulle lag kein Pfennig Hoffnung.

»Nie wieder!«, brüllte Jésus Giménez, alias Kiki, als er der Banlieue von Sainte-Geneviève-des-Bois entkommen war. Er hielt Wort, verleugnete aber seine beiden jungen Freunde nicht. Jésus wurde von einem Meister eingestellt, bei dem seine Mutter putzen ging, und wagte sich an eine soziale Existenz aus hartem Holz, als Möbeltischler.

Fafa schwamm wie ein Fisch im Wasser durch die Gänge von Bab El-Oued City. Zum ersten Mal in seinem Leben hatte er mit der Gemeinschaft der maghrebinischen Migranten zu tun, die auch seine war. Das Patchwork der Identitäten faszinierte ihn, und er redete mit allen. Sammelte schnell eine kleine Bande von Ausgehungerten um sich. Wie Léo wollte Fafa sein Leben nicht hinter einer Rechenmaschine verbringen. Er befreundete sich mit Anatole, halb weiß, halb rosa. Anatole liebte nur den Sport und das Geld. Sein Vater hatte ein Sportgeschäft in der Nähe der Gare Saint-Lazare, und so blickte der Sohnemann unbesorgt in die Zukunft. Der Papa würde ihn im Sportbedarf einstellen, und die Sache wäre geritzt. Und Fafa, der Idioten anzog, erzählte ihm das Geheimnis seines Wohlstands:

»Ich mach Geschäfte.«

Er zog ein paar Scheine aus der Tasche und präsentierte sie dem begeisterten Anatole, der ihn sogleich bat, ihm etwas vorzustrecken. Gönnerhaft reichte Faraht Bounoura ihm aus dem Fächer aus Scheinen, acht an der Zahl, zwei:

»Die gibst du mir bald wieder, klar? Sobald dein Alter dir was abdrückt, zahlst du zurück.«

»Ich schwöre.«

Bei einer Blumenlieferung für Pédro machte Léo eine großbürgerliche Wohnung in der Avenue de Wagram ausfindig, und gemeinsam räumten sie sie mit Jésus' Werkzeug aus. Tausendsechshundert Francs in bar, Schmuck und – wofür eigentlich? - eine schöne elektrische Schreibmaschine, eine IBM Kugelkopf. Seitdem hörte Fafa nicht mehr auf zu tippen und erzählte zu Hause, dass er an der Buchhaltung arbeitete, obwohl er bloß grauenhafte Gedichte für die Schublade schrieb. Auf der Suche nach einem jungfräulichen Fleckchen, das niemand ihm streitig machen würde, hatte er mit dem Schreiben begonnen. Seine analphabetischen Eltern würden ihm diesen gewonnen Freiraum nicht kaputtmachen können. Seine Versuche, Eindruck zu schinden und sich wichtig zu machen, kamen Fafa teuer zu stehen, als er versuchte, Anatole unter Druck zu setzen, und ihm Angst einjagte:

»Jésus, Léo und ich kommen zu dir nach Hause und bringen deinen Vater und deine Mutter um … Morgen heißt es Gold oder Tod!«

Um dem Waisenhaus zu entrinnen, ging Anatole zum Äußersten. Er beklaute seine Mutter und stahl im Klassenzimmer den Taschenrechner der Klassenbesten, der kleinen Solveig, die sofort zu Klumpfuß rannte, dem Direktor von Bab El-Oued City. Sie verlangte geheime Nachforschungen, gefolgt von einer großen, öffentlichen

Durchsuchung. Weil sie ein Ass im Kopfrechnen war, fügte sie noch hinzu, dass es ihr nicht so sehr um den Verlust des Gegenstands an sich ging, sondern sie vielmehr die Klasse als ein Unternehmen sah, in dem Klarheit, Transparenz und Vertrauen die drei Säulen der Schulzeit bilden sollten. Dass es niemals Verständigung und Selbstverwaltung geben könne, solange Straftäter an der Schule ihr Unwesen trieben. Diese Kleine hatte eine Mutter im Bezirksrat des 17. sitzen. Und weil die Welt auf Profis hört, wurde Anatole mit dem Taschenrechner in der Tasche geschnappt. Er leugnete nicht. Er erklärte seine Lage und bat um Schutz für ihn und seine Familie gegen:

»Bounoura.«

Monsieur Raymond Michel wurde einbestellt. Er warf sich an die Brust, nahm den Fehltritt seines lieben Anatole auf seine Kappe, sprach von Erpressung und Anstiftung zu Straftaten, erinnerte daran, dass er Christ sei und seinen verblendeten Sohn keine Schuld treffe. Schnell schob er noch ein:

»Monsieur, wie kann es sein, dass solche Dinge an Ihrer Schule passieren?«

Diese Gegenrede bescherte Anatole drei Tage Schulverbot. Monsieur Rouleau, Direktor der Berufsschule auf der Avenue de Saint-Ouen, in der Penne unter dem Spitznamen Klumpfuß bekannt, wegen seines verwachsenen Fußes, der in einem riesigen Schuh steckte, an den sich so mancher Arsch schmerzlich erinnerte, rief Benamar Bounoura zu sich … per Telefon.

*

Beim Betreten der Schule stellt Benamar zum Hundertsten Mal dieselbe Frage:

»Warum?«

»Weiß nicht.«

Die Schritte des Vaters auf den Schulfluren sind schwer, ernst, antik. Benamar ist nie zur Schule gegangen. Er schaut ihn sich an, diesen Ort, von dem er denkt, dass man dort Menschen schafft. Neben ihm trottet ein kleinlauter Faraht, ohne sich von den anwesenden Schülern ablenken zu lassen. Er folgt Benamar. Die Holztreppe, die zum Büro von Monsieur Rouleau führt, scheint endlos. Ausladend, mit breiten Absätzen, von denen die Klassenräume abgehen. Am Ende eines Gangs, das Büro des Direktors. Der Mann und der Junge schreiten voran – The Walking Dead. *Fafa schwitzt. Er weiß. Das Geld, Anatole, der Taschenrechnerraub. Er weiß, dass er unschuldig ist. Es kann eigentlich nicht schlimmer werden als bei der Richterin. Er ist froh, weil er Christiane ein Gedicht gegeben hat und sie es gelesen hat. Es handelt von ihr und ihm und endet mit »Ich liebe dich«. Die Tür des Büros öffnet sich, und auf der Schwelle steht Klumpfuß, ein wenig schwankend, er ist groß wie ein Henker, breite Schultern – weniger breit als die von Benamar, denkt Fafa, und älter ist er auch. Hinter seiner runden Metallbrille wirkt er wie ein Weiser. Er riecht nach Autorität, Wissen, Vernunft. Benamar kommt vor ihm zum Stehen und reicht ihm die Hand:*

»Monsieur Bounoura?«

»Ja.«

»Treten Sie ein.«

Klumpfuß würdigt Faraht Bounoura keines Blickes. Er schaut durch ihn hindurch. Eine vernachlässigbare Größe, eine Zyste, die schnellstmöglich aus der Einrichtung entfernt werden muss. Die beiden Männer nehmen Platz, jeder auf seiner Seite des Schreibtischs. Fafa auf einem Stuhl weiter hinten, an der Wand. Die Männer machen sich bereit für das Wortgefecht, das über das Kind entscheiden wird. Der Direktor greift an:

»Wir haben Schwierigkeiten mit Ihrem Sohn.«

Monsieur Bounoura schweigt. Er wartet. Also redet der Direktor über die schlechten Noten, das ständige, unentschuldigte Fehlen, das mangelhafte Verhalten, das Verhältnis zu den den Lehrern und den anderen Schülern und schließlich den Diebstahl.

»Aber das war ich nicht«, *knurrt Fafa hinter dem Rücken seines Vaters. Der Direktor nickt, erklärt dann die Hintergründe des Diebstahls. Das geliehene Geld, das nicht zurückgezahlt werden konnte, die Morddrohungen:*

»Ja, Monsieur, Morddrohungen.«

Schließlich interessiert er sich für das Geld:

»Wie kann ein Junge solch eine große Summe bei sich haben?«

Benamar traut seinen Ohren kaum, achthundert Francs. Zweihundert verliehene Francs? Faraht muss sich erklären, er spricht von den Blumen und den Hunden. Er erinnert seinen Vater an die kleine Baustelle, bei der er in der Einraumwohnung von einer Freundin von Karima die Decke mit dem Pinsel gestrichen hat und nach Stunden bezahlt wurde. Benamar erinnert sich, das Mädchen hatte Fafa mit einem Scheck bezahlt, den er in Ermangelung eines

Kontos nicht einlösen konnte und deshalb seinem Vater gegeben hatte, der ihn nie ausbezahlt hatte. Fafa erinnert sich, dass er es seinem Vater damals übel genommen hatte, ihn übers Ohr zu hauen und zu versprechen, das Geld für ihn aufzuheben … für später. Benamar redet, erzählt von den Jobs seines Sohns, dieses Geld, das er im Schweiße seines niedlichen, tatkräftigen Angesichts verdient und gespart hat. Natürlich erinnert sich Benamar an den Tag, an dem die Initialen F. B. in den Schlagzeilen des Parisien libéré *waren, aber der Direktor ahnt nichts von dieser Vergangenheit. Anstatt die Unschuld seines Sohnes zu verteidigen, rühmt Benamar seine Lebenstauglichkeit, aber dann:*

»So eine große Summe?«

Benamar schwankt, der Direktor fixiert ihn, wie um ihm seine Gedanken aufzuzwingen. Schließlich zieht Klumpfuß seinen Trumpf aus der Tasche. Einen fiesen, widerwärtigen Trumpf, aber im Krieg sind alle Mittel recht. Er nimmt einen Ordner aus seiner Schublade und schiebt ihn Monsieur Bounoura hin:

»Hier können Sie die Beurteilungen der Lehrer für Ihren Sohn einsehen.«

Er weiß, dass der Mann ihm gegenüber Analphabet ist. Fafa beißt sich auf die Lippen, die Wut packt ihn. Benamar rührt den Ordner nicht an, und sein muskulöser Körper sackt mit einem Mal in sich zusammen. Er denkt, dass ein Direktor sicher so falsch nicht liegen kann. Ein Mann der Wissenschaft, und letztendlich der Vater aller Kinder. Warum sollte er seinem Sohn Böses wollen? Ein Mann, dem man eine solche Verantwortung übertragen hat, die Zukunft dieser Erde. Ein Mann, der sich so gewandt ausdrückt, der …

»Ich kann nicht lesen.«

»Entschuldigen Sie bitte. Das ist nicht schlimm, aber Sie können mir glauben, Monsieur Bounoura, dass uns beiden die Zukunft Ihres Sohnes am Herzen liegt. Ich spreche aus Erfahrung. Seit dreißig Jahren bin ich an dieser Schule, und ich weiß, was gut ist. Frahat …«

»Faraht.«

»Ja, ja … Wird bald sechzehn. Wie Sie sicher mitbekommen haben, ist er lebhaft und weiß sich zu helfen. Das Beste, und das sage ich Ihnen in aller Freundschaft, das Beste wäre, wenn er direkt eine Berufsausbildung macht, in einer angesehenen Branche wie dem Fleischerhandwerk oder den Holz verarbeitenden Berufen, na ja … Irgendwo, wo er auf seine Kosten kommen kann.«

Monsieur Rouleau redet lange, argumentiert, erklärt Farahts Intellekt mit seinen Stärken und Schwächen, bis zu dem Augenblick, in dem er seine intimste Überzeugung zum Ausdruck bringt, seinen Glauben, mehr als eine Vorahnung, eher eine Botschaft, ja … eine Stimme:

»Glauben Sie mir, Monsieur Bounoura, ich tue Ihrem Sohn gerade einen großen Gefallen.«

»Aha.«

»Na ja, auch wenn wir wissen, dass er den Taschenrechner nicht geklaut hat, ist er in gewisser Weise der Anstifter, was vielleicht noch schlimmer ist. Ich sehe mich in der Pflicht, ihn endgültig von meiner Schule zu verweisen …«

»Aber Anatole Raymond wurde nur für drei Tage ausgeschlossen!«

Faraht lächelt seinem Vater zu, in der Überzeugung, dass

die zweite Runde eingeläutet wurde. Benamar steht auf und befiehlt Fafa, es ihm nachzutun. Er wirft einen Blick auf den Ordner und entziffert die Aufschrift FARAHT BOUNOURA. Mit seinem dicken Finger fährt er über den Deckel und liest den Namen laut vor. Monsieur Rouleau hält ihm ohne jeden Groll die Hand hin, und Benamar drückt sie, einen Augenblick verharren die Männer reglos, Auge in Auge, die des Handwerkers unterliegen denen des Intellektuellen. Fafa hat einen Frosch im Hals, als Klumpfuß die Tür öffnet und seine paternalistische Hand auf Benamars Schulter legt, um ihn hinauszuschieben oder um ihn noch ein wenig aufzuhalten, für den Todesstoß:

»Und glauben Sie bloß nicht, Monsieur Bounoura, dass das hier irgendetwas mit dem Tod meines Sohns in Algerien zu tun hat.«

Der Mann steht noch in seinem Büro, während Benamar und Fafa sich schon auf dem Gang befinden, Benamar hat sich langsam zum Direktor umgedreht, er schaut ihn an, ohne etwas zu erwidern, zwischen ihnen ist nichts als die Leere der offenen Tür und der Abgrund des Hasses. Fafa zittert am ganzen Körper. Verdammt, sein Vater kann problemlos hundert Kilo heben! Ohne Handschuhe schweißen! Mit einem einzigen Schlag den Lüstling von Blumenhändler fertigmachen! Mit einem Finger wird er Matsch aus Klumpfuß machen. In Fafas Ohren hallen Bruchstücke nach, sogar in dem, das nicht mehr gut hört:

»Tod … Sohn … Algerien …«

Faraht Bounouras Herz zerspringt in seiner Brust, als sein Vater sich abwendet. Der Haustyrann gibt auf, streckt die Waffen, kapituliert. Der Junge traut seinen Augen nicht und wagt kaum, Klumpfuß anzuschauen. Es könnte passieren, dass sich die Spucke in seinem Mund sammelt, und dann kann er für nichts garantieren. Er schluckt. Auf dem Gang läuft Fafa hinter seinem Vater her. Er sucht ihn, ohne ihn zu finden. Was ist mit diesem Mann, der vor seinen Augen erniedrigt wurde? Wer ist er? Er überlegt, Faraht Bounoura denkt, dass er seinen Vater lieber nicht gekannt hätte, er denkt: »Die Glücklichen Waisen«. Wenn Benamar sich gleich nach seiner Geburt aus dem Staub gemacht hätte, hätte Fafa ihn suchen, Nachforschungen betreiben und dabei andere Männer, die ganze Menschheit treffen können, beim Warten auf den Vater. Er hätte seine kindliche Liebe an anderen ausprobiert, hätte sich die Krallen an Holz geschärft, das nicht blutet oder dessen Blut ihn nicht berührt hätte. Dieser Vaters, der nie da war, wenn er ihn brauchte, weckt seine Lust am Vatermord. Er hätte sich gewünscht, seinen Papa im Leben um sich zu haben und nicht erst danach, wie einer dieser Söhne, die mit hängendem Kopf bei der Beerdigung eines Unbekannten auftauchen und sich noch bei der Zeremonie den Kopf mit der Frage zermartern:

»Was für ein Mann war mein Vater?«

Vielleicht ist das der Grund, warum die Söhne genau dann beginnen, ihren schrecklich anwesenden Vater auf Fotos, in Urlaubsfilmen und Erzählungen zu suchen, wenn er gerade mit dem Tod entschwindet.

Beim Verlassen von Bab El-Oued City, auf dem Gehsteig Richtung Metrostation, weiß Fafa, dass er seinen Vater verliert. Er begräbt ihn, als er ihn die Stufen zur Station La Fourche hinabsteigen sieht. Er verachtet ihn, und um ihn tiefer zu begraben, muss er etwas an die Oberfläche bringen, eine Haut reißt, eine Art animalische Erlösung. Er erinnert sich an Benamars Worte, die die letzten Prügel begleiteten:

»Bei deinem ersten Polizeigewahrsam warst du gerade mal ein Jahr.«

Er hat diese Worte herausgepresst, wie um zu erklären, warum es nur logisch war, dass Fafa sich dem Verbrechen, der Polizei, der Justiz und bald dem Gefängnis verschrieben hatte:

»Bei deinem ersten Polizeigewahrsam warst du gerade mal ein Jahr.«

Faraht Bounoura, geboren im September 1960, war am 17. Oktober 1961 dreizehn Monate alt. Tag der Ratonnade. Ein Verbrechen gegen die Menschheit, laut Strafgesetzbuch, weil über die maghrebinisch aussehenden Franzosen eine Ausgangssperre verhängt worden war, die sie von der französischen Bevölkerung trennte. Selbst wenn es bloß Untertanen und keine Bürger gewesen wären, hat diese Ratonnade zweihundert oder mehr Menschen das Leben gekostet und die Abgeschobenen den Clans in Algerien überlassen, ohne dass sich jemand für ihr Schicksal interessiert hätte. An diesem Tag trug Benamar Bounoura das heilige Kind, Faraht, in seinen Armen. Der Arbeiter spürte, wie der Wind sich drehte, als der Aufruf des FLN aus allen Ecken Menschen und Ausländer auf die Straße brachte, um sie zu Märtyrern, zu Kanonenfutter für die Revolution zu machen. Benamar nahm sein Schutzschild und wurde zum Erlkönig, er hatte einen Joker, einen dreizehn Monate alten Säugling, der ihm das Leben retten würde. Ein einziger kur-

zer Satz aus Benamars Mund gab den Hinweis, und Fafa folgte ihm, während er durch die Gänge der Metro lief und neben seinem Vater auf dem Klappsitz saß. Er betrachtet Benamar von der Seite und fällt in die innere Leere seines Vaters. Wenn er ein Nichts ist, dieser Diktator, dieser brutale Kerl, der die Familie hinter geschlossenen Türen terrorisiert, aber im echten Leben nicht in der Lage ist, Feuer und Schwert zu tragen, wen sollte er, Fafa, beerben? Gott war im Wochenbett verreckt, als er die Menschheit geworfen hatte, also muss Fafa sich vor niemandem rechtfertigen, nicht einmal vor sich selbst. An was sollte er sich klammern? An wen? Außer an den Tod? Ja, der Tod … Faraht Bounoura denkt einen Moment an Selbstmord. Aussteigen und die nächste Metro nehmen, aber von unten. Vor diesem Mann, der sein Vater sein muss, auf die Gleise springen. Verrecken, um sich selbst zur Welt zu bringen, das ist unmöglich! Er wollte nicht wissen, was seinen Papa zu dem gemacht hatte, das er war, was ihn derart zugerichtet hatte, dass er noch nicht einmal sein eigen Fleisch und Blut verteidigte. Wenn Benamar Klumpfuß erwürgt hätte, hätte Fafa an Gott den Vater geglaubt, Gott seinen Vater, er hätte den Mord an diesem Dreckskerl von Direx sogar auf seine Kappe genommen. Benamar schweigt, er sagt nichts. Er kann seinem Jungen nichts sagen, weil er selbst nicht ganz versteht, aber wenn er ihn anschauen würde, würde er den Abgrund zwischen ihnen sehen, der sich manchmal auch zwischen Mund und Hand, Wort und Tat, Erde und Venus auftut. Als die Bahn hält, steigt Fafa ohne Eile aus dem Waggon. Sein Vater rührt sich nicht. Er weiß, dass es nicht die richtige Haltestelle ist, aber er versucht nicht, sei-

nen Sohn aufzuhalten. Auf dem Bahnsteig hört Fafa das Signal, das das Schließen der Türen ankündigt, und steht da, während die Metro losfährt und im Tunnel verschwindet. Sein Vater hat ihn freigelassen, hat ihn nicht mit Gewalt nach Hause geschafft. Nun ist er frei, dank eines armseligen Staatsbüttel, dem die Liebe fehlt, … dem der Sohn fehlt. Ohne es zu wissen, zog Fafa, naiv und unbelehrbar, in den Krieg, nicht gegen die Gesellschaft, sondern gegen die Zivilisation. Er war frei und hatte ein diffuses Gefühl davon, dass er es erst dann wirklich sein würde, wenn er sich von dieser trügerischen Idee von »Freiheit« befreit haben würde.

*

Vater und Sohn legten die Sache ad acta, Benamar sprach nie wieder darüber und Fafa auch nicht. Die Familie Bounoura war hocherfreut, nach zwei Jahren den ältesten Sohn heimkehren zu sehen. Nabila weinte, als sie ihn in ihre Arme schloss. Karima gestand ihm gerührt, wie sehr ihr seine Nähe gefehlt hatte. Nadia und Faraht beäugten argwöhnisch den Unbekannten, den man ihnen zurückgebracht hatte. Nono war kräftiger geworden und fast nicht wiederzuerkennen. Beinahe athletisch, geradezu stattlich, und, oh Wunder, er sprach arabisch mit den Eltern. Einen echten Mann hatten sie aus ihm gemacht, inklusive Führerschein und Tresse. Benamar vertraute ihm die Schlüssel des Simca 1000 an, drückte ihn an sein Herz und fragte, wann er gedenke, zu heiraten und Kinder zu zeugen. Wie ein echter Mann antwortete Nono, dass er zuerst arbeiten und es zu Wohlstand bringen wolle. Der große Bruder brachte auch etwas anderes mit, das Karima und Nadia sofort auffiel, nämlich echte Dummheit:

»Macht mir Kaffee, Schwestern.«

Was hatte er mannhaft gelitten, um ans Ziel zu kommen, oder vielmehr um zum Ziel zurückzukommen, nach Frankreich, er war gerannt, gekraxelt, gerobbt und hatte Tindouf überlebt, an der algerisch-marokkanischen Grenze, wo es Gefechte gegeben hatte. Er hatte die Nutten aller Städte gefickt, von Annaba bis Sidi bel Abbès. Das konnte sich sehen lassen! Er hatte sich sogar mit einem Irren geprügelt, der schon mit der Axt ausgeholt hatte, als er seinen Schatten im Sand bemerkt und ihn dann nach einer perfekten Fallschirmjägerrolle zur Strafe ohne Kopfbedeckung in die Sonne gestellt hatte, um seine Neuronen schmoren zu lassen. Der Dienstgrad eines Unteroffiziers und dann der eines Oberleutnants hatten ihm die Macht über Leben und Tod gegeben. Nourredine Bounoura wusste, wie man Befehle gibt, seine Stimme war wie dafür gemacht:

»Meine Schuhe, Fafa.«

Die Bounoura-Geschwister wunderten sich nicht so sehr, dass Nono als Idiot und Macho zu ihnen zurückgekommen war, nein … Das Verstörende an Nourredine Bounouras Eigenart war seinem Rassismus. Wie manche Kommunisten Radieschen sind und manche Schwarze Bounties, war Nono eine Art Schweine-Couscous. Er wäre sogar bereit gewesen, sich die Vorhaut wieder annähen zu lassen, wenn es möglich gewesen wäre. Er bezeichnete die Algerier als Wilde. Die Unabhängigkeit als riesige Verschwendung … und sich selbst als verratenen Franzosen, als einen Deportierten, der nicht Jude, Roma, homosexuell, geistig behindert etc. gewesen war. Für Nono war seine zweijährige Abwesenheit eine einzige Ungerechtigkeit. Drüben hatte er ein Martyrium erleiden, durch die Hölle gehen müssen. Er, ein Pariser Junge durch und durch, hatte sie ganz schön genervt, mit seinem Paris, seinem Theater, seinem »Ich, ich«. Was war ihm in der Beengtheit der Kasernen zugestoßen, allein unter Männern, dass er bei seiner Rückkehr alle Araber hasste und sich trotzdem aufführte wie sie, sie imitierte wie eine schlechte Karikatur? Sicher etwas Düsteres, Schreckliches, Strapaziöses, Unsagbares oder Beschämendes, weil Verschwiegenes. Er sprach mit der Begeisterung eines zweiten Lawrence von Arabien über Algerien, aber sobald er die Bevölkerung erwähnte, zog er alle, die er kannte, durch den Schmutz. Sein Koffer enthielt keine Souvenirs, und in seinem Adressbuch fand sich kein Name eines Freundes, einer Liebschaft, nichts. Nicht nur, dass er sich in ein rassistisches Arschloch verwandelt hatte, Nono litt zudem bei seiner Rückkehr ins heimische Domizil an Gedächtnisverlust. Fafa versuchte mit ihm zu reden und seine Erinnerungen zu verankern, aber der große Bruder wies alles von sich, bis sogar der kleine Bruder Zweifel bekam. Nono nackt auf dem Treppenabsatz? Nie im Leben! Allein die Vorstellung! Verwandelt wie er war, wollte Nono sich nicht erinnern. Er gab die Armee und die Zeit nach der Armee, Schluss, aus. Es war der Erste der Familie Bounoura, der die französische Staatsangehörigkeit annahm, seinen Namen auf seinem Personalausweis in Benjamin umändern ließ und, als er seine Kontakte in die Welt des Theaters wieder aufgenommen hatte, behauptete, Jude zu sein, weil er felsenfest an eine jüdische Künstlerlobby glaubte. Nonos totale Selbstverleugnung im Dienste der Integration machte Fafa sprachlos. Nono mied ihn wie die Pest, diesen psychotischen kleinen Bruder, der in seinen Erinnerungen lebte und dem nur die Vergangenheit ein masochistisches Vergnügen zu bereiten schien. Nordine fing ganz neu an, und es kam nicht infrage, diese Illusion im Keim zu ersticken. Zwei Jahre in einer Fata Morgana hatten gereicht. Die Vergangenheit zu verleugnen, um die Zukunft nicht zu vergiften, schien eine gute Strategie, aber Fafa kapierte es nicht und weigerte sich, mit der Kindheit abzuschließen oder in einem Loch der Erinnerung zu leben, als Loch herzuhalten, in dem Nono sein vergangenes Leid beerdigen konnte. Nordine verstand nicht, warum es Fafa so wichtig war, die Vergangenheit der Familie zu bewahren. Er ließ seine Jugend unversehrt hinter sich, während Fafa bis zum Hals darin feststeckte und nur seinen großen Bruder hatte, um ihn ins Erwachsenenalter zu hieven, indem er sich erinnerte und mit seiner Erfahrung dem Jüngeren half. Fafa schrie um Hilfe, die Nono ihm mit ganzer Kraft verweigerte. Was er nicht vergessen konnte, das Wenige, was er sich gemerkt hatte, vergab er mit demütigender Güte. Durch seine Reife überspielte er das Gefühl, das er beim Anblick des kleinen, toten Kindes hätte haben sollen, das er gewesen war, und dessen Geist später, viel später, den alten Mann heimsuchen sollte, den es bewohnte. Fafa erinnerte sich, sein Gedächtnis hortete die Erinnerungen geradezu, seine wie die der anderen, vor allem die der anderen, die von Karima und Nadou, von Nabila und

Benamar, lebenslang an die Seinen gekettet. Sollten sie doch alle einen Rückzieher machen! Es kleinreden! Fafa kannte die Stelle, an dem die Elefanten einander beerdigen! Ja, dieses Gestern, das wie ein Hund verreckte und dieses Miststück von Leben vollsabberte, konnte ihm gestohlen bleiben! Inmitten dieser Verwesung würde Fafa der Gärtner sein, und was machte es schon, wenn nur fleischfressende Pflanzen sprießen würden. Denn *sobald sich die Blüte öffnet, macht der Gärtner der Sonne Platz*. Er wurde schier verrückt davon, an seinem Leben zu zweifeln. Zum Glück konnte ihm seine Familie trotz ihrer Argumente nicht beweisen, dass er bloß aus einem langen Traum erwachte. Dass ein schwerer Sturz ihn in ein neunjähriges Koma versetzt und er sich alles nur ausgedacht hatte. Fafa fühlte sich wie ein Totgeborener, dessen Seele unsichtbar weiterlebte und über die Seinen wachte. Er sah sie wie durch Wasser, wie hinter einer dicken Scheibe, die alles verzerrt. Nadou, seine Nadou, wohnte in einem kleinen Dienstmädchenzimmer und führte für einen Hungerlohn einen Laden für Designerklamotten in Saint-Michel. Sie besuchte die Familie und lachte ausgelassen mit Benamar. Karima, immer molliger, bestand alle ihre Examen mit Bravour und würde bald ein Referendariat in einer Anwaltskanzlei beginnen. Nourredine stand wieder auf der Bühne der Theaterbar und spielte dermaßen dumme Sketche und Stücke, dass man vor Lachen weinen wollte. Das Publikum spielte mit, und die angesagten Lokale in Les Halles und im Marais brachten die künftigen Stars hervor, die neuen Komiker, von denen sich das Theater vielleicht nie ganz erholen würde. Für alle lief es prächtig. Vorbei die Schmerzen und das Leid … Nur Fafa, der kleine Nachzügler, hamsterte in den dicken Backen seine Droge, den unerschöpflichen Vorrat an Leid. Er wollte sie bloß warnen, die Menschen, die er liebte, seine Eltern, seine Schwestern, seinen Bruder, dass es noch nicht vorbei war, dass es Rückschläge geben würde, einen Bumerangeffekt, dass man vorsichtig sein musste, sich nicht an das Glück gewöhnen durfte, vor allem nicht an die Lüge, glücklich zu sein. Sie wussten nicht, dass es das Leid ist, dem manche Männer und Frauen ihre wenn auch tragische Besonderheit verdanken. Fafa war so daran gewöhnt, mit und im Schmerz zu leben, dass er den Entzug fürchtete. Er trug die menschliche Selbstverstümmelung in sich und verweigerte sich allen sozialen Transplantaten. Ohne es zu ahnen, ohne es zu wollen, hatten Monsieur und Madame Bounoura aus Fafa den perfekten Masochisten gemacht, einen Künstler ohne Kunst. Weil er zu Hause seine tägliche Dosis nicht mehr bekam, suchte Fafa den Schmerz woanders, auf der Straße, dem einzigen Ort, an dem die Gesellschaft, die mit der Zukunft dealt, ihren Stoff verkauft: den Wahnsinn.

Ein Dieb, der sein Leben oder seine Freiheit riskiert, ist niemals unehrlich …

Léo und Fafa, Kompagnons auf Lebenszeit, arbeiteten nun jeder für sich. Das schöne Arbeitszeugnis, das Monsieur Pédro Fafa ausstellte, verschaffte ihm eine Anstellung bei einem berühmten Floristen auf dem Boulevard Saint-Germain. Bei Kundenauslieferungen ortete Fafa mögliche Coups. Léo prüfte die Lage, bevor sie zur Tat schritten. In der Nacht in Gewahrsam hatte Léo zugehört, als der junge Sänger von seinem Beruf als Fassadenkletterer erzählt hatte. In den Ohren der beiden Lehrlinge klang der Titel vielversprechend, und sie ließen sich ihn erklären:

»Ein Fassadenkletterer geht zum Fenster rein, oder übers Dach. Wenn ihr zu zweit seid, ist einer der Kletterer, und der andere wartet unten mit dem Kram … Feder, Korken, Winkel, Sand und der ganze Rest. Wenn du in der Wohnung bist, kannst du dich wie zu Hause fühlen und dem anderen unten die Tür aufmachen. Dann muss der nicht mit dem Zeug draußen rumklettern.«

»Aber kriegt man die Tür von innen auf?«

»Na ja, wenn nicht, lässt du ein Seil runter, um den Kram hochzuziehen und deinen Kumpel schnell nachzuholen.«

»So läuft das bei dir?«

»Ich zieh's alleine durch … In dem Beruf geht's nicht nur ums Geld, kommt auch drauf an, wen du vor dir hast. Ist doch so, der soziale Aufstieg ist für unsereins nicht zu haben. Ist nicht vorgesehen. Entweder nimmst du das Seil, oder du kletterst. Gibt für uns keinen Aufzug.«

»Und wenn's schiefgeht?«

»Darauf gibt's fünf Jahre.«

»Nein, nicht wenn sie dich drankriegen, ich meine, wenn einer abstürzt.«

»Dann fehlt's dir an Talent. Eine Fassade ist wie eine Treppe, Kumpel. Du schaust dir das Gebäude lang genug an, und alles, was dein Auge von unten sieht, bevor du loskletterst, erkennt deine Hand beim Aufstieg wieder. Da kommst du auch blind hoch, ohne abzuschmieren. Denkt dran, in jeder Fassade versteckt sich 'ne Treppe, man muss sie nur sehen.«

»Und was ist mit Höhenangst?«

»Was soll das sein?«

Der junge Mann betrachtete abwechselnd Léo und Fafa und lächelte:

»Ihr habt's drauf. Du, der magere Kater, du bist wie dafür gemacht, den Reichen in den Arsch zu kriechen, bis du bei den Zähnen wieder rauskommst und ihnen das Gold aus dem Mund räumst. Und du hast Schultern, auf denen sich Geldschränke raustragen lassen.«

Léo der Kräftige und Fafa der Drahtige zweifelten keine Sekunde an den wertvollen Ratschlägen des jungen Trapezkünstlers, der seine Sätze kaute wie Kaugummi, um sie in perfekten Sprechblasen abzuliefern. Unerfahren wie sie waren, ahnten sie nicht, dass der Kleinkriminelle geschnappt worden war, als er eine alte Dame zur Strecke gebracht hatte, die ihre Handtasche nicht loslassen wollte. Und weil sie keine Hellseher waren, wussten sie auch nicht, dass das betagte Opfer zu seinen besten Zeiten gerne anonyme Briefe verschickt hatte, um zu denunzieren, wo es nur ging. Léo und Fafa selbst setzten alles daran, Abschaum oder Pack zu werden, je nachdem was die Politik von rechts und von links aus ihnen machte.

Je mehr Einbrüche sie machten, desto besser fühlten sie sich. Hoch oben, zwischen Himmel und Erde, gewöhnten sie sich an die Höhenangst. An jede Art von Höhenangst, auch die, die sie überkam, wenn sie über sich selbst nachdachten. Nachts auf den Dächern nahmen sie ihre Theoriediskussionen wieder auf:

»Im Schweiße seines Angesichts sein Geld zu verdienen, ist bescheuert.«

»Ja, vor allem wenn du ein Problem mit den Schweißdrüsen hast und nie schwitzt.«

Hiob mochten sie am liebsten:

»Stell dir das vor, dieser arme Kerl. Verliert alles und hört nicht auf, Gott zu danken, obwohl er weiß, dass der die Scheiße in seinem Leben verzapft hat.«

»Wirklich krass sind die Wunder. In der Wüste hat niemand was zu beißen, und da kommt Moses und bestellt bei Gott Fischzeug und Wasser …«

»Die Fische, das war Jesus.«

»Ist doch dasselbe, Léo! Stell dir vor, Gott legt extra los, damit sich das Wasser in Wein verwandelt und es mehr Sardinen gibt. Wenn man schon was bei ihm bestellt, kann man sich doch echt was Besseres ausdenken.«

»Kohle und schöne Frauen! Was zum Anfassen … Sonst ist er wie *Garcimore*, der liebe Gott mit seinen Zaubertricks.«

»Klettern wir runter?«

Sie nahmen die Treppe und im Erdgeschoss:

»Stehen bleiben!«

»Polizei!«

Raub und Liebe sind nur ein Flügelschlag auseinander. Im Gewahrsam dachte Fafa die ganze Zeit an Anna, seine Freundin, während Léo sich in seiner Ecke die Wunden und Beulen leckte. Die Festnahme war heftig gewesen und das Verhör nicht weniger:

»Es gibt Zeugen, die haben euch auch in der Rue de Rennes gesehen.«

»Na und? Mein Vater wusste auch, dass ich es bin, als er mich das erste Mal gesehen hat, das heißt aber nicht, dass ich den Kreißsaal ausgeräumt hab.«

»Ein richtiger, kleiner Witzbold. Hältst dich wohl für den Nabel der Welt.«

»Keine Ahnung, ob ich der Nabel bin, aber du siehst mir aus wie das Arschloch der Welt!«

Léo gestand den Bruch, aus dem die Cartier-Armbanduhr stammte, die er stolz am Handgelenk trug, und Fafa den, der ihm das tolle Dupont-Feuerzeug aus Gold eingebracht hatte, das er lässig zuschnappen ließ, wenn er sich seine Gitane ohne Filter anzündete. Trotz der Schläge und Einschüchterungsversuche gestanden beide die Sache in der Rue de la Bourdonnais nicht. Was die 6. Gebietsbrigade ziemlich in Aufruhr versetzte:

»Sie haben Waffen mitgenommen.«

»Was für Waffen?«

»Jagdgewehre, Herr Kommissar.«

»Die beiden waren nicht zum letzten Mal hier.«

Die Hausdurchsuchung war eine heikle Angelegenheit gewesen. Benamar, der beim Ruf: »Polizei!« die Tür öffnete, ließ sich zu einem: »Dem können Sie gleich den Kopf abschneiden!« hinreißen, was sogar die Polizisten schockierte. Schließlich musste man Fafa eine Chance geben … wenigsten die des Zweifels. Sein Sohn hatte die Wahl zwischen Unschuld oder Mord im Affekt. Benamar zog nicht in Betracht, dass sein Sohn jemanden umgebracht haben könnte, weil es um seine Ehre oder die seiner Familie ging. Ein Wutanfall wegen einer Beleidigung, einem *Hurensohn* oder einem *Ich piss deinem Alten aufs Grab*. Nein, nichts von alledem, nur:

»Dem können Sie gleich den Kopf abschneiden.«

Die Bullen durchsuchten alle Zimmer, brachten alles durcheinander und fanden nichts. Benamar führte sie in den Keller und nutzte einen unbeobachteten Moment, um den an den Händen fixierten Fafa ins Gesicht zu schlagen:

»Dem können Sie gleich den Kopf abschneiden.«

Im Auto, das ihn zur 6. Gebietsbrigade (schon wieder) zurückbrachte, hallte der Satz in Fafas Kopf nach, und er schluckte schnell die verdammten Tränen, die in ihm aufstiegen, runter. Und diesem Vater überreichte er jeden Monat einen Scheck über tausendsechshundert Tacken, die er sich bei Wind und Wetter bei seinen Kurierfahrten mit dem Moped hart verdient hatte, ohne jemals auch nur einen Pfennig zurückzufordern:

»Der ist in Ordnung, dein Vater.«

»Schade, dass er zur Abwechslung nicht mal bei Ihnen zuschlagen kann …«

Faraht Bounoura und Léonard Da Costa mussten wieder durch die dreckigen Zellen vom Palais de Justice und wurden dann der Staatsanwaltschaft vorgeführt, die einen Haftbefehl für Einbruch, Hausfriedensbruch, Raub und Hehlerei gegen sie erließ, angesichts der Tatsache … Diese Sache mit den Waffen nervte sie dermaßen, dass man vor ihrer Überführung in die Haftanstalt Madame Daguenet und Monsieur Follereau zu ihnen schickte:

»Wir können nichts mehr für euch tun.«

»Habt ihr Waffen gefunden?«

»Ja …«

»Wo sind sie?«

»In meiner Unterhose.«

Jésus schaute nie in die Taschen, die seine Freunde ihm anvertrauten. Sein Sternzeichen war Affe … Nichts sehen, nichts hören, nichts sagen … Anna trauerte Fafa nach, sie mochte ihn, diesen niedlichen Typen, der vier Jahre jünger war als sie und sie in ihrer Einraumwohnung besuchen kam. Er war gut im Bett, auch wenn sie manchmal Angst vor ihm bekam:

»Du bist so hart.«

Und ein anderes Mal schleuderte sie ihm einen seiner Stiefel ins Gesicht:

»Du bist zu hart. Ich will nicht gevögelt werden, ich will, dass du mich liebst.«

Er hatte nichts gesagt, er beobachtete sie aus den Augenwinkeln, verständnislos. Obwohl er es nicht ungern machte, verstand er nicht wirklich, was die Leute daran fanden, aufeinander rumzuruckeln. Er weiß nicht, warum er nicht zum Orgasmus kommt. Seine Erektionen halten Stunden an, und irgendwann ist es eher Sport als Liebe oder auch nur bloßer Sex. Im Bett trat Fafa aus sich heraus, sah sich machen, fand es lächerlich, wie er sich bewegte, schwitzte, stöhnte. Aber er mochte es zuzusehen, wie Anna ihren Spaß hatte. Sie dachte, dass seine Atemlosigkeit Glück sei, dabei war er bloß erschöpft von den Verrenkungen. Dass seine Grimassen von der Kunstfertigkeit ihrer Berührungen zeugten, während er sich bloß mit einem blöden Krampf herumschlug. Sie war stolz auf ihre weibliche Macht, bis sie ihn durchschaute:

»Du bist hart.«

Mit der Erektion rannte er unter die Dusche, um sich zu masturbieren und diesen Steifen loszuwerden, für den er sich schämte. Er nahm sie in die Arme und streichelte ihr den Kopf, während er sich fragte, was er eigentlich dort verloren hatte.

*

Hart. Das ist er. Ein harter Bursche, hat der Kommissar gesagt. Der Richter hat es bestätigt. Auch der Anwalt hat davon gesprochen, als er ihn im Gefängnis besucht hat:

»Die Polizei hat einen Vermerk gemacht …«

Alle Erwachsenen, sogar der Direktor der Jugendhaftanstalt von Fleury-Mérogis, sagen:

»Wie man hört, bist du ein harter Bursche?«

Fafa hat sich nicht provozieren lassen, er findet sich in seiner neuen Umgebung ein, er schaut sich genau um. Die anderen Häftlinge, Kinder, die zu schnell erwachsen geworden sind, beobachten ihn. Manche glotzen auf seine Schuhe. Man erklärt ihm den Hofgang, die Uhrzeiten. Von dann bis dann. Fafa trägt sein Bündel, zwei pappige Laken und eine grüne Decke, die das Kürzel der Gefängnisverwaltung trägt. Man händigt ihm Unterwäsche aus, einen zu großen Slip mit Eingriff und graue Sträflingskleidung, Hose, Jacke, Mantel und einen grünen Pullover. Ihm wäre ein blauer lieber gewesen, aber den wollte Léo. Sie sind nicht auf demselben Stockwerk. In der Akte steht »Kontaktsperre«, obwohl sie die Reise zusammen gemacht haben, im Gefangenentransporter, dann durch die Wartezimmer, wo die Häftlinge auf ihre Vorsprache beim Betreuer, beim Psychologen, beim Arzt, beim Oberaufseher und schließlich beim Direktor warten müssen. Fafa kennt sie, die Direktoren. Der hier steht den anderen in nichts nach. Fafa hat dem Psychologen gesagt, dass in seiner Familie alles in Ordnung sei und er ein verwöhnter kleiner Junge war. Der Psychologe hat ihn gefragt, ob das Leben in der Banlieue ihm zu schaffen gemacht habe:

»Ja.«

Der Psychologe hat in seine schlaue Tabelle eingetragen: »Maghrebiner zweiter Generation aus der Banlieue, aufgewachsen in einer Hochhaussiedlung.« Er hat eine feine Theorie über die Banlieue. Kriminogene, schnell wachsende Städte, nennt er sie. Fafa grinst, als er sein Büro verlässt, er sieht vor seinem inneren Auge den Weg von Montparnasse nach Saint-Germain-des-Prés:

»Idiot.«

Endlich steht er vor seiner Zelle. Eine grüne Metalltür, aus der ein Spion mit Stahlpupille wie ein Rehauge hervorlugt. Die Tür öffnet sich und fällt hinter ihm ins Schloss. Dieses Mal haben sie ihn ernst genommen. Der Titel »hart« gibt seiner Existenz mehr Gewicht. Er erkundet die Zelle, indem er die Wände liest. Andere Kinder haben hier geschrieben. Er ahnt das Gewicht der Worte, er muss die Kritzeleien entziffern wie Felsmalereien: In ihnen findet sich die gesamte Menschheit wieder. In der Zelle steht ein Bett aus verschweißtem Metall, das Kissen ist durchlöchert, eine hochkant aufgestellte Schaumstoffmatratze wartet darauf, zum Schlafen ausgelegt zu werden. Das Waschbecken und das Klo sind verrostet. Der Boden ist mit Plastikplatten ausgelegt, der Schrank mit vier Fächern steht offen, die Tür hängt schief in den Angeln. Hier wird er leben, und es gefällt ihm. Fafa legt die Matratze aufs Bett, wirft sein Bündel darauf, er streckt sich auf dem nackten Schaumstoff aus, verschränkt die Arme hinter dem Kopf und ist glücklich. Er hat ein eigenes Zimmer. Er ist zum ersten Mal alleine. Er kann eine Zigarette rauchen. Die Hausregeln legen fest, dass er ein Bier am Tag trinken darf, wenn er Geld hat. Ein Bier, das ihm ein Wärter geöffnet liefern wird, um unerlaubte Vorratshaltung und die Trunkenheit der eingesperrten Kinder zu vermeiden. Hart, härter als der Beton, in dem die Welt ihn versenken wird. Er setzt sich auf und schaut aus dem Fenster. Er beobachtet die Krähen draußen und die Katzen daneben, die friedlich zusammenleben, die einen dick, die anderen fett. Diese Tierwelt wird von den Häftlingen gefüttert, überfüttert, die alles, was sie nicht selbst essen, aus dem Fenster werfen. Fafa entdeckt sein Königreich, sein Universum, dieses winzige Universum, in dem die Chancen gut stehen, dass er sich selbst begegnet. Die Promenadenhöfe, die Innenhöfe, der überdachte Sportplatz und über den Gefängnismauern die Wachtürme. Fafa fühlt sich wie im Film und lässt sich nichts ahnend von diesem Trompe-l'œil *täuschen. Unbewusst tappt Faraht Bounoura in die Gefängnisfalle. Zum Teufel mit der Tür! Zum Teufel mit der Hausordnung! Zum Teufel mit den Erwachsenen und ihrer Welt! Hier fühlt er sich wohl … und die Falle schnappt zu. Im Gefängnis fühlt sich Fafa so frei wie noch nie. Er macht den Fehler, die Gefängnisrealität mit seiner Erfahrung als misshandeltes Kind zu vergleichen. Er glaubt, dass er fertig ist mit dem Schmerz, dem Leid und endlich Frieden finden kann. Dass niemand, noch nicht einmal er selbst, ihm etwas anhaben kann. Er kennt die Gefahr noch nicht, das äußere Gefängnis mit der inneren Freiheit zu vermischen. Diese Ehe bringt Hybridwesen hervor, und weil das Gefängnis das Leben noch im zartesten Keim hasst, gebärt es nichts als Monster. Faraht Bounoura macht also etwas Seltsames, er knöpft sich über dem Waschbecken die Hose auf, nimmt sein Glied in die Hand und beginnt zu masturbieren. Wenn er hier einen Steifen kriegt, wenn er dieses Territorium mit seiner intimsten Flüssigkeit markieren kann, wird er hier auch leben können. Da ist er sich sicher. Hundertpro. Alle seine Muskeln sind gespannt, er masturbiert, und wie er sich selbst dabei zusieht, muss er grinsen. Kurz vorm Krampf ergießt sich die Samenflüssigkeit über das ganze Waschbecken. Es steht eins zu null für Fafa gegen die Existenz … Nicht das Leben! Er hat sein neues Territorium markiert, auch wenn es so eng ist wie seine inneren Grenzen. Fafa schwängert den Knast und ahnt, dass seine Entlassung wie eine zweite Geburt sein wird. Dass er sich selbst neu zur Welt bringen wird, ohne Vater, ohne Mutter, ohne Erwachsene. Vollwaise. Das Gefängnis ist der Tod, er wird dorthin zurückkehren müssen, wieder vorbeischauen, in diesem oder einem anderen, ganz egal, alle Knäste Frankreichs werden seine Knäste sein, und in jedem wird er seine Spuren hinterlassen. Er überträgt den Zellen die Aufgabe, auf ihn zu warten, ihn aufzunehmen, ihn vor seinem Ekel vor der Welt und seiner Todessehnsucht zu schützen. Durchs Gefängnis würde er sterben und wiederauferstehen, verrecken und als Phönix aus dem Knast wiedergeboren werden. Endlich hat er die Quelle der ewigen Jugend gefunden, wo er trinken und seinen Durst stillen kann. Hier ist er der Unsterblichkeit nahe. Der Anwalt sagte ihm, dass er aufgrund der gesetzlichen Bestimmungen nicht länger als zwei Wochen bleiben würde. Vierzehn Tage, vierzehn Jahre, es war Fafa egal, denn im Knast liest man die Zeit von einer Dalí-Uhr ab. In zwei Wochen hatte er genug Zeit, sich auszudehnen, zu wachsen, von seinen sechzehn Jahren zur Reife eines Hundertjährigen. Fafa wurde in seiner Zelle von einem Lachen gepackt, er sah Léos Gesicht wieder vor sich, als er ihm von seinem Plan erzählt hatte, die Gewehre abzusägen:*

»Der Seelenklempner sagt, mit dem Kaliber ist es wie mit meinem Schwanz, Hauptsache groß. Also säg ich dem Gewehr den Lauf ab. Ich bin Moslem, das ist die Beschneidung.«

Aber noch mussten sie bezahlen. Nach zwei Wochen wurden Léo und Fafa auf Bewährung entlassen und trafen sich vor dem Gefängnis wieder. Léo machte Fafa auf den parkenden Simca 1000 aufmerksam:

»Verdammt schlechtes Karma!«

»Treffen wir uns bei Jésus?«

»Wenn mein Vater mich nicht vorher umbringt.«

»Hm, los geht's?«

»Ja.«

Die beiden Kinder umarmten sich, drückten sich fest:

»Dein Vater hätte dich mit dem Rad abholen können!«

Fafa wehrte Léos Knie ab, das auf seine Eier zielte, und fügte schnell hinzu:

»Ich liebe dich, Kumpel.«

*

Benamar schlug Fafa nie wieder, er hatte Angst vor ihm. Die Angst, Faraht Bounouras einzige Feindin, hatte die Seiten gewechselt.

Glossar und Anmerkungen zur Übersetzung

Walou – nichts (Argot)

Fissa – schnell, fix (Argot, vom Algerischen في آلساعة)

Djellaba – Traditionelles langes Gewand, das in den Ländern des Maghreb getragen wird.

ein Hugo / ein Victor, ein Corneille, ein Pascal – Zehnfrancscheine, Fünfzigfrancscheine und Fünfhundert-Franc-Scheine, auf denen in den 1960er- und 70er-Jahren Victor Hugo, Pierre Corneille und Blaise Pascal abgebildet waren.

Oula l'radim – Ich schwöre bei Gott (von Wallah al Adhim والله العظيم)

Halouf – Schwein (Argot, vom Algerischen ḥallūf حلّوف)

Chetan – Satan

Moktob / Mektoub – So steht es geschrieben.

Zob – Penis (Argot, vom klassischen Arabisch zubb زبّ und Maghrebinischen zeb) *indigènes sujets français* – Wörtlich *eingeborene französischen Untertanen*, rechtlicher Status der Einwohner Algeriens unter französischer Kolonialherrschaft bis zur Unabhängigkeit Algeriens.

Smala – Familie, Clan
(Argot, vom Maghrebinischen zmāla)

secoue-bicot – rassistische Beleidigung, in etwa: »Kanakenrüttler«, (Argot, siehe bicot), gemeint ist ein Presslufthammer

Bled – Dorf, Kaff
(Argot, vom Arabischen balad بَلَد)

Bernard Dimey – Französischer Poet und Chansonnier (1931–1981), der seine Zeit gerne in den Bars und Kneipen des 18. Arrondissement von Paris verbrachte.

Chechia – Kopfbedeckung für Männer

GUD (Groupe Union Défense) – Extrem rechte Studentenorganisation, die im Mai 1968 in den Rechtswissenschaften an der Université Paris II Panthéon Assas gegründet wurde und besonders in den 1970er-Jahren für ihre gewalttätigen Aktionen bekannt war.

Y'a d'la joie – Chanson von Charles Trenet (1913–2001), in der fröhlich-optimistischen Grundstimmung vergleichbar mit *Schön ist es auf der Welt zu sein* von Roy Black.

Une sorcière comme les autres … – Feministisches Chanson von Anne Sylvestre, in etwa: Eine gewöhnliche Hexe.

Thierry la Fronde – Französische Abenteuerserie, die in Frankreich von 1963 bis 1966 ausgestrahlt wurde.

Garouis / Gaourri – Europäer, Weißer (Argot)

Harki – von arabisch ḥaraka(t) Bewegung, bezeichnet algerische Rekruten, die während des Algerienkrieges 1954–1962 in der französischen Armee dienten. In die Bezeichnung eingeschlossen werden auch Algerier, die nicht für die Unabhängigkeit Algeriens eintraten.

Generation BBCR – siehe *Bicot, Bougnoule, Crouille/Crouillat, Raton*

Bicot, Bougnoule, Crouille / Crouillat, Raton – Gegenüber Algeriern oder allgemeiner Menschen aus dem Maghreb verwendete rassistische Beleidigungen mit Ursprung in der kolonialen Vergangenheit Frankreichs. In etwa: »Kameltreiber, Drecksaraber, Kanake, Ratte«

Oktober 1961 – Während des Algerienkriegs ging die Pariser Polizei am 17. Oktober 1961 gewaltsam gegen eine nicht genehmigte, aber friedliche Demonstration mit mehreren Tausend Teilnehmern in Paris vor, zu der die algerische Unabhängigkeitsbewegung FLN aufgerufen hatte. Dabei kamen nach unterschiedlichen Angaben zwischen 30 und 200 Demonstrierende ums Leben. (siehe auch: *Ratonnade*)

(Por)Tos, Espingoiun – Rassistische Beleidigungen gegenüber Portugiesen und Spaniern

Youpin – Rassistische Beleidigung, in etwa: »Drecksjude«

Bab El Oued – Viertel von Algier, in dem vor der algerischen Unabhängigkeit viele französische Arbeiter wohnten.

Ratonnade – In etwa: Rattenjagd. Die Bezeichnung leitet sich von der rassistischen Beleidigung »raton« ab. Als Ratonnade wurden die Angriffe der französischen Polizei auf die Demonstrationen am 17. und 18. Oktober 1961 in Paris bezeichnet.

Garcimore – Spanisch-französischer Kabarettist, Musiker und Zauberkünstler (1940–2000)

Erste Auflage Berlin 2020

Göhrener Str. 7 | 10437 Berlin
info@matthes-seitz-berlin.de

Umschlaggestaltung: Dirk Lebahn, Berlin
Satz: Laura Fronterré
Herstellung: Hermann Zanier
Druck und Bindung: Pustet, Regensburg
Printed in Germany

ISBN 978-3-95757-777-1

www.matthes-seitz-berlin.de